花束は毒

織守きょうや

文藝春秋

花束は毒

序

僕が北見《きたみ》理花《りか》という先輩を知ったのは、ちょうど六年前、中学一年生の四月のことだった。

入学して一週間ほどが経っていた。

葉桜になった桜の木の下を歩いて中学校に通うのにも慣れたある日の昼休み、僕は、運動場の前にある手洗い場で、一学年上に在籍している従兄《いとこ》を見かけた。

従兄の聡一《そういち》兄さんは、年は一つしか違わないが、優しくて頭がよくて、僕にとっては本当の兄のような存在だ。

学年が違うと教室の階も違うので、校内ではなかなか会う機会がない。嬉しくなり声をかけようとして、はっとした。

彼は、砂まみれになった弁当箱の中身を、ゴミ箱に捨てているところだった。

ちらりと見えたおかずにもごはんにも、手がつけられた形跡はない。片面に砂がまぶされた伯母の自慢の卵焼きが、ゴミ箱のふちで弾んで地面に落ちた。

聡一兄さんは淡々とそれを拾ってゴミ箱へ戻し、洗い場で空の弁当箱を洗い流している。

呆然としている僕に気づくと、困ったような顔をして、「母さんたちには言わないで」と言った。

「そのうち飽きるだろうから。今だけだよ」

彼の家で食べたことのある、伯母の甘い卵焼きの味を思い出した。同じ家の卵焼きを食べて育った姉妹だというのに、母の作る卵焼きとは味が違う。それがおもしろくて、どちらもおいしい、と僕は思っていた。聡一兄さんは甘いほうが好きらしく、伯母はそれを喜んで、よく作っていた。それが、ゴミ箱の中にあるのを見ると――聡一兄さんの手でそれを捨てなければならなかったことを思うと、怒りと悲しさで涙が滲《にじ》んだ。

彼は、自分がいじめられていることを誰にも話していなかった。だから僕もこのときまで何も知らず、いじめなんて、自分とは関係のない世界のことのように思っていた。

弁当をだめにされたのは初めてではないのだろう。それを捨てる聡一兄さんは、どこかあきらめたような、慣れた様子だった。それがたまらなかった。

「絶対だめだ、こんなこと。卑怯だよ。信じられない。先生に言ったほうがいいよ」

許せない、と憤慨《ふんがい》する僕を、聡一兄さんは困った顔で宥《なだ》め、騒ぎにしたくないのだと言った。

「母さんたちには知られたくない。それに、先生に言ったって、あいつはいじめをしたなんて絶対認めないから意味ないよ。刺激しないほうがいいんだ」

親や教師に相談したところで、問題を大きくするだけだ、大人たちの見ていないところで余計にいじめられるだけだと、彼は端《はな》からあきらめていた。

親には知られたくないと彼が言うのに、僕が伯父や伯母に話すわけにもいかない。クラスどころか学年も違う僕には、話を聞くことしかできなかった。

どうやら聡一兄さんは、一年生のときから、いじめの被害に遭《あ》っていたようだった。その主犯格と、二年生でも同じクラスになってしまったのだ。

そのうち飽きると、聡一兄さんは言ったが、いじめはおさまるどころか、どんどんひどくなった。

万引きを強要され、断ったら、数人がかりで殴られた。万引きをするかわりに商品を買って渡したが、金を払って買ったことがバレて、「詫《わ》び料」の支払いを要求された。

祖父にもらって大事にしていた時計をとられたと聞いたときには、取り返しに行こうと言ったのだが、聡一兄さんは、「芳樹《よしき》までいじめられるかもしれないから」と、それを押しとどめた。

優しい従兄が思いつめた表情をしているのを見ていると苦しかった。

飽きるのを待つなどと、悠長なことを言っていたら、聡一兄さんが壊れてしまう。そう思ったが、どうしたらいいのかわからなかった。

僕の祖父も父親も、法律関係の仕事についていて、僕は小さい頃から、悪いことをすれば相応の罰を受けると教えられてきた。誰も、理由なく傷つけられることはあってはならない、そのために法律があるのだと、いつだったか父が話していたのを覚えている。確かそのとき、聡一兄さんも近くにいた。

その話を聞いたときは、父をとても頼もしく思い、自分たちが守られているような気分になったのに――父も祖父も、聡一兄さんがこんな目に遭《こば》っていることを知らない。知れば、きっと助けてくれただろうが、聡一兄さん自身がそれを拒んだのだ。

手洗い場で話を聞いて以降僕は、校内ではできるだけ聡一兄さんと一緒にいるようにした。四六時中というわけにはいかなかったが、たとえば昼休みや、登下校の際。僕がいると、いじめの加害者は手を出してこなかった。当時の僕は特に身体が大きかったわけでもない、入学したての一年生だったから、僕を恐れてというわけではなく、単に目撃者を作ってしまうと面倒だと思ったのだろう。証拠を残さず、反抗しない相手だけを狙って追いつめるような手口に腹が立ったが、聡一兄さんは僕を巻き込んでしまったことを気にしてばかりいた。

この程度のことを、巻き込んだとは言わないし、僕がしたくてしていることなのに、迷惑をかけてごめんなどと言う。彼が謝ることは何もないのに。

人のものをとったり、殴ったり、万引きをさせたりするのは犯罪だ。中学生だって、許されないことだ。

悪いのはいじめている加害者のほうなのに、被害者ばかりが我慢をして、まわりに気をつかって、こんなことは間違っている。

そう思うのに、結局、何もできない。

歯がゆくて、悔しかった。


ある日、聡一兄さんと一緒に昼食を食べようとしていたときのことだ。

彼の鞄《かばん》の中に、現金の入った封筒が入っているのを見つけた。

鞄を教室に置いたままにしておくと、私物に何をされるかわからないからと、聡一兄さんは長く教室を離れるときは、鞄を持ち歩いていた。弁当箱を出すとき、封筒が引っかかって鞄から落ち、僕がそれを拾った。

封をしていない薄い封筒から、五千円札が覗《のぞ》いている。

中学生にとっては大金だった。

「聡一兄さん、それ、あいつに渡すの？」

見ないふりはできなくてそう尋ねると、聡一兄さんは「違うよ」と答えて、僕から受け取った封筒を鞄にしまい直した。

心配をかけまいと、嘘をついているのだ。そう思った。

彼は、親にも学校にもいじめのことを黙っていた。同じ学校に通う僕にさえ、偶然現場を目撃されなければ、隠したままでいただろう。本人が何も言わないからといって、大丈夫だと安心することはできなかった。

僕は、その日も一緒に帰ろうと言ったが、聡一兄さんは、用事があると断った。やはり、加害者に金を渡すつもりなのか。それがわかっていて、一人で行かせるわけにはいかない。

「終わるまで待ってるよ。邪魔はしないから、いいでしょう」

聡一兄さんは渋ったが、僕が粘り勝って、半ば無理やり、彼の「用事」について行った。

鞄を僕に預け、封筒だけを持って、聡一兄さんは校舎裏で誰かを待っている。

何かあったら飛び出していけるように、息をひそめて、僕も校舎の陰からそれを見守った。

彼をいじめている相手の顔を、僕は知らない。リーダー格が一人いて、あとはその取り巻きだというようなことは聞いていたが、僕が無謀なことをするのではないかと心配してるのか、聡一兄さんは名前も教えてくれなかった。

どんな奴か見てやる、と意気込んでいたのだが、予想に反して、そこに現れたのは、一人の女子生徒だった。

背中まで伸びたさらさらの髪と、猫のような、アーモンド型の目。小さな口。

アイドルのような可憐《かれん》な容姿は、とても、男子生徒を恐喝《きょうかつ》したり、暴行したりするようには見えない。

彼女は従兄から封筒を受け取り、中を確認すると、「確かに」と言ってそれを英語の辞書の間に挟んだ。

聡一兄さんはよろしく、と短く言い、彼女は任せて、とそれに答える。

どうやら、いじめの加害者ではないらしかった。

彼女が北見理花という名前の二年生であることは、後で聡一兄さんから聞いた。

「おじいちゃんにもらった時計、取り戻してほしいって頼んだんだ」

自力で取り戻そうとしないことを恥じるように、少し言いにくそうに、聡一兄さんが話してくれる。

「隣のクラスの子なんだけど、探偵みたいなことしてるって、噂《うわさ》で聞いて……一目惚れした他校生の名前と連絡先とか、調べてもらった奴もいるって。あの時計は落としたわけじゃないから無理かもしれないって思ったけど、やってみるって言ってくれたから」

そのために五千円を払ったのか。

いじめの加害者に渡すよりはましだったが、取り戻せる保証もないのに、と思うと何だかもやもやした。聡一兄さんは被害者なのに、何故さらに費用を負担しなければならないのか。

困っている人を、それも同じ学校の生徒を助けるのにお金をとるという発想自体も、弱みに付け込んでいるようで引っかかる。

しかし、聡一兄さんは、祖父からもらった時計を取り戻せる可能性があるなら、五千円を払う価値があると考えたらしかった。

確かに、加害者に直接、返してくれと言ったところで、戻ってくるはずもない。たとえば金を払うからと言えば、もしかしたら返してくれるかもしれなかったが、その場合、五千円では済まないだろう。足元を見られて金額をつりあげられるだろうし、一度払ってしまったら、同じ方法でこれから先ずっと金を巻き上げられるおそれもある。

何より、金を渡すから返してくれと加害者に「お願い」するようなことはしたくないと、彼が思っていることは、僕にも理解できた。

聡一兄さんは、殴られて殴り返すようなことはしていなかったが、いじめに屈しているわけではなかった。

見えないところを殴られても、万引きはしなかったし、無理矢理財布をとりあげられて奪われることはあっても、自分から金を渡したりはしなかった。おとなしく言いなりになれば殴られなくて済むのかもしれないとわかっていただろうが、そうしなかったのは、彼のプライドだろう。

気持ちがわかるからこそ、余計に辛かった。

大人に相談することは、恥ずかしいことではない。いじめが激化するとも限らない。相談してみよう、と、もう一度説得したが、聡一兄さんは頑《かたく》なに首を横に振った。

「いじめられているなんて、親には知られたくないんだ」

きっと悲しむだろうから。

そう言われてしまえば、何も言えなかった。


数日後、聡一兄さんと下校途中に、人気《ひとけ》のない道で女子生徒に呼び止められた。

北見理花だ。

お待たせ、という一言とともに、彼女は聡一兄さんに封筒を手渡す。

彼女に渡した五千円を入れていたのと同じ封筒のようだった。ふくらみがある。

聡一兄さんがそれを受け取り、左手の上で逆さにすると、僕にも見覚えのある、祖父の時計が手のひらに落ちた。

間違いなく、本物だ。

聡一兄さんは、信じられないというように時計を見つめ、それから彼女を見た。

「……ありがとう」

戻ってくるとは思っていなかった、というのは言いすぎだが、こんなに早く取り戻してくれるとは思っていなかった。聡一兄さんもそうだろう。

北見理花――北見先輩は笑顔で、「どういたしまして」と答える。

「どうやって……」

思わず訊いた僕に、企業秘密、と笑った。

「探偵、なんですか？」

「まだ見習いだけどね」

修業中なの、と言いながら、彼女はどこか誇らしげだ。

校内で声をかけなかったのは、いじめの加害者に見られないよう配慮してのことだろうか。

たった一つ年上なだけの、中学生の女の子が、随分《ずいぶん》と大人に見えた。

最初は、被害者を助けるのにお金をとるのかと反発したが、こうして結果を出されれば、そんな気持ちも消える。

本人や、身内の僕が直接取り返そうとしたら、加害者を刺激することになっていたかもしれない。

それに、お金を払って、家族でも友人でもない彼女に依頼するのなら、聡一兄さんも気をつかわないで済む。僕が何を言っても頼ろうとはしなかった彼が、彼女には頼ることができたのだ。

そして、見習いでも何でも、彼女は実際に、数日で時計を取り戻した。

この人なら、と思った。

気がついたら、口を開いていた。

「いじめの証拠をつかむこともできますか？　写真とか、録音とか。警察に持って行けるような」

聡一兄さんがこちらを見る。気づいたが、気づかないふりをして、北見先輩のほうを向いたまま答えを待った。

本人が親に知られたくないと思っている以上、証拠を手に入れても、本当に警察に持って行くわけにはいかない。警察や学校に話したら、間違いなく親にも伝わってしまう。しかし、警察に行けるくらいの証拠があれば、加害者と交渉できる。その気になればこちらは訴えることもできるのだとわかったら、加害者もいじめをやめるのではないか。

「できるけど」

北見先輩は少し首を傾《かし》げて、僕と聡一兄さんとを見比べる。さらり、と柔らかそうな髪が肩から落ちた。

「相手に、いじめをやめさせるほうが簡単じゃない？　証拠をつかんだ後で、警察とか学校を間に入れて話し合うより」

「そんなこと、できるんですか」

「できなかったら、お金はいいよ」

聡一兄さんが一歩前に出た。

勝手に話を進めてしまって気を悪くしたかと一瞬はっとしたが、そういうわけではないらしい。

彼は北見先輩をまっすぐに見て、

「お願いします」

はっきりと言った。

聡一兄さんと彼女とは同学年のはずだが、敬語になっている。

北見先輩は頷《うなず》いて、お引き受けします、と大人のような口調で応じた。

＊＊＊

聡一兄さんが北見先輩に依頼をしてから数日後、全校で、抜き打ちの持ち物検査が行われた。

不要物の持ち込みが多いと、匿名《とくめい》で投書があったのだという。

学校をよりよくしよう、という目的で職員室の前に設置された投書箱に、実際に生徒から投書がされることは滅多にない。僕も、投書箱に匿名でいじめのことを訴えようかと思ったことがあったが、そのときは聡一兄さんに先回りして止められたのだ。

どこのクラスでいじめがある、などと漠然《ばくぜん》と書いたところで、学校側が具体的な対策を立てられるとも思えないし、加害者も被害者も特定されないままクラス全体に抽象的な説教がされて終わるのがせいぜいだ。加害者を苛立《いらだ》たせるだけで終わる。聡一兄さんはそう言い、僕もその通りだと思ったから、結局投書はしなかった。

そんなわけで、ほとんど機能していない投書箱に珍しくまともな投書があったことで、学校側は張り切って、一斉検査を実施した。

生徒たちの鞄と、机、部室のロッカーが検査の対象となった。

僕のクラスでも検査は行われたが、中学生の持ち込むものなどたかがしれている。数人が、携帯電話や漫画雑誌を放課後まで没収されたが、その程度だった。

　ほとんどのクラスでも、似たような結果だっただろう。

　そのときは、持ち物検査と北見先輩への依頼を、つなげては考えなかった。

　もしやと思ったのは、翌朝登校途中に、

「今日はあいつの機嫌が悪いだろうから、八つ当たりされないように気をつけてって、昨日北見さんに言われたんだけど、何か関係あるのかな」

　と聡一兄さんに言われてからだ。

　いじめの加害者はサッカー部に所属していると聞いていた。昨日の放課後、部活動の前に、すべての部の部室で持ち物検査がされたはずだった。

　気になって、休み時間にサッカー部に入っている同級生に訊いてみたら、案の定、サッカー部では、昨日の持ち物検査で騒ぎが起きていたらしい。話し好きな級友は、部室で起きたことを詳しく話してくれた。

「結構大変だったんだよ。昨日の部活、中止になったもん」

　二年生の部員の一人が使っていたロッカーの中から、無修正のアダルトＤＶＤが見つかったのだそうだ。

　顧問《こもん》だけでなく、部員のほとんどがいる場でのことだ。当然、そのロッカーを使っていた部員は真っ赤になって、誰かの悪戯《いたずら》だ、これは自分のものではないと否定した。ＤＶＤは没収されたが、もともと自分のものではないから処分してくれと、その部員はあくまで無実を主張したそうだ。話を聞かせてくれた級友は、彼の主張を信じていないようだった。

「ぼくだけのママがどうたら、みたいなタイトルのやつでさ。ごつい男がおむつつけておしゃぶりくわえて、裸エプロンのおばさんに膝枕されてる写真が載ってて」

「……そうなんだ」

チョイスがなかなかえげつない。

その二年生部員が、聡一兄さんをいじめている同級生なのだろう。さりげなく名前を訊くと、相田《あいだ》って人、と教えてくれた。

「笑ってる先輩もいたけど、ほとんどがドン引き。二年生の中ではけっこうリーダーっぽい人だったのに、ショックだよ」

そう言って、級友はため息をつく。

部室での様子を想像して、顔も知らない相田に同情する気持ちが湧いたが、彼は卑劣ないじめの加害者なのだ。哀れんでいる場合ではない。北見先輩の言うとおり、苛立ちを聡一兄さんに向けないとも限らない。

一緒に昼食を食べながら、聡一兄さんに、今日は特に、決して相田と二人きりにならないようにと念を押した。サッカー部での一件は、彼の耳にも入っていた。クラス中で噂《うわさ》になっているらしい。

放課後は、いつもは校舎の前で待ち合わせしているのだが、今日は聡一兄さんのクラスまで迎えに行くことにする。

終業のチャイムと同時に急いで帰り支度をして、違う階にある彼の教室へと向かった。

二年生の教室の並ぶ、二階の廊下を歩くだけで緊張する。

三組の入口からそっと中を覗くと、後ろから二番目の窓際の席に、聡一兄さんが座っているのが見えた。

別の男子生徒が近づいて、何やら話しかける。親しげな様子ではなかった。男子生徒は両手をズボンのポケットに突っ込んで立ち、聡一兄さんを見下ろしている。

聡一兄さんは座ったまま首を横に振り、男子生徒はそれに対して苛立っているようだった。

あれが相田か。

サッカー部に所属しているらしいから当然かもしれないが、見るからに不良少年、という感じではない。

僕や聡一兄さんと比べれば体格はいいが、普通の生徒に見えた。

しかし、普通ではないのだ。他人を平気で殴ったり、踏みつけたりできるような人間は、普通ではない。

「聡一兄さん」

教室の入口から声をかけると、聡一兄さんがこちらを見る。

相田は、舌打ちをして聡一兄さんから離れた。

鞄をとって歩き出した彼を、教室内にいた生徒たちがちらちらと見ている。笑いをこらえているらしい男子も、嫌悪の目を向けている女子もいた。

入口の前ですれ違う。僕は横へずれて、道を開けた。

不機嫌さを隠そうともしないで歩いて行くのを見送る。

と、急ぎ足で歩いてきた女子生徒が、僕の前を通りすぎ、後ろから、相田にぶつかった。

「あっ、ごめんなさい！」

可愛らしい声に、ばさばさと鞄が落ちる音が重なる。

相田の鞄のふたが開いて、中身が飛び出していた。

女子生徒が、慌てた様子でそれを拾おうとして、きゃっ、と悲鳴をあげる。

その声に、廊下にいた他の生徒たちも彼らに注目した。

床に散らばった教科書やノートに混じって、過激なパッケージのＤＶＤが落ちている。

女子生徒が後ろへ一歩身体を引いたせいで、セーラー服を着た、太った男性が、恍惚《こうこつ》とした表情で女子高生に踏みつけられている写真が、衆目に晒《さら》された。

「違、……俺のじゃ」

怯《おび》えた顔で自分を見ている女子生徒――北見先輩だった――に慌《あわ》てて弁明し、それから、周りを見回して、相田の表情が強張《こわば》る。

皆の目がＤＶＤと、相田を見ていた。

彼は昨日も、同じ状況を経験しているはずだ。

「……違《ちげ》ぇよ！　何見てんだよッ」

声を張り上げ威嚇《いかく》しても、誰も彼を怖がらなかった。

何だ何だと、教室の中にいた生徒たちまで出てくる。

「何あれ」「やだ」「また相田？」「教室にも置いてたんだ」「女装ＳＭものとかマジか」「え、あいつ熟女趣味なんじゃなかったの？」

囁《ささや》きも、集まればざわめきになった。

相田は、落ち着きなく左右を見ると、しゃがみこみ、落ちたノートや教科書をかき集めて鞄につめこんだ。それから、ＤＶＤを見て、迷うように目を泳がせる。

結局、それもひっつかんで鞄に入れた。

逡巡《しゆんじゆん》する気持ちはわかる。ＤＶＤだけを残して行けば、それを目にする人数がどんどん増えてしまうし、「相田が落として行った」と教師に現物つきで報告されてしまうだろう。

かといって、持ち去れば、自分のものだと言っているようなものだった。

どちらにしても身の破滅だ。

混乱した様子で走り去る後ろ姿を、今度こそ見送る。

やっぱりあいつのなんだ、と誰かが言うのが聞こえた。

北見先輩はスカートの裾《すそ》を払って、すでに歩き出していた。

僕とは一度も目が合わなかった。


翌日、相田は生徒指導室に呼び出されたらしい。

部活はやめたと、サッカー部の一年生に聞いた。

相田は二、三人の取り巻きを連れて――主に見張り役で、手を出すことは稀《まれ》だったらしいが――聡一兄さんをいじめていたが、例の一件以降、誰も彼の言うことをきかなくなり、聡一兄さんがいじめられることもなくなった。

やがて、相田は学校にすら来なくなった。

転校するらしいと、噂を聞いた。

北見先輩がしたことは、やりすぎにも思える。しかし、結果的に、聡一兄さんは安心して学校へ通えるようになった。彼の望んだとおり、親や学校に知られることもなく。

聡一兄さんは、同じ封筒にまた五千円札を一枚入れて、校舎裏で北見先輩に渡した。

僕もついて行った。

北見先輩は五千円と引き換えに、別の封筒を聡一兄さんに渡す。

「念のために証拠写真も撮ったんだけど、いらなかったね」

一応渡しとく。このぶんはサービス、と付け足した。

聡一兄さんが封筒から半分ほど引き出して、僕にも少しだけ中身が見える。聡一兄さんの胸倉《むなぐら》をつかんで、壁に押し付けている相田の写真。他にも何枚か入っているようだ。

「こんなの、いつ……」

「企業秘密」

聡一兄さんは、撮られたことに気づいていなかったらしい。北見先輩は、相田も聡一兄さんも知らないところで、暴行の現場を隠し撮りしていたということだ。

現場を見ていたのなら助けに入るなり人を呼ぶなりすればいいのに、そうせずに写真を撮っていたのか。

証拠を押さえるためだとわかってはいるが、小さな棘《とげ》のように何かが心に引っかかる。反発というほどでもない、漠然とした違和感のようなものだ。

解決したからどうでもいいと思っているのか、聡一兄さんはそこを気にしている様子はない。

北見先輩は五千円札の入った封筒を鞄の中にしまった。

風が吹くと、癖《くせ》のない髪がさらさらと揺れる。

なめらかな頬《ほお》にはにきび一つない。

やはり、あんなえげつないことをするようには見えなかった。

あんなDVDを、どこから持って来たのだろう。サッカー部のロッカーだって、鍵がかかっていたはずだ。

訊きたいことはいくつもあったが、訊いても、企業秘密と言われてしまいそうだ。

「……あの人、学校に来なくなったそうです」

僕が口を開くと、初めてその存在に気づいたかのように、北見先輩がこちらを見た。

ふわりと靡《なび》くスカートと髪を手で押さえて、

「そうみたいだね」

あっさりと応《こた》える。何とも思っていないようだった。

あんなことがあれば、登校拒否になるのもあたりまえだ。

聡一兄さんは彼女を、神様でも見るような目で見ていたが、僕の中には何か、すっきりしない感情があった。

どう伝えたらいいのか、そもそも伝えるべきなのかわからないまま、ずいぶんと大人っぽく見える、上級生の少女を見上げる。

「登校したら、今度は自分がいじめられるって……思ってるんだと、思います」

そしてきっと、その予感は正しい。

逃げていく相田の後ろ姿を、にやにやと笑いながら見ていた男子生徒たちの顔を思い出した。汚いものでも見るようだった女子生徒たちの目も。

「一度、やられる側に立ってみたほうがいいんじゃない？　ああいうタイプは。自分で経験しないと、自分が傷つけた相手の気持ちになんて一生気づかないだろうから」

そうかもしれない。ああしなければ、相田はこれからもずっと、誰かをいじめたかもしれない。北見先輩の言っていることは、おそらく間違ってはいない。

ほかの方法なんて考えつかないのに、彼女のとった行動を責める権利は、自分にはないのかもしれない。

「でも……もう二度と、学校に来られないかも」

「そうかもね」

彼女は平然と頷いた。

「でも、あのままあいつが学校に来てたら、もっとひどいことになってたんじゃないかって、思わない？　いじめがエスカレートして、相手に大けがさせてたかもしれない。そしたらあいつは犯罪者だよ。もしくは、逆に、犯罪の被害者になってたかもね。たとえば耐えられなくなった誰かが、あいつのこと刺しちゃってたかも。そうなるよりはましな展開じゃない？　誰にとっても」

その通りかもしれない、と思ってしまったから、何も言えなくなる。

聡一兄さんが相田を刺すなんてことは、想像もできなかった。しかし、聡一兄さんが大けがをするようなことにならなかったとは限らない。そこまではいかなくても、学校に行けなくなったのは聡一兄さんのほうだったかもしれない。彼のほかにも、いじめられていた生徒がいたとしてもおかしくない。

そう思うと、北見先輩のしたことも言っていることも、否定はできなかった。

確かにいじめはなくなった。

助けてほしいと言ったのは自分たちで、彼女はそのとおりにしただけなのだ。

「ありがとう。本当に」

聡一兄さんが一歩進み出て、北見先輩に頭を下げる。

はっと気づいて、僕もそれにならった。

彼女が聡一兄さんを助けてくれたのは事実だ。

ほかに、どうすれば聡一兄さんを助けられたのか、僕にはわからない。自分にはできないことを、彼女がやってくれたのは間違いなかった。

「ありがとう、ございました」

北見先輩は風で翻《ひるがえ》る髪を押さえながら、またどうぞ、と言った。


聡一兄さんは、学校で、一人でも安心して過ごせるようになった。

もう、昼休みに学年の違う僕と一緒にいる必要もない。相田を恐れて近づいてこなかったクラスメイトたちとも、今はそれなりに仲良くやっているようだ。

その日は、聡一兄さんの両親である伯父伯母夫婦も一緒に、僕の家で夕食を食べることになっていたから、一緒に帰ろうと朝のうちから約束をしていた。

教室に迎えに行くと、授業で使う大きな年表の巻物を抱えて、聡一兄さんが廊下に出てきたところだった。

「ごめん、先生に片付けを頼まれたんだ。すぐ戻ってくるよ」

「手伝おうか？」

「大丈夫」

両腕に教材を抱えて答える表情は明るい。いじめられていた頃のような、張り詰めた感じがなくなっていた。

よかった、と思って、次に、走って逃げていく相田の後ろ姿が頭に浮かんだ。それから、涼しげな北見先輩の顔も。

廊下の、校庭が見える窓際に立って、聡一兄さんが戻るのを待つ。

開いたままの戸口から、聡一兄さんの教室の中が見えた。

校庭や下駄箱付近にはまだそれなりに人がいたが、教室はもう無人になっている。

後ろから二番目の聡一兄さんの席をなんとなく眺めた。確か、その二つ隣が相田の席だったはずだ。

自分でも理由のわからない、もやもやとした感情が、みぞおちのあたりにわだかまっている。

聡一兄さんは元気になった。これでよかったのだ、と思おうとしたが、すっきりしない思いは消えない。

何故なのか、あれから考えていたが、答えは出なかった。

ことさらに過激なパッケージのＤＶＤを選んだことに対する嫌悪感かと思ったが、それだけではないようだ。自分でもわからない。わからないから、あのとき彼女にも、うまく伝えられなかった。

北見先輩は聡一兄さんの依頼に応えた。彼は確かに、いじめから解放された。

ほかに具体的な解決の方法を挙げられないまま、「やりすぎではないか」とは言えない。依頼をした本人が満足している様子なのに、僕が彼女に、「理由はよくわからないけど嫌だ」とも言えなかった。

僕は当事者ですらないのだ。

近づいてくる足音が聞こえ、顔をあげた。聡一兄さんではなかった。足音は二人分だった。

聡一兄さんのクラスの担任教師と一緒に、見たことのない女性が歩いてくる。年齢は、僕の母親と同じくらいだろうか。地味な色のスカートと白いブラウスを着て、手にはハンドバッグと、デパートの紙袋を提《さ》げている。

二人は僕の前を通り過ぎ、生徒のいなくなった教室に入った。

教師が、ここです、というように相田の席の前に立ち、椅子を引く。

女性は小さく頷くと、机の上に紙袋を横にして置いた。左手は紙袋に添え、右手を机の中に入れて、その中身を紙袋に移し始める。教科書、ノート、缶のペンケース、くしゃくしゃになったプリント、ポケットティッシュやゴミのようなものまで、次々と取り出しては、紙袋に入れていく。

どきっとして、心臓の鼓動が速まった。

彼女は相田の母親なのだ。

荷物をとりに来たということは、本当に、もう二度とこの学校へは戻らないということだ。転校するというのは、ただの噂ではなかったらしい。

相田の母親は小柄な女性だった。顔は少しも似ていなかった。

「お待たせ」

手ぶらになった聡一兄さんが戻ってくる。

あっと思ったが、ごまかしようもなかった。表情に動揺が出ていたのだろう、聡一兄さんは不思議そうに僕を見て、それから、教室のほうへ目を向ける。

そして、無言になった。

相田の席で荷物を紙袋に詰めている女性が誰なのか、彼が気づかないわけがなかった。

鼓動がさらに速くなる。

どうしよう、と思ったとき、女性と担任が教室から出てきた。

廊下にいる聡一兄さんと僕に担任が気づく様子を見せた瞬間、聡一兄さんのほうから声をかける。

「先生、さようなら」

「ああ、さようなら、ご苦労さん」

教材の片付けのことだろう、聡一兄さんに労《ねぎら》いの言葉をかけて、担任は僕たちの前を通りすぎる。

女性のほうは、僕たちを見なかった。左手から提げた紙袋の中に、教科書やノートに混じって、校則では持ち込みを禁止されているはずのサッカー雑誌が入っているのが見えた。

うつむきかげんに歩く彼女は、疲れた顔をしていた。担任と並ぶと小さく見える背中が遠ざかって行く。

聡一兄さんの鞄は、まだ教室に置いたままだ。しかし、彼はすぐにそれを取りに入ることはなく、二人の歩いていくほうに顔を向け、廊下に立ったままでいる。

もう行こう、と言うつもりで聡一兄さんを見上げた。

彼の口元には、笑みが浮かんでいた。

＊＊＊

僕が目にしたいじめはほんの一部で、知らないところで、聡一兄さんがどんなひどい目にあっていたかはわからない。

いじめから解放されて、もう二度と加害者が戻らないことを知って、ほっとして、思わず表情が緩《ゆる》んだだけかもしれない。

そうでないとしても――彼が、自分をいじめた相田の不幸を喜んだとしても、ざまあみろと思ったとしても、それを責めることはできない。従兄が聖人君子ではなかったからといって、がっかりするのはお門違《かど》いだとわかっている。

わかっていたけれど、それは、初めて見る彼の表情だった。僕の知る彼ではなかった。そのとき、はじめて、僕は当事者になった。


「北見理花先輩」

翌日の昼休み、二年生の教室にはいなかった彼女を、学校中探し回って、図書室の前で見つけた。北見先輩は図書室のシールの貼られた、カメラの専門誌をぱらぱらとめくりながら歩いていた。僕が声をかけると立ち止まり、雑誌を閉じる。

「聡一兄さんをいじめていた、相田って生徒、もう戻ってきません。昨日、お母さんが荷物をとりに来ていました」

挨拶も何もなく、いきなり言った。

世話になった先輩に対して失礼な態度だったかもしれないが、気づいたら口から出ていた。彼女はそう、と言って、雑誌を抱え直し、珍しいものでも見るように——どこかおもしろがるように、僕を見て首を傾げる。

「それがどうかした?」と口に出される前に、続けた。

「聡一兄さんを助けてくれて、感謝してるけど、僕も聡一兄さんも、あんな結果を予想してお願いしたわけじゃないんです。あんなこと、望んでなかった」

彼女のしたことは、あれは、復讐《ふくしゅう》だった。聡一兄さんや、ほかにいじめられていたかもしれない誰かを救う行為ではあったかもしれないけれど、それだけではなかった。

理不尽にいじめられる側の気持ちを知ればいいと言った、彼女の考え方に全く共感できないわけではない。けれどこんなやり方が正しいとは思えない。

笑いものにされ、混乱し、絶望した表情で逃げていった彼を見て、ひっそりと息子の荷物を引き取りに来た彼の母親を見て、自業自得だと笑えなかった。

けれど聡一兄さんは、笑っていたのだ。

「僕はあんな聡一兄さんを見たくなかった。僕が、知りたくなかっただけだけど」

僕にも聡一兄さんにも、あんなやり方はできなかった。叩きのめした相手に対して感じる昏《くら》い喜びのような、そんな感情は、あのときまで、彼自身、知らなかったはずだ。

彼女がかわりに復讐を遂《と》げてくれなければ、知らないままでいたはずだった。

「そのことを、先輩に言いに来たんです」

北見先輩の大きな目が一瞬見開かれた。視線が僕から外れ、ほんのわずかな時間、宙を泳ぐ。

しかし、ゆっくりと二度瞬《まばた》きをしただけで、その小さな揺らぎは消えた。

「……そう」

短く応えた彼女の目から、もう動揺は読みとれない。ほんの一瞬目を逸《そ》らしたのも、気のせいだったかと思うほどだった。

僕の言葉は、彼女の凪《な》いだ水面に一瞬波紋を描いただけだった。

だから何？　と言われたら、もう何も言えない。

「あの、北見さん」

僕の向かい側から歩いてきた女子生徒が、北見先輩を見つけて駆け寄ってきた。

「相談したいことがあるんだけど……」

聡一兄さんのように、彼女に助けを求める生徒は珍しくないらしい。

北見先輩は振り返ると、慣れた様子で女子生徒に頷いてみせ、

「じゃあね」

それだけ言って、僕に背を向けた。

引き止める理由もない。これ以上言うべき言葉もなかった。

新しい相談者と一緒に歩いていく彼女を、ただ見送った。


僕は、父親の仕事の都合で、その後すぐに転校した。

彼女とはそれきり会うことはなかったが、親族の集まりで聡一兄さんに会うと、元気そうにしていた。前よりも明るくなったくらいで、特に、変わった感じはしなかったから、あのとき感じた昏さは僕の思い違い、考えすぎだったのかもしれない。

北見先輩はプロの探偵ではなかったし、今思えば、いじめの証拠写真を撮ったり紛失物を探したりするのはともかく、いじめをやめさせるのは探偵の仕事とは言えなかった。ただ、この一件で、僕の中には、探偵というものに対する強い印象が残った。

1

僕が、インターネットで見つけたいくつかの調査会社や興信所の中から、北見探偵事務所を選んだのは、中学生のころに初めて会った「探偵」のことを思い出したからだ。

父の母校の法学部に入学して半月足らず、大学生という身分にようやく慣れてきたところだった。中学生のときのことなど、思い出すこともなくなっていたのだが、その名前を見たとき、急に記憶が甦《よみがえ》った。

僕が子どものころから、検察官の父は何度か転勤し、僕と母もそれについて日本中を回ったが、大学入学と同時に、僕は中学一年生の途中まで住んでいた町へと戻ってきた。

探偵見習いを名乗る少女と会ったのも、そういえばこの町に住んでいたときだった。

「探偵」で検索しても、ヒットするサイトのほとんどが「調査会社」のもので、わかりやすく「探偵事務所」と名のつく組織は少ない。しかし、どの会社、事務所も、業務内容はほぼ変わらないようだ。

すぐに行ける距離にあるところだけでも、思った以上の件数がヒットして、どこを選べばいいのか迷っていたとき、思い出の中の少女と同じ名前の事務所に目が留まった。

広告等を見かけたことはないが、十年以上前からこの町にある事務所のようだ。十年続いているのなら、それなりに実績があるということだろうし、インターネットで見る限り、評判も悪くない。

　これも何かの縁だと思い、その日のうちに相談したいと連絡を入れた。相談は無料でできると聞いて安心して、早速面談を予約し、今日に至る。

　ちょうど、授業が午前中で終わる日だったので、大学からそのまま直行した。

　一階にチェーンのコーヒーショップが入っている、八階建てのビルの五階に、北見探偵事務所はあった。

　エレベーターで五階まで上がる間に、服の袖や裾が乱れていないか確認して眼鏡を拭き、身なりを整える。左肩に結び目を引っかけてリュックのように持っていた風呂敷包みの荷物を、左手に持ち替えてぶら下げた。

　ビル自体は年季が入っていたが、中はリフォームされたのかきれいで、事務所の入口には防犯カメラが設置されている。北見探偵事務所、と壁に銀色のプレートが貼ってあり、その下に呼び出し用のボタンとカメラつきのインターフォンが設置されていた。

「三時にお約束しました、木瀬《きせ》です」

　インターフォンに向かって名乗ると、すぐにがっしりした体格の男性が出てきて、お待ちしていました、と迎えてくれる。

　任侠《にんきよう》映画に出てきそうないかつい見た目だったが、話し方は柔らかく、物腰も丁寧だ。

　どう見ても接客向きの外見ではないから、おそらく、彼は調査員なのだろう。受付担当の手が空いていなかったか、そもそも受付担当の人間はいなくて、調査員が調査以外の雑務も分担してこなしているのか。

　彼に案内されて面談室に向かう途中、執務スペースの前を通った。

カウンターのような形の、胸までの高さの仕切りが、ざっくりと通路と執務スペースを分けている。執務スペースは二十畳ほどで、四つのデスクが二つずつ向き合ってできた大きな島が一つと、二つのデスクを並べた小さな島が一つあった。その奥にもまだスペースはあるようだが、通路からは見えなくなっている。奥にある二つのデスクは、作業スペースなのか、すっきりと片付いて上に何も置かれていない。それ以外の各デスクには、デスクトップのパソコンが設置されていた。

執務スペースの通路を挟んだ向かいに、面談室がある。面談室には、執務スペースから中が見通せるような大きな窓があったが、今はブラインドが下りていた。

「すぐに担当の者が参ります。こちらでお待ちください」

案内役の男が面談室のドアを開けてくれる。部屋の前に立って、はい、と答えながら、何気なく執務スペースのほうに目をやった。

パソコンが合計四台、ということは、それほど大所帯ではないらしい。今は二十代半ばくらいの若い男が電話対応をしているだけだった。茶色い髪で、コンビニエンスストアのアルバイト店員でもしていそうな、ごく普通の青年だ。探偵、という感じではないが、見るからに探偵とわかるような外見だと尾行にも苦労するだろうから、それが当たり前なのかもしれない。

彼は、スーツの男と一緒に執務スペースの奥から歩いてきた若い女性を、受話器を持ったまま呼び止めた。

「所長代理！　二番に電話っす、T保険会社から」

「折り返すって言っておいて」

所長代理――それにしては随分と若い。

彼女は、帰る客を見送るところらしかった。奥に、もう一つ別に面談室があるのかもしれない。

出口へ向かう彼らが、僕のそばを通り過ぎた。

男のスーツの襟に、弁護士バッジが留められているのに気づく。彼も顧客だろうか。

「じゃあ、よろしく」

「うん。いつもありがとう時雨《しぐれ》さん」

「こちらこそ助かったよ。また連絡する」

そんなやりとりが聞こえ、男のほうは出て行った。

女性——少女と言ってもいいような年齢に見える——のほうが、ドアを閉めて振り返る。面談室の前に立ったままの僕と、目が合った。

猫のような目と、小さな口。髪は短くなっていた。けれど、面影がそのまま残っていた。

「……北見、先輩？」

お待たせして、と言いかけた彼女の声を遮《さえぎ》るように名前を呼ぶ。

北見理花は、僕を見て、ゆっくりと瞬きをした。


「改めまして、調査員の北見です」

面談室のテーブルを挟んで向かい合って、彼女は「よろしく」と笑顔で言った。

面談室の外で名前を呼ばれたときはきょとんとしていたが、I中学校で一緒だった、と僕が説明すると、「ああ」と頷いたので、一応僕が中学校の後輩ということはわかってくれたようだ。

つい声をかけてしまったが、北見先輩が自分のことを覚えているとは思えなかった。彼女にとって聡一兄さんの一件は、当時何件も受けただろう依頼の中の一つにすぎず、まして、僕は依頼者でもなく、金の受け渡しについていっただけだ。僕は聡一兄さんから彼女の名前を聞いていたが、彼女のほうは僕の名前も知らなかったはずだ。

しかし、記憶にない相手に名前や顔を知られていることについて、北見先輩は特に警戒する様子は見せなかった。中学時代の彼女は有名人で、校内でもある程度名前を知られていたようだから、こういうことには慣れているのだろう。中学校もこの事務所も同じ市内にあるから、依頼人が同じ中学出身ということ自体はそう珍しい偶然でもない。学生時代の彼女の評判を聞いて依頼をする人間もいるだろうから、僕もその類《たぐい》だと思われているのかもしれない。

「あ、身分証……学生証しかないんですが」

電話で、身分証を持ってくるよう言われていたのだった。

思い出して、椅子から少し腰を浮かし、尻ポケットから財布を引き抜く。カード入れに挟んでおいた学生証を出して、テーブルごしに手渡した。

彼女は学生証の写真と僕の顔とを確認し、「確かに」と頷き、向きを変えて学生証を僕に返した。

「正式にご依頼いただくことになったら、後でコピーをとらせてください。一度お返ししますね」

「はい。あの、普通に話してください。探偵に依頼するなんて緊張すると思っていたので、知っている人で安心しましたし、僕もそのほうが話しやすいので。中学の先輩後輩ですし」

「そう？　それなら、遠慮なく」

中学生のときは、たった一つの年の差を随分と大きく感じたが、こうして見ると、小柄なせいか、むしろ年下、高校生くらいに見える。

電話番の男以上に、探偵と聞いて想像するイメージからは、程遠かった。

「驚きました。同じ名前だとは思ったんですが、まさか本人が働いているとは思わなくて」

それも、アルバイトではなく、社員らしい。先ほど渡された、事務所のロゴの入った名刺の肩書には、調査員とだけ書いてあった。

「さっき、所長代理って呼ばれてませんでしたか」

「名前だけね。所長が留守のことが多いから、便宜上。肩書だけで、実質は、ほかの調査員よりえらいってわけじゃないよ。中学のときから手伝ってるから、キャリアは長いけど」

北見先輩はそう言って肩をすくめる。

「ここは、叔父の事務所なの。調査員も皆、中学生の頃から私を知ってるから、社員になってからもそのときの感じが抜けなくて。昔はお嬢って呼ばれてたんだけど、お客さんの前ではやめてって言ったら、ああなっちゃったんだ」

中学生のとき、探偵見習いだと言っていたのは冗談ではなかったらしい。中学生の女の子にしては行動力がありすぎると思っていたが、それも叔父仕込みだったというわけだ。

「事務所名を見て、思い出してくれたの？　よく覚えてたね、私の名前なんて」

「先輩は、印象的でしたから」

僕の言葉をどうとったのか、彼女は肩をすくめる。

「学校では、何でも屋みたいなことしてたけど、今はさすがに、探偵業法の範囲内でしか動かないからね。中学時代のことを知ってて依頼に来る人は、結構、そういうフィクサー的なことを期待してることも多いんだけど」

「はい、もちろん、理解しています」

それを聞いて、むしろ安心した。

「そう？　ならよかった」

　ノックの音がして、ドアが開き、茶髪の若い男がお茶を運んできた。さきほど、北見先輩を所長代理と呼んでいた男だ。

　失礼します、と一声かけて、僕の前に茶托《ちゃたく》に載った湯呑みを置く。

「探偵が事件を解決するのは、ドラマの中だけで、私たちの仕事は、あくまで調査と報告だから――でも、調査については、役に立てると思うよ」

「とか言いながら、結構解決しちゃいますけどねこの人は。ストーカーの正体を突き止めてくれって依頼だったのに、そいつを警察に突き出すとこまで手伝ったり」

　茶髪の男は、彼女の横にも湯呑みを置きながら、軽い口調で口を挟んだ。

　北見先輩は両腕を組み、わずかに顔だけを動かして彼を見る。

「必要に応じてアフターケアをすることもあるけど、それだけだよ。顧客満足度をあげるための企業努力」

　二人が、気安い関係なのが見て取れる。アットホームな事務所のようだ。

　顧客にこういったやりとりを見せることはよしあしだろうが、不快には感じなかった。むしろ、緊張がほぐれて有難い。

「探偵業法にも弁護士法にも違反するようなことはしてないからね。代理権が必要な業務は時雨さんに頼んでるし」

「あ、時雨先生っていうのは、弁護士の先生です。さっきすれ違ったでしょ。警察や弁護士の出番ってなったら紹介しますんで、安心してくださいね」

「もう、吉井《よしい》くんは電話番してて。必要だったら呼ぶから」

男は北見先輩より年上だろうが、はーい、と素直に答えて部屋を出て行く。

彼女はほかの調査員よりえらいわけではないと言っていたが、少なくとも下っ端ではないようだ。

北見先輩は机の脇に置いてあった平たい箱からノートパッドとペンを取り出して自分の前に置き、話を聞く態勢になった。

「探偵って、どんなことをするんですか？　その、仕事の内容というか」

「人探しとか浮気調査とか、身上調査……素行調査なんかが多いかな。受けられない依頼もあるから、まずは話を聞かせてね。たとえば、中学生の頃みたいに、一目惚れした相手の住所を調べるなんて依頼は簡単には受けられないの」

依頼者の身元を確認し、目的がはっきりしていなければ、犯罪の手助けをすることになりかねないからだろう。

法を遵守《じゅんしゅ》して活動し、その範囲でしか業務を受けられないというのはむしろ好ましい。安心して依頼できる。しかし、気になることもあった。

「あの……調査は、先輩が一人で担当するんですか？」

「基本的にはそのつもりだけど」

理花はわずかに細い首を傾げ、手にしたペンをくるりと回す。

「何、そんなにヤバい相手なの？」

「！　どうして、」

「中学時代の私を知ってて来てくれたなら、調査能力については疑ってないでしょ。なのに今、不安っていうか、心配そうな顔したから。女一人じゃ危険かもしれないって思うような依頼なのかなって」

　そんなに表情に出ていただろうか。思わず、自分の顔に手をやる。

「対象を尾行したり張り込みしたりする必要がある場合は、二人一組が基本だけど、そういう依頼？」

「いえ、……は、……わかりません」

　尾行も何も、今はまだ、相手がどこの誰かもわかっていないのだ。しかし、危険があるかもしれないとは思っていた。

　女性の探偵に依頼していいことかと、一瞬躊躇《ちゅうちょ》したのを見抜かれたのだ。しかし、プロフェッショナルである彼女に、そんな心配をすること自体が失礼だろう。

　腹を決めて、口を開いた。

「――脅迫状が来るんです。犯人を、つきとめていただけないかと思って」

　中学生のとき、彼女がいじめの現場の証拠写真をいとも簡単に手に入れたことを思い出して、付け足す。

「できれば、証拠も押さえてほしいんです」

　北見先輩は三秒ほど黙って僕を見た。見る、というより、観察している、といったほうがしっくりくる。

　居心地の悪さを感じて身動《みじろ》ぎした僕に、

「それ、自分の話じゃないでしょ」

　ずばりと言った。

「……どうしてそう思うんですか」

「木瀬くんには、最初からずっと、イライラとか、そわそわしたところがないから。顔色もいいし、服も髪もきちんとしてて、嫌がらせを受けて追い詰められてる人には見えない」

すらすらと答える。

「どういう家庭で育ったかって、話し方とか仕草とかに結構出るよ。ご両親とも、きちんとした方みたい。君もそうだね」

そう言って、彼女はまた少し首を傾けた。

「服も靴も、カジュアルだけど清潔でだらしないところがないし、時計はハイブランド。たぶんご両親からのプレゼントかな。センスいいね。あと、それ」

椅子の上に置いた紺色の風呂敷包みを、ペンで示して指摘する。

「いまどき風呂敷持ち歩いてるって、若い男の子じゃ珍しいよ。お父さんの影響？　それって、検察官がよくやるんだよね」

図星だった。中学生の頃、検察官である父が、職場では事件の記録をこうして持ち歩くのだと教えてくれ、それ以来、僕も風呂敷を愛用している。特に、大学で、教科書類をまとめるのに便利で、かさばらないので重宝していた。

「話がずれたけど。別に今言ったようなことがなくても、木瀬くん自身もきちんとした人だってことは、ちょっと話せばわかるよ。自分の家に脅迫状が届いたなら、きっと警察に届けるはず。ご家族と同居でしょ？　それなら、ご家族だってそれを勧《すす》めるのが普通。そうしないってことは、事態をそれほど深刻にとらえていないか、大して困っていないか、そうできない理由があるってこと。内容によるけど、脅迫ってことは、単なる中傷じゃなくて、『害を加える旨の告知』があるんだよね？　それなら、警察も門前払いにはしないで、相談にくらい乗ってくれるでしょ。検察官の家に届いた脅迫状ならなおさらね。でも、木瀬くんはこうして探偵に相談に来てる」

僕は相槌《あいづち》を打たなかったが、彼女は構わず話し続けた。

「わざわざ犯人捜しを依頼するってことは、事態を深刻にとらえているし、困ってるってことだよね。なのに警察に相談しないのは、大事《おおごと》にしたくないから。たとえば、近所の人の目を気にしてるとか、脅迫の原因に心当たりがある——自分にもやましいことがあるとかね。自分で犯人をつきとめて報復しようとしてる、って可能性もあるけど、木瀬くんはそういうタイプじゃなさそうだし」

くるり、くるり。彼女の右手で二回ペンが回る。無意識に目で追ってしまってから、彼女へと視線を戻した。

「ということは、脅迫状を受け取ったのは、木瀬くんじゃなくて他の誰か。木瀬くんはその人を心配して、でも、警察沙汰にはしたくないって言われて、探偵に相談することにした——のかな、って思ったんだけど、どう?」

「……探偵って、なんでもわかってしまうものなんですか」

「ううん、私が優秀なの」

もう一度、にっこりする。

「……よくわかりました」

確かに、洞察力はあるようだ。行動力があることも——中学生の頃は、ありすぎなほどだった——知っている。素性も能力もわからない初対面の探偵に頼むより、やはり、彼女のほうが安心できる。

「依頼人は、僕じゃないんです。知り合いの男性で……真壁研一《まかべけんいち》さんという、僕が昔お世話にな

1

った人です」

依頼するかどうかを最終的に決めるのは自分ではないが、まずは内容を話して、受けてもらえるのか、探偵にどうにかできることなのか、確認しないことには始まらない。

僕が話し出すと、北見先輩は、ノートパッドの一番上の行に日付と時間帯を書き込んだ。

「その人のところに、脅迫状が届いてるんだね」

「はい。たまたま、僕がそれを見つけてしまって……それで、探偵に依頼して差出人を探してもらったほうがいいんじゃないかって、勧めたんです」

頭の中で話す順番を整理して、姿勢を正した。

「真壁さんとは、ずいぶん長い間会っていなくて、先月、偶然再会したんですが……」

転勤の多い父の仕事柄、僕は子どもの頃から、何度か引っ越しを経験した。

真壁さんは、北見先輩と初めて会ったこの町から引っ越して、次に住んだ町、S県N市に住んでいたときの隣人だ。医学部の学生だった彼に、僕は家庭教師をしてもらい、何度か遊びに連れて行ってもらったこともある。

明るく、社交的で、友達の多い人だった。中学生だった僕にとって、大学生はもう大人で、彼は憧れの対象、かっこいい兄貴分だった。

中学三年生の夏ごろまでお世話になったが、僕たち一家がN市から引っ越してからは、僕が高校受験で忙しくなったのもあって、いつのまにか疎遠になってしまった。

それから数年たって、再会したのがつい先月のことだ。何気なく入ったインテリアショップの店長が、彼だった。医者を目指していた真壁さんが、何をどうしてインテリアショップの店長になったのかはわからないが、そこは訊いていない。再会を喜び、食事をごちそうになった。懐かしくて、話が弾み、それから後も、何度か会った。

「先週、夕食を食べた後、彼の自宅に行ったんです。というか、酔っぱらった彼を僕が送って行っただけなんですけど」

彼は交際していた女性と婚約したばかりらしく、嬉しそうにその話をしていた。

スマートフォンで撮った、二人の写真も見せてくれた。彼の婚約者は、派手ではないが、品がよく、きちんとした女性のようで、僕は好感を持った。こちらに引っ越してくる前、K県に住んでいたときに知り合った女性だという。

「たまたま近所に住んでて、何度か顔を合わせる機会があって、自然に親しくなったんだけど……俺が前の彼女と別れたばっかりのとき、優しくしてくれてさ。ちょっと落ち込んでたから、彼女に本当、癒《いや》されたっていうか……運命感じたなあ」

彼女の写真を見ながら、真壁さんは、「一緒にいるとほっとするんだ」と目を細めた。

大学生の頃の真壁さんは、いつも人に囲まれていて、その中には華やかな女性たちも多かった。そんな彼が、結婚相手に彼女のようなタイプの女性を選んだことは意外だったが、だからこそ、真剣なのだとわかった。

おめでとうございますと僕が言ったら、真壁さんは恥ずかしそうにしていた。照れ隠しのように杯を重ね、気づいたら、彼は一人では歩けないほど酔っていた。

僕が未成年で、ソフトドリンクしか飲んでいなかったのが幸いした。まだそれほど遅い時間ではなかったから、一緒に電車に乗り、駅からはタクシーを使って、自宅まで送った。

「真壁さんは足元がふらついていたので、僕が手を貸して、寝室に連れて行きました。そのとき、ゴミ箱を蹴って倒してしまって」

中身を拾って元に戻したが、そのとき、捨てられていた手紙を見つけてしまった。真壁さんが破って捨てたのだろう、くしゃくしゃになっていたが、文字は読み取れた。

「良心があるのなら、結婚をやめろ。そう書いてありました」

翌日、酔いが醒《さ》めた状態の彼に確認すると、一、二か月前から、嫌がらせのような手紙が届くようになったのだという。ちょうど、交際していた女性、かなみさんとの結婚を決め、二人で住むための新居へ引っ越したころからだった。

「僕が見つけたもの以外にも、脅迫状は何通も来ているそうです。警察に相談したほうがいいと言ったんですが、真壁さんは乗り気じゃなくて……まだ実害があるわけじゃないから、警察が何かしてくれるとは思えないし、近所の目も気になるし、何より結婚前の大事な時期に、かなみさんを不安にさせたくないって。真壁さんは今は一人暮らしなんですけど、もうすぐ一緒に住む予定で、彼女はよく家に出入りしているそうで」

「そのかなみさんは、脅迫状が来てることは知らないんだね」

「そうらしいです。今のところは、ですけど」

これまでに届いた手紙も、彼女の目に入らないように捨てていたそうだ。

僕が説明すると、なるほどね、と北見先輩はまたペンを手の上で一回転させる。癖《くせ》らしい。

「真壁さん本人は、探偵を雇って調査することには同意してるの？」

「はい。僕が説得しました。警察が嫌なら、探偵や弁護士に相談してみるのはどうかって。それなら、と本人も言っています」

放っておいて脅迫が止むという保証もない。このまま続けば、いずれかなみさんにも隠しておけなくなる。結婚して一緒に住むようになれば、彼女が郵便物を見ることだってあるだろう。

実害がないと言っても、こんな脅迫が続いては真壁さんの精神が参ってしまうし、何より、実際に何かあってからでは遅い。

脅迫行為がエスカレートする前になんとかしなければということで、真壁さんと僕の考えは一致した。

しかし、探偵なら誰でもいいというわけではない。きちんとこちらの希望を聞いて、周囲に知られないように動いてくれる探偵でなければならないが、彼には、頼れるような専門家の心当たりはなかった。他県から引っ越してきたばかりなのだから当然だが、噂を聞いたこともないと言う。

僕は家族に法律関係者が多いから、身内が誰かいい探偵を知っているのではないかと頼られて、探してみると請け負ったのだ。——請け負ったはいいものの、僕の周囲にも私立探偵に依頼をした経験者は見つからず、結局インターネットや電話帳で探偵を探すしかなかったのだが。

「かなみさんや近所の人たちにはできるだけ知られないように、犯人を突き止めてほしいんです。お願いしたら、受けてもらえますか」

「と思うけど、まずは真壁さん本人に会ってからね。詳しい話を聞いて、費用の説明も本人にしなきゃいけないし、何より、直接依頼意思を確認しなきゃ」

「はい、それはもちろん」

ありがとうございます、と頭を下げる。

「すぐ、真壁さんに連絡します。予約をとって直接来るように言っておきますから」

探偵の評判については、実際に依頼したことのある人の意見を聞くのが一番確実だと、インターネットにも書いてあった。彼女なら、自分自身が仕事ぶりを知っているので安心だ。

やり方はともかく、成果を出せる探偵だということはわかっている。それに、中学生のころとは違って、今はさすがに無茶なことはしないだろう。

調査を始めるなら、少しでも早いほうがいい。真壁さんも、すぐに彼女の話を聞きたがるはずだった。

婚約者に気づかれないように万全を期すのなら、連絡の際は、僕が窓口になってもいい。

礼を言って、北見探偵事務所を辞した。

北見先輩と、電話番をしていた吉井がわざわざ席を立って、ドアのところまで来て見送ってくれた。

来たときよりも軽い足取りで、駅へ向かって歩きながら、早速、真壁さんに電話をかける。

彼の期待を裏切らず、紹介するに足る探偵を見つけることができたことに安堵《あんど》していた。

数回のコールの後、留守番電話に切り替わったので、探偵に会ってきたことと、後で詳細をメールするとだけ伝言を残す。

帰宅してから、メールを打った。その時点では、真壁さんの勤務時間は終わっているはずだったが、折り返しの連絡はなかった。仕事が長引いているのかもしれない。

依頼を受けてくれそうな探偵が見つかったこと、依頼するには本人が直接出向く必要があることを伝え、北見探偵事務所の名前と連絡先を記載する。必要があれば同席するし、連絡の窓口にもなるとも書き添えておいた。

両親と夕食をとり、自室で大学の課題を終え、風呂に入って就寝する。気分は穏やかだった。

一仕事終えたという安心感のおかげか、よく眠れた。

眠るときにはスマートフォンを近くに置かないから気づかなかったが、翌朝見ると、日付が変わるころ、真壁さんから、

『ありがとう。行ってみるよ』

と、簡潔な返事が届いていた。


それから一週間が経ち、十日が経った。

北見探偵事務所に行ってみるというメールが届いて以降、真壁さんからの連絡はない。うまくいっているのか、いないのか、それどころか、結局彼が北見先輩に依頼をしたのかどうかもわからなかった。

彼女を紹介した時点で自分の役目は終わっていたが、気になった。調査の内容や進捗《しんちょく》は真壁さんのプライベートなことで、僕には関係がないが、紹介した以上、責任がある。

中学生のときでさえ、彼女はいとも簡単に依頼人の期待に応えてみせた。調査能力については心配はいらないだろう。問題があるとしたら、調査能力以外の部分だ。

彼女自身、調査と報告以外はしないと言っていたから、心配することはないとは思うが、万が一、行き過ぎるようなことがあって、真壁さんとトラブルになったら――それは望むところではない。

変な先入観を持たせてもよくないかと思い黙っていたが、彼女について自分の知っていることは、話しておくべきだっただろうか。

依頼の範囲を明確にしておくよう、事を荒立てたくないという意思をきちんと伝えておくよう、念のため言っておいたほうがいいかもしれない。

しばらく迷ったが、北見探偵事務所へ行った日からちょうど二週間目を区切りにして、真壁さんに連絡をしてみることにした。

「探偵への調査依頼の件、どうなりましたか？　犯人は捜せそうですか」

メールを送ったが、すぐには返事がない。

返事が来るまでに時間がかかっているという時点で、なんとなく、彼はまだ北見先輩に会っていないのではないかという予感があった。

その日は注意して、スマートフォンを持ち歩くようにした。

夜になってから、思ったとおりの返信があった。

『ちょっと最近忙しくて、まだ行けていないんだ』

メールが届いた直後なら、相手も時間があるときで話しやすいだろうと、メールを確認してすぐに電話をかける。

三回のコールの後に、真壁さんが出た。

「こんばんは。すみません、夜分に」

『いや、ちょうど一人のときだったからよかった。せっかく手配してくれたのに、悪い。実は、まだ決心がつかなくて、迷っていて』

かなみさんがいるところで、こんな話はできない。タイミングはよかったようだ。

「嫌がらせは、続いているんですよね？」

僕が尋ねると、真壁さんは口ごもった。

『ああ、うん……そうだね。あれから、また届いたよ』

手紙が来なくなったから、相談する必要がなくなった、というわけではないらしい。

彼は、少し早口になって続ける。

『気持ち悪いけど、今のところ、実害があるわけでもないし……探偵に頼んで、解決するかどうかもわからないと思うとね。芳樹の紹介なら、ちゃんとした人だろうけど、やっぱりなかなか、敷居が高いっていうか』

どうにも煮え切らない。

少し前に話したときは、探偵に依頼することに対して前向きになっている様子だったのに、気が変わったのだろうか。まだ事務所を訪ねてもいないということなら、北見先輩個人が気に入らなかったということもないだろう。

「依頼するかどうか決めるのは、話を聞いてからでいいと思いますよ。まず会ってみたらどうですか」

『そう思うんだけど、かなみに隠れて、事務所まで行くタイミングも難しくて。仕事がない日は、割といつも一緒にいるから……一度依頼したら、探偵からの連絡も来るようになるだろ？　それでかなみを不安にさせたり、怪しまれて、手紙のことがバレても本末転倒だし』

「そのあたりは配慮してくれると思います。僕が窓口になってもいいですし……僕からの連絡なら、かなみさんも怪しまないでしょう」

『そうだな。それは助かる。ありがとう。もう少し考えてみるよ』

これはダメだ、と直感する。

依頼する気がないわけではないのだろうが、悩んで、タイミングをはかって、そのうちにと思いながら依頼しないままになってしまうパターンだ。

このままではいけないとわかっていても、踏み出せないまま、ずるずると時間ばかりが経ってしまう。何かあってからでは遅いのに。

もどかしいが、無理やり北見先輩の事務所まで真壁さんを引っ張っていくわけにもいかない。

電話を切って、しばらくの間スマートフォンの画面を眺めた。

聡一兄さんのことを思い出す。聡一兄さんと真壁さんは、顔も性格も全然似ていないのに、自分が我慢していればいつか終わると思っているのだろう、そういうところが同じだった。

中学生のとき、いじめに苦しんでいた聡一兄さんが北見先輩に依頼をしなかったらどうなっていただろう。あの学校に北見先輩がいなかったら。

あのときだって、いじめの証拠をつかんでほしいと彼女に最初に言ったのは自分だった。

その結果、聡一兄さんはいじめから解放された。

彼女の策略で、彼をいじめていた生徒は、逃げるように転校していった。あのときは、何もそこまで、と思ったたし、胸に苦い思いも湧いたが、彼女に依頼をしたこと自体が間違いだったわけではない。なんとかするために動いたことや、頼った相手が間違っていたわけではないはずだった。

今なら、きっと、違う結果につなげることができる。

財布のカード入れにしまっていた北見先輩の名刺を取り出して、事務所に電話をかけた。

遅い時間だからつながらないかと思ったが、三回のコールで、男性が出る。

北見先輩は調査に出ているそうでいなかったが、翌日に会う予約をとることができた。

このときにはもう、心は決まっていた。

＊＊＊

「時間ぴったりっすね」

北見探偵事務所に二度目の訪問をする。吉井が迎えてくれ、面談室に通してくれた。

執務スペースに北見先輩の姿は見えなかったが、吉井がお茶を運んできてくれた数秒後に、どこからか現れて僕の向かいに座った。

お待たせしました、と微笑《ほほえ》んだ彼女に会釈《えしやく》をして、早速本題に入る。

「真壁さんに聞きました。まだ、依頼していないって」

北見先輩は何でもないことのように頷く。

「気が変わったのかな。珍しいことじゃないよ」

「依頼する気がなくなった、ってわけじゃないと思います。なんとかしなきゃいけないのは、本人もわかっているはずなんですけど、ただ、踏ん切りがつかないというか……頼んだところで解決するとは限らないのに、かえってかなみさんに知られる可能性が高くなるんじゃないかとか、色々考えて、二の足を踏んでいる状態のようです。このまま放っておいたら、手紙だけじゃすまなくなるかもしれないのに」

気持ちはわからないこともない。探偵に依頼する、というのは思い切った決断だ。真壁さんは口に出さなかったが、費用のこともある。婚約者に知られてしまうリスクを冒《おか》して、費用をかけて、そうするだけの効果が得られるのかもわからないのでは、迷うのも当然だった。

しかし、このまま放っておいても、事態がよくなる保証はない。それどころか、悪化する可能性のほうが高い。その場合のリスクを考えたら、躊躇している場合ではなかった。

冷静に考えれば、少しでも早く手を打つべきだとわかるはずだが、何故か彼はそうできずにいる。真壁さんに優柔不断な印象はなかったから少し意外だったが、当事者となるとそうなるのも仕方ないのかもしれない。

脅迫状はただのいたずらで、放っておいてもいつか止むと信じたい気持ちもあるのだろうが、そうでなかったとわかってから後悔しても遅いかもしれないのだ。

それに、僕が見た手紙――結婚をやめろというあの手紙は、過激な文言を使っていないぶん、かえって不気味で、ただのいたずらとは思えなかった。

「本人が希望しないんじゃ仕方ないよ。勝手に調べるわけにもいかない」

北見先輩は冷静に、なだめるように言う。

つまり、依頼があれば調べられるということだ。打つ手がない場合、こんな言い方はしないだろう。彼女は、自分が調査をすれば、犯人を見つけられると自信を持っている。

それを確かめたかった。

「僕が依頼します」

まっすぐ彼女を見て言った。

「友人を脅迫している犯人を突き止めて、その証拠をつかんでほしい、という依頼です。脅迫を受けている本人じゃなくても、依頼はできますか」

警察へ被害届を出すには、本人でなければならないが、探偵への依頼にそんな決まりはないはずだ。

北見先輩は、大きな目を見開いて僕を見て、思い出したかのように瞬きを一度した。

「……できるけど」

よかった、と頷いて姿勢を正し、改めて頭を下げる。

「じゃあ、お願いします。本人にも、依頼したい気持ちはあるはずなんです。決断できずにいるだけで……。迷っているうちに取り返しがつかないことになるかもしれません。近所の人や、かなみさんには極力知られないように、犯人を見つけてください。証拠があれば、警察に動いてもらうこともできますし、相手と交渉もできます」

警察沙汰にすることは真壁さんの本意ではないだろうが、警察が動けるくらいの証拠をつかんでいる、というだけで、交渉は有利に進められるだろう。いざというときの保険にもなる。

「身内でもない人のための調査費用を、木瀬くんが払うの？」

彼女は、首を少しだけ左に傾けて言った。

「調査費用の相場知ってる？　一万円とかじゃないよ」

「お世話になった人の婚約祝いだと思って、それくらいは……」

興味深げな視線に、恥ずかしくなって目を逸らす。

「だって、許せないじゃないですか。卑劣でしょう」

むきになったような言い方になってしまった。

インテリアショップで再会し、声をかけたとき、真壁さんが一瞬戸惑った顔をしたのを覚えている。木瀬芳樹だと名乗ったらすぐに思い出してくれ、食事に誘ってくれたのも彼のほうからだったが、彼は、以前とはどこか違っていた。

僕の知る真壁さんは、明るく社交的で、誰とでもすぐに仲良くなる人だった。しかし、僕が声をかけたとき、彼はほんの一瞬、警戒するような目を向けたのだ。

一緒に食事をして、話をしてみれば、昔のままの彼で安心したが、それでも、ふとしたときに見せる表情に翳《かげ》があるように思えて、気になっていた。

その理由が、くしゃくしゃになった脅迫状を見たときにわかった。

見知らぬ誰かに脅迫を受け続けていたのなら、突然声をかけられた彼が身構えたことも頷ける。

脅迫状の話をしたとき、真壁さんは酷《ひど》く動揺していた。気にしないようにしていると口では言っていたが、それが彼の心に影を落としていることは明らかだった。

あの明るくて前向きな人を、ほんの一瞬とはいえ、他人に怯えるまで追い込んだ脅迫者を軽蔑する。

まして、愛する人と婚約をして、これから新しい家庭を築こうとしているときに――その幸せに水を差すどころか、泥水をぶちまけるような真似が、許されるわけがない。

「正義感が強いんだね」

北見先輩に言われて、はっとした。

頭が冷え、急に、恥ずかしいような、申し訳ないような気持ちになる。

「……そんなことは、ないです」

目を逸らした。

真壁さんを心配しているのは本当だし、犯人を許せない、見過ごせないという気持ちは確かにある。

しかし、きっと、それだけではなかった。

解決のためにはこうすべきだという道があって、でも、「被害者」本人が動こうとしないこと――もっとはっきり言えば、戦おうとしないことを、もどかしく思っている。この気持ちには覚えがある。

何もしないでいたせいで手遅れになったら、という焦燥と、それから――こうするべきだとわかっていて何もしなかったら、自分が後悔するという危機感。

自分が納得するために、自分が正しいと思うことをしたい。正義感といえば聞こえはいいが、それは、独りよがりで身勝手な感情かもしれなかった。

中学生のときの彼女の行動も、もしかしたら、似た感情に基づくものだったのだろうかと、ふと思った。

「いいよ。依頼としては問題ないと思う。ご希望なら、お引き受けします」

顔をあげた。

「本当ですか」

彼女は頷き、

「着手金は、後輩割引で今回は五万でいいよ。交通費とか、実費はもらうけど。あとは、犯人を特定したら、成功報酬《ほうしゅう》十五万」

右手の指を広げてみせる。

着手金五万。

検索した探偵の一般的な調査費用と比べると、かなり良心的だ。

特に、成功報酬制というのは珍しい気がする。探偵の調査費用は、時間いくらで契約することが多いらしく、調査が長引けば何百万と費用がかかることもあると、ネットに書いてあった。

「いいんですか」

「所長代理権限」

名前だけだと言っていたのに、胸を張ってそんなことを言う。

そんな適当なことをして大丈夫なのだろうか。心配しているのが表情に出ていたのか、僕の顔を見て、北見先輩は「平気だって」と笑った。

「でも、その分人員は割《さ》けないから、人手が要るときは木瀬くんも協力してね。張り込みとか必要になるかもしれないし。危険なこととなんかそうそうないと思うけど、何かあっても木瀬くんなら安心。何か武道やってるでしょ？」

「どうしてわかったんですか」

小学生の頃から父の勧めで合気道の道場に通っているが、もちろん彼女には言っていない。

北見先輩は唇の前に人差し指を立てて、「企業秘密」と言った。

どきりとする。

こんなことが、前にもあった。

彼女は芳樹を見て笑い、

「筋肉のつき方とか、手の形とか、歩き方とか姿勢とかかもしれない」

と付け足した。

そんなことまでわかるのかと驚いていたら、彼女はさきほどまでとは少し違う、困ったような笑みを浮かべる。

「念のためにもう一度言っておくけど、私はただの探偵で、仕事は情報を集めて依頼人に報告すること。サービスでそれ以上をすることもあるけど、推理小説の名探偵みたいに、毎回鮮やかに事件を解決できるわけじゃないの」

最初に面談したときから、それこそ名探偵のように次々とこちらのことを言い当てておいて、今さらそんなことを言う。

現実は小説のようにはいかないと、釘を刺しているのだろう。

「もちろんできる限りのことをするけど、結果が出なくても、着手金と実費は返せないから、そのつもりでいて。それでもいい？」

もとより承知だ。着手の時点で必要な費用について、成果が出なかったからといって返せと言うつもりはない。

むしろ、着手金が五万円で済むとは思っていなかった。

手付として一部だけでも今日必要になるかもしれないと、アルバイト代を下ろしてきていたが、その半分が不要になった。

「わかりました。よろしくお願いします」

座ったままで頭を下げる。

あのときもそうだった、と思い出す。

初めて会った「探偵」の、鮮やかな手際を見て、彼女なら、と思った。だから、いじめの証拠をつかんでほしいと持ちかけた。

きっとこれで解決できると思った。――青臭い言い方をすれば、正義を実現できると思った。

その結果があれではないか、また同じことをするのかと、誰かに話したら呆れられるかもしれないが――もう一度やり直したいと思う気持ちが、どこかにあったのかもしれない。

苦い思い出のまま終わらせるのではなく、同じ選択で、違う結果を出したかったのだ。きっと。

今度こそ。

僕が財布を取り出すと、北見先輩は笑顔で、領収書出すね、と言った。

2

木瀬芳樹がまっすぐに背筋を伸ばし、お手本のようなきれいな角度で頭を下げて出て行くのを見送って、私が執務スペースに戻ると、待ち構えていたかのように吉井が寄って来た。

「受任《じゅにん》になったんですか」

「うん。彼が払うって、調査費用」

「まじっすか。金持ちっすね、まだ若いのに。ていうか、家族とか恋人でもないのに、自腹で調査とか、太っ腹すぎっすね」

木瀬が、知人に届いている脅迫状の件で相談に来ていたことは他の調査員たちも知っている。その後真壁本人からの連絡はなかったから、結局依頼は取りやめになったのかと思っていた。まさか、木瀬が自腹で他人のための調査を依頼するとは、私も予想していなかった。

浮気調査の報告書を作成していた澄野《すみの》も、パソコンの画面から目を離してこちらを見ている。

「先輩って呼ばれてましたけど、お嬢の知り合いだったんですか」

「中学のときの後輩。知り合いってほどでもないけど」

「まあまあ男前でしたよね、ちょっと融通《ゆうずう》きかなそうですけど。どうっすかああいうの。お坊ちゃんでしょ、玉の輿《こし》に乗れますよ」

「私は年上が好みなの」

「あ、じゃあ俺とか」

「吉井くん年上に思えない」

「ええー」

ふざけている吉井の身体ごしに、澄野が手を伸ばし、私が面談室から持って出て来た契約書や顧客情報シートを取り上げる。

木瀬の住所氏名が書かれたシートを眺め、曲げた人差し指で自分の顎《あご》をさすった。

「友達思いってのもあるでしょうが、ずいぶんお嬢のことも買ってるんじゃないですか。そうじゃなきゃ、自腹切ってまで依頼はしないでしょう」

「どうかな。あそこまで素直に感心されると、ちょっと罪悪感湧いちゃうけど……」

「ああ、やったんですかホームズごっこ」

「ちょっとだけね。父親の仕事とか、武道やってるでしょってこととか。競技大会の出場記録くらい、素人だって十秒で調べられることなんだけど」

「自分が正直者で素直な性格だと、他人を疑おうって発想すらなくなるんですよ、きっと」

最初にこの事務所に訪ねてきた時点で、相談者である木瀬の名前と連絡先はわかっていた。現在どこの大学のどの学部に通っているのかは、初回に見せてもらった学生証に書いてあったし、基本的な情報が手に入れば、枝葉の情報を集めるのは簡単だった。家族のことも、一日あれば調べがつく。特に、彼の父親の職業は特殊なので、彼は近所でも学部内でも割と有名人で、情報はすぐに集まった。

父親が検事正、祖父が高裁判事、母親が元裁判所書記官。噂にもなるだろう、法曹界のサラブレッドだ。

彼自身も、家族と同じ法律の道を志しているらしい。

それが、ああもあっさりと私の手管《てくだ》に惑《まど》わされてしまって大丈夫かと心配になったが、真面目でまっすぐな分、搦《から》め手や駆け引きには慣れていないのだろう。

ファッションは今風だったが、話し方や仕草が、見るからにいいところのお坊ちゃんという感じで、擦《す》れていない様子だった。

私が有能な探偵であることは事実だが、短時間でそれを相談者にわからせることは難しいから、ああやってわかりやすくインパクトの強い方法でパフォーマンスをすることもある。

短期間で、彼に関する情報をこれだけ集め、先回りしておくことだって、探偵としての調査能力がなければできないことだ。

私の個人的見解としては、現実の探偵に必要なのは、推理力よりも調査能力だが、依頼人はたいてい、推理小説の探偵のように推理を披露すると喜び、安心するようだった。

裸ですみません、と丁寧に言って彼が置いていった五万円を、封筒に入れて金庫にしまう。

珍しいタイプの依頼人だ。

世間知らずそうだったが、初々しくて、手を貸してやりたくなる。

困っているのは自分ではないのに、深刻な顔をしていた。知人が理不尽な目に遭っていることに対して、自分のことのように憤慨していた。

細いフレームの眼鏡と切れ長の目のせいか、落ち着いた話し方のせいか、一見冷たそうな印象さえ受けるのに、中身は意外と熱い。しかし、意識して冷静でいようとしているのを感じた。頭の回転も悪くない。真っ直ぐすぎるのと、かなり繊細そうなのが心配ではあるが、あのまま成長すれば、いい検察官になるかもしれない。

「着手金五万は安すぎませんか?」

契約書を確認した澄野が言った。

割引については私に裁量があるので咎《とが》める口調ではなかったが、後輩に甘いのではないか、という含みを感じる。むしろ、どこか微笑ましいと思っているような声音だった。早速吉井が乗っかって、「眼鏡男子割引ですか」などと茶々を入れる。

「先行投資だよ。将来性を買ったの」

契約書を澄野から受け取り、新しいファイルに綴《と》じながら応えた。

嫌がらせやストーカー行為の犯人をつきとめてほしいとか、証拠をつかんでほしいという依頼はたまにある。しかし、嫌がらせを受けている本人やその身内以外から依頼を受けたのは初めてだった。

まずは脅迫の被害に遭っているという本人、真壁研一に会わなければ始まらない。

木瀬の話を聞く限り、真壁自身、危機感や探偵に依頼する必要性は感じていて、調査を拒否しているわけではないようだから、協力は得られると思いたいが――一時は乗り気だったのに、いざ探偵を紹介されると尻込みしている、その理由が気になる。木瀬は、単に費用対効果を考えて一歩が踏み出せないでいるのだろうと、あまり深くは考えていないようだったが、それだけではないような気がした。

木瀬が見たという脅迫状の文言も引っかかる。

良心があるのなら、結婚をやめろ――手紙にはそう書いてあったと、木瀬は言っていた。脅迫にしては微妙で、意味深な文言だ。

単なる嫌がらせというよりは、相手を断罪するような。

探偵を雇うこと、特に、友人である木瀬に紹介された探偵を雇うことを躊躇している理由は、そこにあるかもしれない。

たとえば、探偵に探られたら困るとか——場合によっては、現段階では、真壁本人の協力は期待できないかもしれない。

「将来性って、あれっすか、やっぱり、数年待てばいい男になる的な」

「ばか。仕事の話。時雨さんみたいにお得意様になってくれるかもしれないでしょ」

木瀬から、真壁の自宅と勤務先の場所は聞いている。スマートフォンの地図アプリに、両方の住所を入力して立ち上がった。

「検事正の息子で、裁判官の孫だよ。そのうち彼も検察官になるだろうし、恩を売っておいて損はないよ」

＊＊＊

真壁が店長を務めているというインテリアショップは、最寄り駅から少し歩いたところにある、おしゃれな店が並ぶエリアの、セレクトショップと帽子屋の間にあった。

ショーウィンドウの右側に、観葉植物の鉢に挟まれた入口がある。こげ茶色の木枠にガラスを嵌《は》め込んだドアは大きく開けてあり、店内の様子が見通せた。明るく、入りやすい雰囲気の店だ。

「Stray Dog」と、ショーウィンドウに直接白い文字で店名が書いてあった。

店に入り、ゆっくり歩きながら店内を見回す。

思っていたより広い店だ。大型家具のほかに、食器や観葉植物、キャンドルや時計などの雑貨も置かれている。奥のほうには、ベッドカバーやクッションカバー、カーテンなどを陳列しているコーナーが見えた。その近くにレジがあったが、今は無人だ。

模様の入った素焼きの植木鉢が、大きさごとに重ねてある横を通り過ぎ、卓上に飾れるサイズのサボテンやエアプランツが陳列してある台の前で立ち止まった。

適当な鉢を手にとり、眺めるふりをしながら、真壁の姿を探す。

店員は、見たところ二人だけだ。店の中を歩き回って、陳列された食器の位置を直している女性と、カーテンのコーナーの前で二人連れの客にカタログを見せ、何やら説明している背の高い男性。二人とも、Tシャツにブルーデニムを合わせ、黒いヒップバッグを腰につけていた。

カタログを手にしているのが真壁研一だろう。

サボテンを棚に戻し、もう少し近づいた。生成《きな》りの生地を張ったソファに触り、座り心地を確かめているふりで観察する。

目鼻立ちがはっきりしていて、目を引くルックスだ。着ているものはシンプルだが、地味な印象はまったくない。学生時代の彼は社交的で、いつも人に、特に女性に囲まれていたと木瀬が言っていたが、それも頷ける。客とのやりとりを聞いていても、人当たりがよく、自分からトラブルを起こすタイプではなさそうだ。

この男が嫌がらせを受けていると聞いて、最初に思いつくのは、誰かのやっかみ、もしくは、女性関係のトラブルあたりか。

たとえば、過去に関係のあった女性が――彼に捨てられた女性とか――手紙の差出人で、彼に未練があるから、結婚をやめろ、と脅迫しているということも考えられる。

いや、まだ仮説を立てるには早い。

私は頭に浮かんだ考えを打ち消した。

わずかな情報だけに基づいて考えを固めてしまうのは危険だ。視野が狭くなる。

木瀬が真壁を、完全に被害者として見ているので、つい、つられてしまいそうになるが、真壁が木瀬の言う通りの善良な人間であるとも限らないし、そうだとしても、人間、どこで誰の恨みを買っているかわからない。今の段階では、可能性は無限にあった。

少年のように後ろを刈り上げたショートヘアの若い女性店員が、前を通り過ぎる。

私はソファから離れ、さりげなく、観葉植物のコーナーの陳列を直し始めた女性店員の隣に並んだ。

ガラス容器や額縁にディスプレイされたエアプランツの中から、丸い瓶《びん》に入れられた一つを手にとり、

「これって、作り物じゃなくて本物の植物ですよね。このまま飾って枯れないんですか？」

声をかけると、店員はにこやかに答えてくれる。

「はい、このあたりのものは空気中の水分を吸収して成長するので、土も水やりもいりません。だから、いろんな形で飾れるんですよ。こうして額縁や流木と組み合わせると、オブジェみたいでしょう？」

年齢は私と同じか、少し上くらいだろう。アルバイトかもしれない。しかし、馴《な》れ馴《な》れしくもなく、硬くもなく、好感が持てる接客だった。

「家具だけじゃなくて、植物まで扱ってるっておもしろいですね。ソファとかテーブルはそうそう買い替えないけど、こういう小物を見ているだけでも楽しいです」

「そう言っていただけると嬉しいです。食器やキャンドルなんかもありますので、是非ご覧くだ

さいね」

少しの会話の後、タイミングを見計らって、店内を見回し、

「あの人が店長さんですか？　まだ若いのにこんなお店を持ってるなんてすごい、かっこいいですね。商品もディスプレイもセンスがよくって素敵だし」

レジに入っていた真壁に目に留めて――たまたま目に留まったかのように――言う。女性店員は、何も疑う様子はなく、ありがとうございます、と笑った。

「オーナーは別にいるんですけど、買い付けとかディスプレイとかはほとんど店長がひとりでしてるんで、きっと喜びます」

真壁は雇われ店長ということらしい。

木瀬の家庭教師をしていた頃は医学部に通っていたらしいから、どういう経緯でインテリアショップで店長をすることになったのかは気になったが、アルバイト店員からそこまでの情報は引き出せないだろう。職場での人間関係や真壁の人となりについて、少しでも聞き出せれば上々だ。

改めて店内を見回し、いいなー、と猫をかぶった声を出す。

「私もこんなお店で働きたいな。店長さんもかっこいいし。店長さんとお姉さん、二人だけでやってるんですか？」

「もう一人アルバイトがいて、私と交代で入ってます。今はいませんけど」

「そっかあ、それじゃ募集はしてないのか。残念」

私が肩を落としてみせると、女性店員は、ふふ、と笑った。もっと忙しくなったら求人を出すかもしれませんよ、楽しい職場です、などと、リップサービスだろうが、フォローを入れてくれる。

職場の雰囲気はよさそうだ。話した感じの印象にすぎないが、真壁は、アルバイト店員にも好かれているらしい。

「今日はちょっと、用事があってゆっくり見られないんで、また来ます。このお店って、何時までですか？　お休みの日とかあるんですか」

「店は六時までで、水曜が休みです」

「店員さんや店長さんも、六時あがりですか？」

ついでとばかりに滑り込ませた質問に、店員は苦笑した。

「店長が帰るのは大体七時くらいですけど、婚約者がいるからダメですよ。一緒に住み始めたばっかりの」

「あ、バレました？　残念」

手紙が届くようになったのは、かなみと婚約してからだと聞いている。結婚をやめろという手紙の内容を考えても、犯人は、彼らが結婚を前提に交際していることを知っている誰かだ。

そして、職場の人間は、交際の事実を知っている。それがわかっただけでも、一つの収穫だ。

あまり印象に残りすぎてもよくない。ここは引きどきだろう。

親切な店員に挨拶をして、店を後にした。


職場の次は、自宅だ。「Stray Dog」を出たその足ですぐに、芳樹から聞いた真壁の住所へと向かった。

今日は少し風が強い。四月も下旬だというのに、薄いブルゾンを一枚羽織《はお》っただけでは肌寒いくらいだ。できるだけ日向《ひなた》を選んで歩く。

真壁とかなみが住んでいる家は、住宅地の端にあった。

二階建ての一軒家で、周囲を低い塀《へい》が囲んでいる。塀の切れ目の部分には、以前は戸がついていたのかもしれないが、今はぽっかりと開いているだけだ。そこから二メートルほどの短い石畳の道が、建物へと続いていた。レトロなデザインだ。

建物の前方部分に、小型の自動車なら停められそうなスペースがあるが、車は見当たらなかった。かわりに、前に籠《かご》のついた自転車が一台、塀に沿って置いてある。

駅やバス停から離れていて、交通の便はあまりよくないが、二十代の男女の新居としては立派なものだった。建物自体はかなり年季が入っているようだが、こぢんまりとしていて、貧相な印象はない。

勤務先で見た、おしゃれで都会的なイメージの真壁が、婚約者と二人でこの家に住んでいると思うと、何だか微笑ましいような気持ちになった。

窓が正面から見える場所に二つ、玄関のドアを挟んである。カーテンが閉まっていて、人の気配は感じられなかった。

敷地に入って、塀と建物の間をぐるりと回ってみる。右側と、回り込んだ裏側にも一つずつ窓があった。光や音は漏れていない。まだ、誰も帰っていないようだった。

家の正面に戻り、改めて建物を観察する。インターフォンはドアの右、左側に、「ＭＡＫＡＢＥ・ＩＮＯＵＥ」と木製の表札がかかっていた。木の板にステンシルで文字を印字した簡単なもので、手作りのようだ。入籍するまでの暫定《ざんてい》的な表札なのだろう。

郵便受けは、インターフォンの下に設置されている。壁に据え付けられた、箱状の郵便受けだ。蓋《ふた》がついていたが、鍵はかかっていない。

蓋を開けて中を見る。ダイレクトメールに混ざって、白い封筒が見えた。取り出して確認する。表には真壁の名前と住所が印刷されたラベルシールが貼ってあり、差出人の名前はどこにも書いていない。軽い。スマートフォンのライトにかざしてみたが、さすがに中身までは見えない。スマートフォンのカメラで封筒を撮影し、郵便受けに戻した。

今日中に真壁と話をしたいが、彼が七時に店を出たとして、帰宅は七時半。まだ大分時間がある。

一度真壁宅を離れて、別の仕事を済ませてから、真壁の帰宅に合わせてまた戻ることにした。

ちょうど澄野が近くの駅で、別件で張り込みをしている。二駅分移動し、彼が休憩をとれるよう、浮気調査の張り込みを一時間だけ交代した。ちょうど、休憩を終えた澄野が戻ってきた直後にターゲットが女性と一緒にラブホテルから出て来たので、車の中からその瞬間の写真を撮り、澄野を車に残して車を降り、女性のほうを歩いて尾行する。彼女がタクシーに乗るようなら澄野に車で追ってもらおうと思っていたが、女性は地下鉄を使ったので、そのまま隣の車両に乗って、私が尾行を続けることになった。澄野一人だったら、この時点で見失っていただろうから、私が合流したタイミングだったのはラッキーだった。

女性は、自分が尾行されているなどとは思ってもいないらしい。無防備な相手を尾行するのは簡単で、危なげなく自宅を突き止めることができた。

今日は写真だけでも撮れれば御《おん》の字だと思っていた案件の、浮気相手の住所の調査まで一日で済んでしまった。澄野に首尾を連絡し、効率的に時間を使えたことに満足しながら、急いで真壁宅へと向かう。

場合によっては、真壁宅へ行くのは日を改めなければならないかと思っていたが、彼女はホテルを出た後、寄り道をすることもなくまっすぐ家に帰ったので、ぎりぎり、七時過ぎには真壁宅へ着ける時間だ。

真壁宅の前に着いたとき、辺りはすでに暗くなっていたが、幸い、まだ正面の窓に明かりはついていない。

郵便受けを確認すると、手紙はまだそこにあった。

真壁宅の敷地から出て、近所の人に怪しまれないよう、携帯電話で話しているふりをしながら、しばらく、真壁の家が見える位置を行ったり来たりした。

真壁とかなみ、どちらが先に帰宅するかもわからないから、家の前で待ち伏せるわけにもいかない。

十分ほどして、駅の方向から、真壁が歩いてくるのが見えた。かなみは一緒ではないようだ。他に、通行人もいない。

私は真壁の家の前で止まり、彼が近づいてくるのを待った。

「こんばんは」

「……こんばんは。あれ、君は」

自宅の前で知らない人間に待ち伏せされていたことに驚いただけか、今日彼の店にいたのを見て、私の顔を覚えていたのか。どちらでもかまわなかった。もともと、隠すつもりもない。

「北見理花と言います。探偵です」

簡潔に名乗ると、真壁の顔色が変わった。

「少し、お話を聞かせていただけませんか」

「申し訳ないけど、もうすぐ、かなみが……彼女が来ることになってるから」

来ることになっている、という言い方をしたということは、まだ同居してはいないということだろうか。表札を示して、「一緒に住んでいるのでは？」と尋ねると、「その予定だけど」と短く否定される。当然かもしれないが、プライベートなことを話したくないという意思を感じた。

「日を改めてでもかまいません。今日はすぐ帰ります。ご挨拶にうかがっただけですから」

真壁はそれには答えずに、私の前を通りすぎ、ドアの前に立って鍵を取り出す。

迷惑そうではあったが、木瀬に仲介を頼んだ手前、あまり邪険にすることもできないのだろう。家に入れるわけにはいかないが、ここで私を無視して自分だけ家に入って、家の前に居座られても困る。どうしよう、と思案している様子なのが見てとれた。

真壁は鍵を手に持ったまま、しばらく次の行動を決めかねているようだったが、思い出したように手を伸ばし、郵便受けを開けた。

まとめて取り出した郵便物の一番上に、白い封筒がある。はっとしたように、真壁の動きが止まった。彼にとっては見覚えのあるもののようだ。

「何か来ていましたか？」

「……いや」

真壁は中身も見ずに、白い封筒をぐしゃりと握り潰《つぶ》した。

素直に教えてくれる気はなさそうなので、質問を変える。

「かなみさんが仕事終わりに来るときは、いつもこのくらいですか？」

「……どうして？」

「真壁さんより早く家に着くこともあるなら、彼女が郵便受けを見るリスクが上がります」

それは、彼が一番懸念していることだったはずだ。真壁は少しの逡巡の後、答えてくれる。

「……俺のほうが早いよ。勤務先が近いから。郵便が来る時間は大体決まっているから、ああいう手紙が来るようになってからは、休みの日に一緒にいるときも、極力俺が自分で見るようにしてる」

「郵便物が届くのは、いつも何時頃ですか」

「だいたい三時から四時の間かな。日によってはもっと遅くなることもある。六時頃とか」

「脅迫状の送り主に、心当たりはありませんか？　誰かの恨みを買った覚えとか」

ないよ、と苛立ちの滲む声で真壁が言った。

「今日は帰ってもらえないかな。依頼するかどうかはまだ決めてないんだ。もう少し考えたい。こんな風に突然押しかけられるのは困るんだ。必要だと思ったら、こちらから連絡をするから」

一息に言ってから、一度は依頼すると言ったのに悪いけど、と付け足した。店にいたときとは違って、余裕のない表情だ。

家の前で長話をしていたら、近所の人に不審がられると思っているのかもしれない。それ以上に、私がかなみと鉢合わせることを危惧してもいるだろう。しかし、それだけなのか、ほかに私と話したくない理由があるのかはわからなかった。

「相談予定だった人が翻意することは珍しくないので、気にしていません。契約どころか、直接の相談もまだの段階でしたし」

「じゃあ、」

「でも、私はすでに別の人から依頼を受けて動いているので、真壁さんの意思は関係がないんです。手紙のことがかなみさんや近所の人たちに知られないよう、調査するうえでは極力配慮します。依頼人の希望でもあるので」

「別の人？」

真壁が怪訝《けげん》そうに眉を寄せる。

「調査の依頼を？　誰が……」

「それは言えません」

訊きはしたが、真壁も、すぐにその誰かに思い当たったようだった。

木瀬の口から伝わっていないなら、私が教えるわけにはいかなかったが、木瀬にも、隠すつもりはないだろう。真壁に隠れて調査を進めろとも言われていない。

彼はただ、一歩踏み出せない真壁の代わりに契約書に署名して、費用の負担を申し出ただけというつもりでいる。真壁本人が調査を望んでいないかもしれないなどとは、思っていないだろう。

調査にあたって真壁の協力を得られない場合のことなど、想定すらしていない。

私は木瀬ほど楽観的ではなかったが、真壁本人の協力を得られなければ、調査の難易度は格段に上がるので、何とか彼の協力を取り付けたいと思っていた。

拒絶されたらどう口説こうかと考えていたが、取りつく島もない、というほどでもない。

この様子なら、押せばなんとかなりそうだった。

「調査するなら早いほうがいいし、どうせ依頼するなら腕のいい探偵がいいですよ。費用対効果のことが気になるのは当然ですけど、今回依頼人は別にいて、無料なわけですから、お試しだと思って協力してくれませんか。そのほうが、早く調査結果が出ます」

その分、かなみに気づかれるリスクも低くなる。言外にそう告げる。

真壁は黙って目を泳がせていた。

迷っているようだ。

いつまでもかなみに隠してはおけない、このまま嫌がらせが続けば、いずれ知られてしまうと、彼自身も危惧《きぐ》してはいるはずだった。

「考えておいてください。またお邪魔します。かなみさんと一緒じゃないときに、今度は先に連絡をしてから」

もう一押しで落とせそうだったが、あえてそう言って背を向ける。

彼にも考える時間が必要だろう。冷静になれば、私に協力したほうがいいということはわかるはずだ。

それに、急《せ》かされるより、じっくり自分で考えて納得したうえで協力することを決めてもらったほうが、後々、積極的な協力を期待できる。

敷地から出る前に振り向いて、真壁の手の中の封筒を見た。

本当は、すぐにでも中身を見たいところだったが、ここであまり強引なことをしたら、真壁に引かれてしまうかもしれない。

余裕のあるふりをして言った。

「それ、捨てないほうがいいですよ。証拠ですから」

真壁は何も応えなかった。

＊＊＊

事務所の自分の席で、スマートフォンで撮った写真を出力して確認する。

白い封筒はどこにでも売っていそうな、何の変哲もない飾り気のないものだ。真壁の住所と名前が書かれたラベルシールも同様で、これらから犯人の手掛かりは得られそうにない。手書きの部分がないから、差出人の筆跡もわからない。

収穫は、消印から、この手紙を引き受けた郵便局がわかったくらいだった。その管轄《かんかつ》内に差出人の自宅か職場がある可能性が高い。

S県N市、N町。私には、あまりなじみのない町だ。しかし多分、真壁には心当たりがあるだろう。

真壁に直接訊くわけにはいかないので、スマートフォンを取り出し、登録したての木瀬の番号にかける。

『はい』

「木瀬くんが、真壁さんに家庭教師してもらってた頃、住んでたのってS県？」

挨拶もなしに本題に入った。木瀬は何ですかいきなり、と呆れた声だったが、

『はい、S県N市です』

すぐに答えが返ってくる。予想通りだった。

「N町？」

『S町です。N町は隣町です』

「真壁さんはN町に住んでたの？」

『いえ、真壁さんもS町ですけど』

それでも、隣町なら生活圏内だ。かつて真壁の住んでいたエリア、その近く。

手紙の差出人は、真壁がS県に住んでいた当時、接点のあった人間と考えていいだろう。

「真壁さんの大学って、どこだったかわかる？　S県内だよね」

『そうです。県内の、T大学です』

「木瀬くんがS町から引っ越したのは、いつ？」

『中学三年まで真壁さんに勉強を見てもらって……夏休み中に引っ越した感じだったので、十五歳のときです』

木瀬は今十九歳だったはずだから、四年前の夏だ。

少なくともそのときまでは、真壁はS町にいたことになる。

「当時、真壁さんは大学何年生？」

『三年生だと思います。僕の六つ上ですから』

「連絡がとれなくなったっていうのは、いつごろのことかな」

『引っ越してすぐ、一、二か月で、僕は受験で忙しくなってしまって……年賀状くらいは出したはずですけど、返事はなかったと思います。すみません、いつのまにか、って感じだったので詳しくはわかりません』

その数か月の間に、何かがあって、真壁はS町を出ていったのだろう。当時はまだ医学部に在籍していたはずだ。大学を中退して、引っ越したということになる。何か理由があったはずだ。引っ越したことを木瀬に伝えなかったのも、単に忘れていただけとは思えない。そんなことも考えられないような状況にあったのか、それとも、言えない理由があったのか。

私の質問に全部答えた後で、何かわかったんですか、と木瀬が訊いた。

「手紙は、S県N市N町から発送されてるみたい。真壁さんが同じ市内のS町に住んでたころの知り合いが犯人かも。彼が誰かとトラブルを起こしたとか、そういうこと、聞いてない？」

『いえ、まったく……人当たりがよくて、友達が多くて、いつも周りに人がいる感じでした。女性にも人気がありましたけど、揉《も》めたって話は聞いたことがありません。僕は当時中学生でしたし、耳に入らなかっただけかもしれませんが』

期待はしていなかった。木瀬にそんな心当たりがあれば、とっくに話に出ていただろう。やはり、何かあったとしたら、彼がS町から引っ越した後だ。

『手紙の発送元がわかったんですか』

「消印からわかる範囲だから、まだ全然絞れてないけどね。真壁さんに挨拶に行ってきたの。調査に協力してほしいってお願いしておいた。ゆっくり話はできなかったけど」

『勝手に依頼したこと、怒ってましたか』

「そういう感じじゃなかった。驚いてはいたけどね。木瀬くんの名前は出してないけど、まあ気づいてるんだろうな、って感じだったよ」

真壁が、私の訪問を歓迎していない様子だったことは黙っておく。

「真壁さんにはちゃんと話を聞きに行かなきゃいけないけど、二、三日、時間を置いたほうがいいと思う。その前に調べておきたいこともあるから、また連絡する」

気が付けば、もうかなり遅い時間だ。早めに切り上げて電話を切った。

スマートフォンを置き、座ったままで伸びをして、思案する。

探偵に依頼することを、費用の面でも、精神的にも、ハードルが高いと感じる人間は多い。一度依頼すると決めても、やっぱりやめると言い出すことも、そう珍しいことではない。しかし、真壁が、一度は木瀬に探偵の紹介を頼んでおきながら依頼をとりやめた理由は、そういう抽象的なものではないだろう。探偵が家に出入りしたり、目立った調査をしたせいで、近所の人やかなみに怪しまれては困るというのは、嘘ではないだろうが、それだけとも思えない。

彼には、探偵に調べられたら困ることがあるのではないか。

かといって、このまま脅迫が続くのも、彼としては困る。放っておけばそれこそ、かなみにも気づかれてしまいかねない。それで、どうすべきか決めかねているのではないか。

その可能性については考えていたが、実際に会ってみて、疑いはより強くなった。

脅迫されるなら、それなりの――それが、誤解に基づくものであったり、本来理由とも言えないような、言いがかりのような些細《ささい》なことであっても――理由や、きっかけとなる出来事があるはずだ。

中には、まったくの言いがかりで、謂《いわ》れなく嫌がらせをされることもあるかもしれないが、真壁のあの様子――心当たりはないと言っていたが、おそらく、身に覚えがあるのだろう。

真壁本人に話を聞くのが一番早いが、今の段階で、踏み込んだ話が聞けるとは思えない。先にある程度こちらで情報をつかんでおきたい。

木瀬なら、真壁の両親に話を聞くこともできるだろうが、それはどうしても真壁の協力を得られない場合の最終手段だった。

「お疲れっす所長代理」

私の一息つくタイミングを見計らっていたのか、吉井がコーヒーのカップを渡してくれる。礼を言って受け取った。

吉井も自分の分のカップを手に持って、私のデスクの斜め前にある自分の席に座り、あさっての方向を向いていたチェアを半回転させてこちらを向く。

「どうでした？　例の依頼人。ていうか被害者でしたっけ」

「んー、何か隠してそうな感じ。嫌がらせの原因に心当たりはないって言ってたけど、知られたくない、後ろめたいことがあるんじゃないかな。大学を中退してるのも気になるし」

カップに口をつける。アメリカンだった。同じコーヒーメーカーを使っているのに、吉井がコーヒーを淹《い》れると何故かいつもアメリカンになる。

「いいとこの坊ちゃんで、いい大学だったんでしょ。何があったんですかね、実家が破産したとか？」

「さあ、真壁さんの父親は医者らしいから、あんまり考えられないけど……それに、破産が脅迫の原因になるかな。……ならなくはないか、債権者とか。でも、当時本人は大学生だからね」

破産債権者が恨んで嫌がらせをするとしたら、破産者本人に対してだろう。それに、真壁の両親が破産したというような話は聞いていない。

「ないと思うけど、一応官報調べておいて」

「了解っす。あとで両親のフルネーム教えてください。でも、今まさに脅迫されて困ってるのに、過去にちょっと後ろめたいことがあるってだけで、調査をやめますかね」

「私が木瀬くんの紹介した探偵だからかもね。私に知られたくない過去を知られたら、木瀬くんにもバレちゃうって、後で気づいて心配になったのかも」

「ああ、なるほど。彼、見るからに真面目そうで、ちょっと潔癖っぽい感じでしたし、軽蔑されそうって思ったのかもしれませんね」

「女性関係かも。木瀬くんの話だと、真壁さんは学生時代モテてたみたいだし……誰か妊娠させたとか、そのあたりがありそうかな」

真壁の通っていたT大学は私立で、学費もかなり高額なはずだ。間違いなく、一年分の学費が、私の年収を超える。中退なんてもったいない。それでもそうせざるをえなかったのだとしたら、何かよほどの事情があったに違いない。それとも、真壁の家は裕福だったようだから、私が思うほどには、彼は重く考えていなかったのだろうか。

「で、その木瀬くんですか、どうでした彼は。落とせそうっすか」

「年下は好みじゃないんだってば」

「でも検事正の息子ですよ。結婚したら、玉の輿っすよ。ああいうのが旦那だったら、学費くらいぽーんと出してくれそうじゃないっすか。女性の進学とか社会進出とかにも理解ありそうですし」

話題がそこに行くとは思わなかった。

私が、ぴた、とカップを傾ける手を止めたのを見て、吉井が、「あ、しまった」という顔をした。

さては、と思い当たる。

「叔父さんに何か言われたんでしょ」

吉井は目を逸らしたが、私が視線を向けたままでいると、観念したように息を吐いた。

「……ちょっとくらいは援助できるし、奨学金の保証人にもなるぞって」

「気持ちはありがたいけどね、余計なお世話」

びしりと切り捨てる。吉井はばつが悪そうに肩をすくめた。

多少デリカシーに欠ける感は否《いな》めないが、彼に悪気がないのはわかっている。母子家庭で育ち、高校を卒業してすぐに働き始めた（中高校生の頃もアルバイトをしていたが）私を、叔父も、吉井や澄野も、ずっと気にかけてくれていた。

学費に関して誰かに甘える気はないので、話題にされたくないというのが本音だったが、ちょっと言い方がきつかったかな、と反省して、表情と口調を和《やわ》らげる。

「吉井くんだって、大学には行ってないでしょ？」

「俺とは違うっすよ。お嬢は頭いいじゃないですか。国立とかでも受かるくらい成績よかったって」

「頭の良し悪しと、勉強が好きかどうかは別ものでしょ」

確かに私は、知識が増えるのが楽しいので、勉強は好きだ。

しかし、吉井や澄野は、大学に行っていなくても優秀な調査員だ。私も、特に不自由は感じていない。

「大学に行きたくなったら自力でなんとかするよ。貯金もしてるし。ただ今はこの仕事がおもしろいし、今じゃなくてもいいかなって思ってるだけ」

「時雨先生、お嬢は絶対いい弁護士になるって、そしたら雇いたいくらいだって言ってましたよ」

「それは光栄だけどね」

探偵業法について勉強していたとき、興味を持って、ほかの法律の本も何冊か読んだ。

そのときたまたま時雨と話す機会があって、弁護士の仕事についても少し聞いたから、彼はそれを覚えていたのだろう。

評価されるのは嬉しいが、私は探偵だ。法律家になる気はないし、向いているとも思えなかった。

「法の正義の名のもとに動くなんて無理。そういうの合わないの」

「もしかしてまだ気にしてるんすか？　中学生のときのことじゃないすか」

「人の黒歴史を掘り起こさないで」

明確なルールの中で動くのが窮屈なだけ、と付け足してまだ少し熱いコーヒーの残りを飲み干す。

この話はおしまい、と示すつもりで、わざとタンと音をたててカップを置いた。メモ帳に、木瀬から聞き取った入学年度と大学名を書き、思い出して、契約時に聞いておいた真壁の両親の名前もその下に書き足す。

私がメモを差し出すと、吉井は座ったままキャスターを動かして近づき、手を伸ばして受け取った。

「これ。依頼人の大学の卒業アルバムと、あとできたら卒業生の名簿も調達してくれる？　まずは同窓生から攻めてみる。被害者を知るのが、犯人にたどり着く重要な一歩だからね。官報検索は、引っ掛かった場合だけ教えて」

「ラジャーっす」

犯人は自分の痕跡を隠しているだろうが、真壁はその点無防備だ。彼の過去に何があったかは、調べればすぐにわかるはずだった。

ある程度具体的な出来事や名前が出てくれれば、真壁も観念して、隠していることを話してくれるだろう。

3

北見先輩の報告によると、脅迫状は、僕や真壁さんが以前住んでいた町の隣町から投函されていた。つまり、犯人は真壁さんがS県N市S町に住んでいた当時に関わりのあった人間である可能性が高い。

北見先輩が、実際にS町を訪ねて、当時のことを知る人間に話を聞きに行くと言うので、僕も同行を申し出た。彼女のほうも、最初から誘うつもりだったようで、快諾される。

北見先輩にはS町の土地勘がないから、僕がいれば道案内役になるだろうと期待されているらしかった。

午前中の講義があったので、それが終わってから、北見探偵事務所へ向かう。

今日は比較的気温が高い。日差しが柔らかく、四月も終わりになってようやく春らしくなってきた。夜はまだ一枚上に羽織るものが必要だが、来週あたりには、長袖のシャツ一枚で外出できるようになるかもしれない。

気持ちのいい天気だったので、一駅分歩いて、予定の時間ぴったりに事務所へと到着した。

ドアを開けてくれたのは北見先輩ではなく、吉井だ。

僕が左手から提げた風呂敷包み——真壁さんの実家に行くかもしれないと思い、購入した菓子折を包んでいる——を興味深げに見て、彼は、いいっすね、サムライみたいっすね、と言った。

「風呂敷男子ありっすよ、これから来ますよ」

どうやら誉《ほ》めてくれている――少なくとも本人はそのつもりでいる――ようなので、とりあえず礼を言う。理由はわからないし、そもそも思い違いかもしれないが、彼からは、何かを期待するような目で見られている気がする。

もう一人の強面《こわもて》の男は調査に出ているのか、今日は姿が見えなかった。

吉井に案内され、前と同じ面談室に通される。面談室には北見先輩がいて、テーブルの上にノートパッドや何かの名簿のようなものを広げ、携帯電話を耳にあてていた。

身ぶりで「入って」と示される。電話の邪魔をしてはいけないと、無言で部屋に入った。音をたてないように椅子を引いたところで、

「あ、もしもし。瀬川《せがわ》さんですか？　T大医学部で一緒だった四谷《よつや》です」

彼女が、堂々と偽名を名乗るのにぎょっとする。

一体何を、とそちらを見たが、彼女は椅子にもたれて座り、リラックスした様子で話している。

「今、同期会の名簿を更新する作業をしてるんですけど……あはは、そうなの。瀬川さん、住所は登録したときから変わってないですか？　横浜の……うん、そう」

普段の先輩とは違う、どこかよそ行きの声で、話し方も少し大人っぽい。

横で聞いているとはらはらしたが、相手に怪しまれることもなく、会話は成立しているようだった。

「わかりました。それだけです。ありがとうございました。……あっ、すみません、そういえば」

ごく自然に、ふと思いついた、というように、彼女が小さく声をあげる。

「真壁研一さんって、わかります？　瀬川さん、同じゼミじゃなかったかなって……」

僕は、一度は逸らした目を、再び彼女へ向けた。

先輩は、演技に集中するためか、僕を見ようとはしない。

「同期会、来なかったですよね。明るくて、皆でわいわいするとき中心にいるイメージだったから、何で来ないのかなーって」

電話の向こうの相手の声は、僕には聞こえない。しかし、彼女の問いかけに対して、何か答えたようだ。

「え、そうなんですか？　何したんですか？　――え？」

先輩が絶句する。

演技ではなく、本当に驚いているように見えた。

思わず腰を浮かせたが、やはり、彼女はこちらには目を向けない。

「やだ、そうなんですか。知らなかった。じゃあ、同期会に来るわけないですね」

どうやら新情報を得たようだが、それについてあまり追及せず、二言、三言、言葉を交わして、通話を終えた。ぼろが出ないうちに切ったのだろう。

携帯電話を下ろして、やっとこちらを向いた。

「お疲れ様」

「おはようございます。今の、誰と話していたんですか」

「真壁さんの同期。今は疎遠になってるみたいだけど」

机の上に広げられた名簿をのけて、その下に敷かれていた、しっかりとした作りのアルバムを指で示す。開いたページには付箋が貼ってあり、ずらりと並んだ顔写真と名前の中に、先ほどまで話していたらしい相手のものもあった。

「真壁さんは大学を中退したから、卒業アルバムにはほとんど写真が載ってないんだけど、ゼミの写真にちょっとだけ写ってるのがあったの」

同じ写真に写っていた学生を探し、どうにかして連絡先まで入手したらしい。真壁さんの自宅を訪ねてからまだ二日しかたっていないのに、ずいぶんと早い。さすがプロは違うと感心し、アルバムの顔写真を眺めた。

「容疑者ではないんですよね？」

「今の人？　たぶん関係ないよ。真壁さんの大学時代の交友関係を訊いて、容疑者になりそうな人がいないか、ヒントをもらえないかなって思ってかけてみただけ」

もう行ける？　と訊くので、はいと答えた。

北見先輩はショルダーバッグに携帯電話を入れ、椅子の背にかけていた上着をとって立ち上がる。

「いいんですか、携帯からかけたら、相手の携帯に北見先輩の番号が残るんじゃ」

「これ、プリペイドで今月いっぱいで使えなくなるやつだから大丈夫。それに、案外かかってこないよ」

出てくるね、と先輩が吉井に声をかけると、彼は、笑顔でいってらっしゃーい、と手を振った。

彼が自分にまでやたらと友好的な目を向けてくる理由がわからなくて戸惑いながら、会釈だけ返して通りすぎる。

その戸惑いを見透かしたかのように、

「ああ見えて優秀なの。デリカシーはないけどね」

先輩が廊下に出てから言った。

彼女は小柄な割に歩くのが早く、僕が歩調を合わせる必要もなかった。

事務所の入っているビルを出て、駅に向かって歩きながら、話しかけるタイミングを計る。

聞きたいことは、いくつかあった。

「さっき名乗ってた名前って」

「四谷梨絵《りえ》？　それもアルバムで見つけた、真壁さんの同期」

「知らない人ですよね」

「全然」

その名前を堂々と名乗って、同じ大学の同期に電話をかけるという神経が信じられない。

「二人が知り合いで、最近連絡をとりあってたらどうするつもりだったんですか」

「そしたら適当にごまかして切る。最初の挨拶で大体わかるよ。『あ、どーも……』とか、微妙な反応された場合は、相手は四谷って名前を憶えてないってことだからいける。なるべく、目立たない感じの人を選んだし」

横で聞いているだけでもはらはらしたのに、彼女は平然としている。

事実、相手はすっかり騙《だま》されて情報も提供してくれたようだから、成功なのだろうが、自分にはとても真似できなかった。

「何か、聞けたんですか。さっきの電話で」

一番聞きたかったことを、ＩＣカードで改札を抜けたところで口にする。

「真壁さんのことを知りたくて、電話したんですよね」

先輩はすぐには答えなかった。

躊躇するということは、真壁さんに関するマイナスの情報なのだろうと、予想はつく。無視されているわけではないとわかっていたから、おとなしく彼女が答えてくれるのを待った。

「……真壁さん、大学で一緒だった人たちとは、今全然交流がないみたい。ほんとは、大学生だったころの彼の話とか、聞けたらって思ってたんだけど」

ホームへの階段を無言で上りきってから、先輩が、僕のほうは見ないで言う。

「あてずっぽうだったんだけど、真壁さんは同期会に来なかったよね、って私が言ったらね、『あれ、知らない？　あいつ、事件起こして退学したんだよ』って」

僕がS町を去ったとき、真壁さんは医学部の学生だったから、インテリアショップで再会したときから、何か理由があって卒業しなかったのだろうとは思っていた。しかし、その理由は聞いていない。

「事件」というと、それだけで不穏な響きだ。

電話でその具体的な内容を聞いたはずなのに、北見先輩がなかなかそれを言わないのも気になった。

「事件って……」

「木瀬くんは、何も聞いてないんだよね？　噂でも？」

「ないです」

「そう。じゃあ、ショックかも」

タイミングよく――というより、先輩が電車の到着時間に合わせて事務所を出たのだろうが――ホームに滑り込んできた、急行列車に乗り込む。中途半端な時間帯ということもあり、空いていた。

S町までは、片道二時間弱の距離だ。近くはないが、在来線で日帰りできるだけましなのだろう。僕にとっては昔住んでいた町だが、もう何年も訪ねていなかった。

「まだ裏がとれてないから、本当かどうかはわからないよ。無責任な、ただの噂かも――でも、そんな噂があったこと自体が問題なの。だから、これからそれを調べる。それが事実かどうかに関係なく、退学の理由にも、脅迫の理由にもなることだから」

ドアの近くの席に先輩が座ったので、僕も少しだけ間をあけて、その隣に座る。

同じ車両に人はほとんどいない。反対側の端の席で、スーツの男が舟をこいでいるだけだ。

それでもほんの少しだけ、先輩は声のトーンを落とした。

「私もこの情報だけで、事実を決めつけてるわけじゃない。今の段階では、こういう噂があるってだけ。それを踏まえて、聞いて」

詳しいことはわからないけど、と前置きして、視線を前に向けたまま――こちらを見ないまま、告げる。

「真壁さん、大学生のときに、強姦《ごうかん》容疑で逮捕されたんだって」

＊＊＊

「急にお話を聞きたいなんて言って、ごめんなさい。お忙しい中、お時間とっていただいてありがとうございます」

いつもの彼女より一オクターブほど高く聞こえる声で北見先輩が言い、申し訳なさそうに眉を下げる。

S町駅前のコーヒーショップの窓際、テーブルを挟んで向かい合った女性は、いいのよぉ、と機嫌よく応えた。

彼女は、かつて真壁さんたち家族が住んでいた家の、隣家の住人だ。

先輩と真壁さんの昔の家を訪ねたら、表札が変わっていた。僕は、真壁さんが家を出ただけで、彼の両親はまだ元の家に住んでいるものと勝手に思っていたのだが、一家で引っ越していたらしい。

てっきり、S町には真壁さんの両親に話を聞きに来たのだと思っていたら、先輩は最初から、隣人に話を聞くつもりでいたようだ。

彼女が躊躇なく呼び鈴を押したので慌てたが、幸い、隣家の住人は人が良く話し好きだったらしく、先輩の、「姉の結婚相手の素行調査をしている」という説明をあっさり信じ、最初から協力的な姿勢を見せてくれた。

渡した土産物の効果もあったかもしれない。見るからに学生の僕が風呂敷を開いて菓子折を取り出すのを、彼女は目を丸くして見ていたが、それを差し出されたときは、「あらまぁご丁寧に」と満面の笑みで受け取った。

僕も一時期彼女の二軒隣の家に住んでいたのだが、ほとんど近所づきあいはなかったので、彼女の顔に見覚えはない。それは彼女のほうも同じだったようで、僕を見ても、何の反応も示さなかった。僕も中学生のころと比べれば大分《だいぶ》背が伸びたから、印象も違ったのかもしれない。

話を聞きたい、コーヒーをごちそうさせてくださいと先輩が申し出ると、快《こころよ》くついて来てくれ、現在に至る。

「素行調査なんて、疑ってるみたいでよくないとは思ったんですけど、どうしても気になってしまって……姉は大丈夫だって言うんですけど、ちょっと、よくない噂を聞いたもので」

「お姉さん思いなのね。そういうことはちゃんとしといたほうがいいわよ、結婚は一生のことだから」

「そうですよね」

電話に続いて、今度は目の前にいる人に対して、しゃあしゃあと嘘をついている先輩を、呆れ半分感心半分で見守りながら、ブレンドコーヒーを一口飲んだ。

僕は、心配してついてきた、先輩の恋人ということになっている。面と向かって人に嘘をつくのは抵抗があったし、うまく演技をできる自信もないので、情報を引き出すのはプロに任せ、できるだけ黙っておくことにした。

ただでさえ、電車の中で衝撃的な話を聞いて、混乱していた。

真壁さんをよく知る自分からすれば到底信じられない話だったし、そんな噂があること自体に腹が立った。しかし、あくまで中立の立場で、ただこんな噂があるらしい、と言っているだけの北見先輩に、何を馬鹿な、とくってかかるわけにもいかない。

噂の内容を詳しく知らないことには確かめようもないから、まずは噂を知っていそうな人に話を聞くと彼女に言われ、頷くしかなかった。

先輩が先に噂の内容を教えてくれたのは、僕に心の準備をさせるためだろう。

長い移動時間で、少し落ち着いたつもりだったが、これからどんな話をされるのかと思うと、身構えずにはいられなかった。

「朝井《あさい》さんは、真壁さんご一家と交流があったんですよね？」

「もちろんよ、あそこの旦那さんはお医者さんでね。奥さんは専業主婦で、感じのいい人だったわよ。息子さんもハンサムで、しかも医大生でねえ。それがあんなこと」

「あんなこと？」

先輩が、不安げに眉を寄せる。

朝井はさっと辺りを見回した後で身体を少し低くし、テーブルの上に乗り出すようにして、声をひそめた。

「女の子を強姦したらしいのよ」

手に持ったカップが震える。あらかじめ聞かされていなければ、コーヒーをこぼしていたかもしれなかった。

先輩が、そんな、と声をあげる。

「まさか、信じられません。そんなことしそうな人には……」

「ねえ。私もそう思ったわよ。人は見かけによらないなあって」

僕は朝井から目をそらした。

嘘だ。何かの間違いに決まっている。そう思っても、今口に出すわけにはいかない。

先輩が、ちらりとこちらを見た気配がした。

「確かなんですか？」

「逮捕されるとき、私も見たもの。騒がしいなと思って窓を開けたら、警察の人と一緒に家から出てくるところだったのよ」

話しながら、朝井はまだ手をつけていなかったアイスコーヒーにミルクとシロップを入れ、ストローをさしてかきまぜる。

「でも、裁判にはならなかったらしいんだけどね。お金持ちの家だったからね、揉み消したんでしょう」

3

かっと顔が熱くなった。

頭の中が真っ白になる。

それを見抜いたかのように、北見先輩の手がテーブルの下で僕の腕に触れ、押し止めるようにぎゅっと握った。それで少し、頭が冷えた。

「被害者は知り合いだったんですか？」

「さあ、そこまでは聞いてないけど」

朝井が首を横に振り、ストローをくわえる。一口で、かなりの量のアイスコーヒーが減った。

「もし知り合いだったとしても、自分が被害者だなんて皆の前では言わないでしょ。その子も隠してたんじゃないの」

その日、真壁さんは、大学の友人たちを自宅に招いていたそうだ。そこへ、警察官が来て、友人たちの目の前で逮捕された。最悪のタイミングだった。

大学にも、近所の人たちにも、逮捕の事実はあっというまに広まったはずだ。裁判にはならなかったというから、起訴されなかったのだろうが、たとえ冤罪《えんざい》だったとしても、一度噂になってしまえば、名誉を回復することは難しい。

真壁さんが大学を中退した理由も、家族で引っ越した理由も、これでわかった。彼が、探偵に調査を依頼することを躊躇していた理由も。

僕をはじめ、周囲の人間や、特に婚約者のかなみさんには、絶対に知られたくない過去だろう。

「ご両親も、持ち家まで手放して、大変よね。勤務先の問題があるから、市内に住んでるらしいけど、このあたりじゃもう全然見かけないわよ」

真壁一家は近所の人たちに連絡先も伝えず、ひっそりと引っ越していったという。

朝井は手をあげて店員を呼び、アイスコーヒーにミルクレープを追加した。

少しずつ気持ちが落ち着いて、ゆっくりと息を吐く。先輩の手が、そっと腕から離れていった。

当時、真壁さんは、中学生だった僕を可愛がってくれた。年の差はあったが、親しくしていた。それなのに、いつのまにか連絡が途絶え、長い間音信不通の状態が続いていたこと、再会したときに彼が一瞬、緊張するような——警戒するような目をしていたこと、その理由がわかった気がした。

僕が誰かわからなかったからではない。S町に住んでいたころの知り合いは皆、彼にとっては警戒の対象だったのだ。

彼にとってS町は、追われるように出て行った町であり、いい思い出のある場所ではなかった。僕と話して、あんなに喜んでくれたのも、きっと、S町に住んでいた頃のほかの知り合いとは誰も連絡がとれないからだ。僕が、事件のことを何も知らなかったから、彼はそれに安心したのだろう。

家庭教師をしてくれていたころの、皆に囲まれていた真壁さんの明るい笑顔を覚えている。今も、僕に接してくれるときの彼は、あのころと変わらないように思えるのに。

朝井と別れ、駅に向かってゆっくりと歩き出していた足が止まった。北見先輩と数歩分の距離が開く。

「今の話だけじゃ、わからないと思います」

気がついたら口に出していた。

先輩が足を止めて振り返る。

往生際が悪いとは思うが、まだ信じられなかった。

「警察に連れていかれたのが事実でも、逮捕だったかどうかはわかりません。任意の事情聴取だったのかもしれませんし、逮捕されたのが事実だったとしても、罪名まであの人が聞いたわけじゃないでしょう。被疑事実が強姦だったかどうかはわからないし、そうだったとしても、起訴されていないならそもそもが誤解だったのかもしれない」

別の被疑事実、といっても、具体的に何かが浮かぶわけではない。窃盗《せっとう》も、暴行も、真壁さんのイメージからはほど遠かった。まして、強姦など、最も彼から遠い罪名だ。彼は裕福で、友達が多くて、順風満帆《じゅんぷうまんぱん》な人生を送っていた。何かに不満を抱えている様子もなかった。当時中学生だった僕の知る限りは、だが。

確かに、何年も会っていなかったけれど――そう思って、自分の発想にどきりとする。

信じたくないだけかもしれないと、本当は自分でもわかっていた。

口では否定しながら、何かの間違いだと思いながらも、頭のどこかでは、真壁さんが罪を犯したのではないかと疑う気持ちがある。

彼に対する、罪悪感が湧いた。

「そうだね」

先輩が静かに同意する。

おそらく彼女は、僕の葛藤《かっとう》に気づいている。しかし、それを指摘することはなく、僕の言葉を否定するようなこともしなかった。

「ちゃんと調べてみる」

特に宥めるような声音《こわね》ではないのに、その一言で収まりどころを探して渦巻いていた感情が鎮《しず》まる。

彼女の態度は、少し予想外だった。いい加減に現実を見ろ、事実を受け止めろと言われるかと思っていた。

先輩が歩き出したので、僕もそれを追った。もともとの歩幅の差のせいで、すぐに追いつく。横に並んでも、彼女はこちらを見ずに歩いている。

「……ありがとうございます」

「仕事だからね。せっかくS町まで来たし、私はもうちょっと聞き込みしてくる。何かわかったら連絡するから、木瀬くんは先に帰って」

意外と優しいんですね、と、思ったが口には出さなかった。さすがに失礼だ。

＊＊＊

数日後、北見先輩から連絡があった。

噂について裏がとれたというのと、真壁さんに直接会って話をしたいと言うので、午後一番の講義の後で北見探偵事務所を訪ねる。

今日は、あのにぎやかな吉井の姿はなかったが、初めて事務所に来た日に会った強面の男性――澄野というらしい――がいて、ぬるいお茶を出してくれた。

面談室のドアを閉め、二人きりになると、先輩は「残念だけど」と前置きして話し始める。

「例の話、ただの噂じゃなかった。真壁さんには、強姦で逮捕された前歴があった。起訴はされていないけど」

「そうですか……」

覚悟はしていたが、やはり、気分が沈んだ。

起訴されて有罪にならなければ――たとえば、被害者と示談をして被害届が取り下げられたり、証拠が十分でないと判断されて起訴が見送られたような場合は、前科はつかない。それでも、逮捕されて取り調べられたのなら、前歴が残る。

今回も、前歴として記録が残っている以上、参考人として呼ばれたとか、任意同行を求められただけということはなく、真壁さんがかつて強姦容疑で逮捕されたこと自体は、事実ということだ。

彼が脅迫状のことを警察に相談せず、大事《おおごと》にしたくない様子だった理由も、探偵を雇う必要を感じながらも迷っていた理由も、これではっきりした。うっかりたちの悪い探偵に依頼してしまい、秘密を握られでもしたら、それをネタに強請《ゆす》られるおそれすらある、重大な汚点だ。慎重になるのも無理はない。

婚約者にはもちろん、僕にだって、こんなことは知られたくなかっただろう。

「逮捕歴があるだけで、起訴はされていないわけだから、逮捕自体が誤《あやま》りだった可能性もある。事実はまだわからないけど……どちらにしても、今回の嫌がらせが、当時の事件に関係してる可能性はかなり高いと思う」

僕を気遣ってか、前歴があるイコール有罪というわけではない、自分もそう決めつけているわけではないとワンクッション置いてから、先輩が言った。

「真壁さんが本当に過去に強姦事件を起こしたのなら、今回の嫌がらせの件で、まず怪しいのはその被害者や、その関係者。逮捕が誤解に基づくものだった場合でも、真壁さんが犯人だと思い込んでいる誰かが、嫌がらせをしているのかも。誰を探せばいいかわかれば、調査のしようもあるよ。でも、それにはやっぱり、真壁さんから話を聞かないと」

「はい……そうですね」

逮捕は何かの間違いだと、僕は信じている。だからこそ、本人に話を聞きたかった。

真壁さんの過去を掘り返す目的で先輩に調査を依頼したわけではない。今まさに彼を困らせている嫌がらせを、なんとかしたくて依頼したのだ。

真壁さんが知られたくないと思っていたことを、本人に断りもなく暴《あば》いてしまったということに対する罪悪感はあったが、脅迫事件の解決のためには、本人に詳細を確認しないわけにはいかない。話しにくいことでも、それを避けていては、犯人にはたどりつけない。

ただやみくもに信じるだけでは何にもならないのだから、自分も、覚悟を決めてきちんと向き合わなければ。と、そこまで考えて——ふと気がついた。

「ちょっと待ってください、前歴があったって……真壁さんの犯歴を調べたんですか？」

警察や検察が管理する情報だ。プロの探偵とはいえ、一般人が簡単にアクセスできるものではないはずだった。

「どうやって……」

「企業秘密」

「違法じゃないんですか、それ⁉」

「知らないほうがいいんじゃない？」

先輩はしれっと言った。

「私も、知らないようにしてる」

彼女が直接データベースにアクセスしたわけではない、ということだ。先輩は誰かに依頼しただけなのだろう。その誰かが、どのような手段で情報を入手したかは、彼女も知らない。知らないからこそ、その出所や入手方法を気にせずその情報を利用できるということらしい。手段を選ばないところは、昔から変わっていないようだ。

法律家を志す身として、釈然としない思いがないこともなかったが、彼女は依頼の範囲を超えたことをしているわけではないし、そもそも依頼したのは自分なので引き下がる。

北見先輩は僕が情報源についてそれ以上追及しないのを確認するためか、一呼吸おいてその顔色を見るようにしてから再び口を開いた。

「真壁さんの身辺調査もしてみたんだけど」

「真壁さんは嫌がらせの被害者で、調査を依頼した側ですよ」

ついまた口を挟んでしまう。僕がこう言うことは予想していたのか、先輩は嫌な顔をするでもなく、「被害者を知ることが犯人を知ることにつながるんだよ」と応じた。

「それに、手紙の送り主が過去の事件の被害者なら、私はこれから、強姦事件の被害者の居所を調査することになる。万一のことも考えなきゃいけない。わかるでしょ。探偵には責任があるの」

彼女の言わんとしていることはわかった。

万が一、真壁さんが強姦事件の犯人で、手紙の送り主が被害者の女性だとしたら――先輩の調査は、強姦犯をかつての被害者のもとへ導くことになりかねない。

真壁さんがそんな事件を起こしたなんて、僕には信じられない。何かの間違いに違いないと思っていたが、それでも、早く本人に会って否定してほしかった。話を聞くまでは、もしかしたらという気持ちを捨てきれなかった。僕ですらそうなのだから、先輩はほぼ間違いなく、真壁さんが強姦事件を起こしたものと思っているだろう。

このまま調査を打ち切ると言われても仕方がないとすら思ったが、

「真壁さんからの依頼ならこの時点で断るところだけど、依頼人は木瀬くんだし、調査は続けるよ」

先輩は先回りするかのように、僕の懸念《けねん》を否定してくれる。

「でも、手紙の送り主が強姦事件の被害者だったとして、その後どうするかは、考えなきゃいけない。場合によっては、真壁さんには犯人の名前や居場所を伝えられないかも」

「それは……わかっています。もし、本当に、そういうことだった場合は」

僕の言葉に彼女は頷いて、テーブルの上で両手の指を組んだ。

「あの後、S町でもう少し聞き込みして、簡単に真壁さんの身辺調査もしてみたけど、この強姦事件のほかには、真壁さんが誰かに恨まれてそうって話は出てこなかった。むしろ、事件が起きるまでの評判はかなりよかったみたい。話聞いた人がほとんど皆、そんな事件起こすような人には見えなかったって言ってた。木瀬くんと同じ評価だね」

「今のところ、嫌がらせの原因になるような事実はほかにないということですね」

やはり、過去の強姦事件が、今回の嫌がらせに関係している可能性が高い。まずは過去の事件のことを調べるのが、手紙の送り主へ辿りつく近道になりそうだった。

「そういうこと。で、唯一の心当たり、と言える四年前の事件について詳しい情報を得るために、これから、満を持して本人に話を聞きに行くわけだけど」

先輩は両手の指を組んだまま手のひらを裏返し、腕を前に突き出して伸びをするような動作をする。さて、というように首を回して僕を見た。

「木瀬くんから電話してくれる？　今から行くって。今日はお店は定休日だから、電話、つながると思う」

「真壁さんに？　今ですか？」

「うん、念のため。もし出なかったらメールだけ送って押しかける。お行儀よく待っててもいつ真壁さんの決心がつくかわからないし、ちょっと強引なくらいがいいよ」

ちょっと、だろうか。

「外出中だったり、かなみさんと一緒にいたらどうするんですか」

「外出中なら待つし、かなみさんと一緒にいた場合は木瀬くんに真壁さんだけ呼び出してもらって、どこか外で話すことになるかな」

問答無用で押しかけるのには抵抗があったが、そうでもしなければ、真壁さんがこちらを避けている場合に話ができないというのは彼女の言うとおりだった。

四年前の事件について、真壁さんに話を聞かないことには始まらないが、本人の決心がつくのを待っていては、いつになるかもわからない——そのうちに、かなみさんが手紙を目にするようなことがあっては意味がない。

彼が電話に出てくれることを祈りながらスマートフォンを取り出した僕に、

「木瀬くんも一緒に来てくれるなら、だけど」

先輩が言った。

僕は、真壁さんの番号を呼び出そうとしていた手を止める。

どういう意味だと彼女を見れば、

「知りたくないこと、知っちゃうかもしれないけど、平気？」

からかうような様子もなく、ごく真面目にそんなことを訊かれた。

やはり先輩は、口でどう言っていても、真壁さんが実際に強姦事件を起こしたのだと思っているようだ。

彼のことをよく知らない先輩がそう思うのは、仕方がないのかもしれない。しかし僕は今も、逮捕は何かの間違いだと思っている。

北見先輩も、それはわかっているだろう。だからこそ、その期待が裏切られたらと、僕を気遣ってくれているのだろうが――自分はそんなに、脆《もろ》そうに見えるのだろうか。

「行きますよ。もちろん」

心外だという思いが声に出て、口調が少し強くなったかもしれない。

先輩は少し笑って、ならよかった、とあっさり言った。

「馬鹿にしたわけじゃないよ。依頼したのはいいけど、思ってもみなかった結果が出て、調査結果を依頼人が信じないこともあるんだ。珍しくないよ、仲良しだと思ってたお隣さんが嫌がらせの犯人だったとか、誠実だと思ってた彼氏が既婚者だったとか」

証拠を見せても信じない人は、たまにしかいないけどね。そう続けて、面談室のドアを開け、デスクで何やら仕事をしていた澄野に声をかける。

彼女のほうが近づいて、一言二言、言葉を交わす。澄野が頷くのが見えた。これから出かける、と伝えているのだろう。

僕は、彼女の言った言葉の意味を考える。

調査結果を、依頼人が信じない――。

真実を知りたくて探偵に依頼しても、その真実が、当の本人について、信じたくないようなものだったということは当然あり得ることだろう。そして、中には、事実を受け止められず、信じようとしない人もいる。

それはつまり、彼女が成果を出しても、他でもない依頼人に、喜ばれないということだ。

先輩はなんでもないことのように言ったが、それは、決してなんでもないことではないように思えた。

辛くはないのかと、思っても口には出せなくて、ただ、執務スペースにいる彼女の背中を見つめる。珍しくないことだと笑っていたくらいだから、そう訊いたところできっと、仕事だから、もう慣れた、と、そんな答えが返ってくるのだろう。

先輩が振り返りこちらを見たので、慌てて真壁さんの電話番号をタップした。

三回、四回とコールが続く。留守番電話に切り替わることを予想したが、

『……はい』

六回目のコールの後、真壁さんが出る。

あきらめかけたところだったので、一瞬、反応が遅れた。

「木瀬です。あの、今、北見先……探偵の、北見さんと一緒にいるんですが」

電話の向こうで、真壁さんが一拍分黙る。

『やっぱり、芳樹が依頼したのか』

「そのことについては、勝手に、すみません。それも含めてお話ししたいので、これから、お邪魔してもいいですか」

彼はまた黙った。

迷っている気配が伝わってくる。

先輩が面談室に戻ってきて、僕を見た。

視線が合ったので、「まだ許可を得られていない」と首を横に振る。

「このまま放っておいて、嫌がらせが止むとは思えません。早く犯人を見つけないと……そのためには、どうしても真壁さんから話を」

『悪いけど、』

「貸して」

真壁さんが断りの言葉を口にしかけたとき、ぱっと横から先輩が手を伸ばし、スマートフォンを奪った。

「北見です。今からご自宅にうかがいます」

あっと思う間もなく、スマートフォンを自分の耳にあて、決定事項として告げる。

「かなみさんと一緒だった場合のことを考えて、事前にお電話しました」と、相手が何か言う隙を与えずに続けた。

「四年前の事件のことで、お聞きしたいことがあります。警察や検察の記録とか、人の噂話とか、周りからの情報だけで決めつけたくないから、直接話を聞きたいんです。真壁さんにしか話せないことがあるんじゃないですか」

僕の位置から、真壁さんの声は聞こえない。しかし、先輩の言葉で、僕たちが彼の前歴を知っていることは伝わったはずだった。

「今後、何も知らないかなみさんに、手紙の送り主が接触する可能性もあります。そうなる前に動いたほうがいいんじゃありませんか。また別の探偵を雇うより、私がこのまま動いたほうが早いし、秘密を知る人間も少なくて済みます。今日は、かなみさんがいらっしゃる予定はありますか？　それなら、どこか外でお会いするのでもかまいません」

淡々とした説得の後、数秒の間が開いた。

先輩は表情を変えず、やがて、わかりました、では、と言って電話を切る。

「ありがと」

通話を終えたスマートフォンを、ひょいと返してよこした。

「家でいいって。行こう。真壁さん、夕方からは用事があるみたいだから、今のうちに」

話はまとまった――というより、彼女が押し切ったのだろうが――らしい。強引さに呆《あき》れる気持ちもあるが、結果的に真壁さんの同意をとりつけられたのだからよしとすべきだろう。

先輩は面談室を出て、執務スペースに入ると、椅子の上からショルダーバッグをとりあげてベルトを肩にかけ、通路へ戻ってきた。僕も鞄をとって面談室から出る。

四年前の事件のことを知ったうえで、真壁さんと顔を合わせるのは、少し気まずい。

自分ひとりだったら、躊躇して、彼にも気をつかって、こんなにすぐには動けなかっただろう。

迷っている場合ではないときに、こうして迷う暇もないほど強引に手を引いてもらえるのは、ありがたい。

澄野が行ってらっしゃい、と声をかけるのに、行ってきますと応えて先輩が歩き出した。

澄野は僕にも、小さく頭を下げる。

会釈を返してから、姿勢のいい背中を追いかけた。

4

真壁宅に到着すると、北見先輩は躊躇なく玄関の呼び鈴を押した。

出迎えてくれた真壁さんが落ち着いた様子だったので、ほっとする。迷惑そうにされるのではないかと懸念していたが、彼も、こうなれば協力するしかないと観念したのだろう。

僕にとっては、二度目の訪問だ。前回は、酔った真壁さんを自宅へ送ってきて、そのとき捨てられている脅迫状を見つけたのだった。

二メートルほどの短い廊下を歩いて、突き当たりのリビングダイニングに通される。前に来たときは、彼を玄関から寝室へと運び、介抱するのに精いっぱいで、内装を気にする余裕もなかったが、こうして見るとどこかレトロで、温かみのある家具が多かった。真壁さんのイメージではないから、婚約者のかなみさんの趣味かもしれない。

ダイニングテーブルの椅子は二脚だけだった。向かい合って置いてあるそれを移動させて横並びにし、僕たちを座らせると、真壁さんは別の部屋からもう一脚、形の違う椅子を持ってきて、二人と向かい合う位置に置く。

自分はすぐには座らず、「コーヒーでいいかな」と僕たちに確認して、キッチンへ入った。

キッチンの入口の壁にもたれかからせるように、茶色い紙の、見るからにずっしりとした大きな紙の包みが置いてあるのが目に入る。ぱんぱんに膨《ふく》らんだ表面に、まだ宅配便の伝票が貼ったままになっていた。

「お米ですか？」

コーヒーの準備をしている彼に声をかける。

「ああ――かなみのお母さんが送ってくれたんだ、山形から。まだしまう場所がなくてそんなところに置いてあるけど」

かなみさんの親との関係も良好なようだ。

リビングダイニングとキッチンとの間に仕切りはなく、首をのばせば電気ポットでお湯を沸かしている真壁さんが見える。

インスタントではないらしい。真壁さんが口をクリップで留められた袋を開けると、コーヒーのいい香りがした。

先輩は、真壁さんがこちらに背を向けているのをいいことに、無遠慮に室内を見回している。何気なく眺めるのとは違う、観察する目だ。

僕も、コーヒーの用意をしている真壁さんから、視線を室内へと移した。

部屋の入口に置かれた白い電話機は、ぴかぴかだった。時間が表示されている小さなモニターに貼られた透明フィルムが、まだ剝《は》がされていない。買ったばかりなのだろう。

電話台の上には小さな棚がついていて、寄り添って立つ真壁さんとかなみさんの写真が飾られていた。スマートフォンで見せてもらったものとは別の写真だ。

「どうぞ」

クロスの敷かれたダイニングテーブルの上に、二人分のカップアンドソーサーが置かれる。コーヒーカップは、真壁さんのものだけ形が違った。まだ食器がそろってなくて、と彼が説明する。

「来月から、かなみもここに住む予定なんだ。予定では今月からだったんだけど、彼女の仕事の関係でちょっと遅れてて。食器なんかも今、少しずつ色々買い揃えてるところ」

かなみさんは、しょっちゅうこの家にも来ているが、住所はまだK県にあるのだという。

道中先輩から聞いた話では、真壁さんの勤務先の店員は、彼が婚約者と同居していると言っていたそうが、実際にはまだ準備中らしい。彼女が一緒に住み始めたら、脅迫状のことも隠しにくくなる。なかなか先輩と会おうとしなかった真壁さんが、こうして話をする気になったのは、それも影響しているのかもしれない。

ようやく彼も席についた。

「急に押しかけて、すみません」

僕がまず詫びると、

「いや、……俺こそ。探偵を紹介してほしいと自分で言ったのに、連絡もしないで、ごめん」

真壁さんも、そう言って頭を下げた。

半ば脅《おど》すようにして押しかけてしまったが、穏便《おんびん》に話ができそうで安心する。

考えてみれば、彼が調査の依頼を躊躇していたのは、僕に前歴のことを知られたくなかったからなのだから、今はもう協力を渋る理由もないのだ。

しかし、前歴の内容が内容だからか、やはり彼はどこかぎこちない様子だ。僕としても、どう触れていいのか、考えてしまう。

「芳樹も、もう知ってるんだよな。俺がその、」

居心地悪そうに視線を泳がせた後、彼のほうが先にその話題に触れた。

「逮捕歴のことなら、知っています。……罪名も。すみません、無断で」

僕が答えると、「いいんだ」と、彼は首を横に振る。

「隠していて、ごめん。知られたくなかったんだ。嫌がらせの理由に心当たりはないかって北見さんに訊かれたときも、否定しちゃったけど……ほんとは、こういう手紙を受け取ったのも、これが初めてじゃないんだ」

「以前にも、嫌がらせの手紙が来たことが？」

先輩が口を挟む。真壁さんは頷き、テーブルの上で指を組んだ。

「この町に引っ越してくる前にも、似たようなことがあったんだ。今回も、昔のことをほのめかすような言葉が書いてあったから、あの事件のことを言ってるんじゃないかって、すぐ思い浮かんだけど……」

かつて自分が逮捕された強姦事件の関係者かもしれないとは言えず、僕にも先輩にも、心当たりはないと答えるしかなかったわけだ。

真壁さんが自ら「あの事件」のことについて触れるのを聞くのは、複雑な気持ちだった。今回の相談に直接関係しているかもしれない以上、聞かないわけにはいかなかったが、あまりにもプライベートな情報だ。

真壁さんが、そんな事件を起こすような人間だとは思えない。しかし、本人の口から事情を聴くまでは、軽々しく「信じている」と言うわけにもいかない。

その気配を感じたのか、それまでうつむいていた彼が、顔をあげて言った。

「でも、これだけは信じてほしい。逮捕されたのは事実だけど、俺は何もしていない。誤解だったんだ。被害者側とも話し合って……示談できたから、結局起訴はされなかった。でも、警察も、検察も、当時仲のよかった友達ですら、誰も信じてくれなかったから……芳樹にも、話すのが怖かったんだ」

テーブルを挟んで座った僕に、縋《すが》るような真剣な目で告げる。

しかし、次第に——話しながら、誰にも信じてもらえなかった昔のことを思い出したのか——また、その顔はうつむいて、視線もテーブルクロスの上へと落ちてしまった。

「示談するのは、やったと認めるみたいで抵抗があったけど、家族や弁護人に説得されて……仕方なかった。おかげで釈放はされたけど、大学の友達も近所の人も、皆俺のことを、犯罪者を見る目で見た。ついこの間まで一緒に飲みに行ってた奴らも。芳樹は事件のことを知らなくて、事件の前の、昔の俺を覚えていてくれて、すごく嬉しかったんだ。でも、事件のことを知ったら、芳樹も俺を信じなくなるかもしれないって、怖かった。軽蔑されたくなくて、言えなかった。ごめん」

目を合わせないのは、罪悪感からか、信じてもらえないことへの恐れからか。それでも一度顔をあげてみせたのは、向き合おうという決意の表れだったのか。

僕には、それは、真摯《しんし》な謝罪と告白であるように見えた。

——よかった。

真壁さんが過去に罪を犯していたとしても、今困っている彼を助けない理由にはならないとわかっているが、ただ純粋に安心した。

「手紙のことを調べるために、探偵を雇うことを提案されたときは名案だと思ったけど、もしかしたら、その過程で、俺の逮捕歴のこともわかってしまうかもしれないって、途中で怖くなって……でも、手紙を放っておくのも不安で、どうしたらいいかわからなくて」

「そうだったんですか……」

　僕から紹介された探偵では、調査の結果真壁さんの過去の事件のことがわかったら、僕にも伝わってしまうかもしれない。かといって、無関係の探偵を雇っても、その探偵が信頼できる人間かどうかはわからない。強姦の前歴は、脅迫の理由になり得るかなり重大な秘密だ。悪質な探偵に弱みを握られたらと思うと、決心がつかなかったのも頷ける。

「このままじゃダメだとわかってたけど、どうにもできなくて迷ってたら、芳樹が俺のかわりに自分で調査を依頼したって、北見さんに聞いて。驚いたよ。そこまでしてくれるなんて……なのに、俺は、芳樹に打ち明けることもできなかった。申し訳ない」

「そんな、いいんです。当たり前です。僕こそ、何も知らないで勝手なことをして……無神経だったかもしれません」

　テーブルに手をついて頭を下げる彼に、僕も身を乗り出して、「顔をあげてください」と声をかけた。

　北見先輩は座ったまま、冷めた目でそれを見ている。

　先輩が、自分ほど全面的に真壁さんを信じていないことは僕にもわかったが、彼女は「本当ですか？」などと真壁さんを追及することはなかった。彼の過去については、目的のために必要な範囲内だけ調べれば足り、少なくとも現時点では、彼が事実女性を強姦したのかどうかを知る必要はないと判断しているのだろう。

　先輩は冷静だった。

　冤罪だろうが何だろうが、彼を強姦犯として憎んでいる、あるいは恨んでいる誰かが存在する。今重要なのはそれだけだと考えている。

　間違いなくその誰かは、今回の脅迫事件の有力な容疑者だった。

そして、たとえ犯人が過去の強姦事件の被害者だったとしても、今、真壁さんに嫌がらせをして許される理由にはならない。

手紙の送り主を特定できたとして、それが過去の事件の被害者本人だった場合は、真壁さんにその住所を伝えるわけにはいかないが、僕や北見先輩が接触して、嫌がらせを止めるよう説得することはできるはずだった。

「それじゃ、今後は真壁さんからも、調査について協力を得られると思っていいですか？　真壁さん本人から詳しい話を聞ければ、調査はずっとしやすくなります」

先輩が言うと、真壁さんは思い出したように姿勢を正した。

「ああ、もちろん。こちらからお願いしたいくらいだ。かなみにだけ、心配をかけないようにしてもらえれば……あ、もちろん、費用は俺が出すよ。芳樹に返せばいいのかな」

「そこはご自由に。契約書を書き換えるのも何なので、私はこのまま、木瀬くんを依頼人として調査しますが、調査結果を誰と共有するのも木瀬くんの自由ですし、彼の希望があれば、私から真壁さんに直接報告することもできます」

先輩は早速、ショルダーバッグに入れてきたノートパッドとペンを取り出す。

僕は椅子に座り直し、真壁さんの淹れてくれたコーヒーを一口飲んだ。香りが深く、本格的な味だ。

聴取を始める前に喉を潤《うるお》そうと思ったのか、北見先輩もカップに口をつける。気に入ったらしく、じっくり味わうように二口めを飲んでから、カップを横へやり、さて、というように真壁さんに向き直った。

「真壁さんに届いている手紙の内容ですが、具体的には、どんなことが書いてあるんですか？」

先輩の質問を受けた彼は、記憶を呼び起こそうとするかのように視線を左上へ向け、慎重に答える。

「結婚を中止しろとか、不幸な結果になるとか……正確には覚えてないけど、おまえがどんな人間か知っている、とか……そんな感じだったかな」

僕が真壁さんの寝室で見つけた一通にも、良心があるのなら結婚をやめろ、と書いてあった。手紙はいずれも、彼の前歴のことをほのめかして結婚の中止を求める内容のようだ。

刑法上、脅迫罪の成立の要件としては「害悪の告知」が必要だ。「不幸な結果になる」というのが、法的に「害を加える旨の告知」にあたるのかは微妙だが、受け取った側の感覚としては、確かに「脅迫」だろう。法的に脅迫罪に該当する内容かどうかを確認するためにも手紙の詳しい文言は知りたいところだったが、彼はすべてを正確には思い出せないと答える。

「この間、私が初めてご挨拶した日にも、一通届いてましたよね」

「あ、それだけは、とってあるよ。それまでに届いたものは、全部捨ててしまったんだけど……あの日、捨てないほうがいいって、北見さんに言われたから」

真壁さんが思い出したように腰をあげた。

一度リビングダイニングを出て、すぐに、クリアファイルに挟んだ封筒を持って戻ってくる。

北見先輩はファイルを受け取り、見覚えのある町名の消印の押された封筒から、三つ折りにされたA4の紙を取り出して広げた。

『結婚を中止してください。必ず後悔することになります』

白い紙の真ん中に、たった一行、それだけ印字されている。

先輩はそれを、隣に座った僕にも見せ、真壁さんに尋ねた。

「これまでに届いたものと比べて、封筒や紙や、文体、文字の大きさなんかは同じですか？」

「気にもしてなかったけど、同じ差出人だと思う。文面は毎回違うけど、結婚をやめろっていう内容が同じだし、紙と封筒も多分同じものだから」

「木瀬くんが真壁さんの寝室で見た手紙って、こんな感じだった？」

「……いえ、もっと強い調子というか……『やめろ』って書いてあったと思います。敬語じゃなくて。何だか、急にかしこまった感じになったような……」

「だよね。私も、木瀬くんから聞いてた話からイメージしてた感じと違うなって思ったんだ」

真壁さんの言うとおり、内容は同じだ。しかし、文体から受ける印象が違う。

これを脅迫状、と呼んでいいものか、微妙なところだ。

何通も続けて届いているという事実や、他の手紙の内容とあわせて考えた場合はともかく、これ一通だけを見て、受け取った人間が恐怖や身の危険を感じるかというと、かなり怪しい。

僕と先輩が話すのを聞いていた真壁さんも、そういえば、と口を開いた。

「文体には統一性がないかもしれない。捨てちゃったけど、これの一つ前に届いた手紙は、結婚をやめろ、どちらも不幸になる……みたいなことが書いてあったよ。今回届いた手紙が一番おとなしいというか……なんていうか、諭すような感じになってる気がする」

「それも何か気持ち悪いですね」

同じ内容を、改めて、ソフトな言い回しにして送ってくる意味がわからない。

僕が感想を漏らすと、真壁さんがそれに頷く。

「言われてみれば、文体がころころ変わるっていうのは、何か情緒不安定な感じがするな」

深い意味はないのかもしれないが、なんとなく不気味だった。

「結婚をやめろって主張自体は一貫していますから、脅迫してもダメらしいとわかって、説得に路線変更したということでしょうか？」

「それなら普通は逆でしょ」

確かに、こういう行動はだんだんエスカレートしていくのが一般的な気がする。最初は穏やかに説得する口調だったのが、相手が自分の言うことを聞き入れないとわかったら、脅迫めいた文言になる、というように——しかし、今回はその反対だ。

北見先輩は右手に持った手紙に視線を戻し、左手を自分の顎にあてて目を眇《すが》めた。

「単に、脅迫者が情緒不安定なだけってことも十分ありえるけど、そうでないとしたら——そうだな、自分の送った手紙の内容が法に触れるかもしれないって気がついて、軌道修正したのかもしれない」

「ああ、なるほど」

もしそうだとしたら、手紙の差出人は、比較的冷静に考えて行動しているということになる。

ストーカーは、自分のしていることをストーキングだと自覚していないことも多いが、保身のために手紙の文言を変えたのだとしたら、今回の犯人は、自分の行為が犯罪に該当《がいとう》するかもしれないとわかっているということだ。それなら、相手を突き止めさえすれば、交渉のしようがある。

話の通じない相手ではないということだ。

「これまでに届いた手紙も、全部、封筒に入って、切手が貼られた状態で届きましたか？」

先輩が手紙から視線をあげて真壁さんに訊くと、彼は初めて気がついたというようにあっと言う。

「いや、前のも封筒には入っていたけど、切手はなかった。差出人の名前はもちろん、宛名もなかったよ。そういえば」

変化していたのは、文体だけではなかったようだ。

確認してよかった、と先輩が呟《つぶや》いた。

これまでは直接郵便受けに入れていたものが、急に郵送になった。そのことにも、何か意味があるのだろうか。

「これの前の手紙は全部、郵便受けに、犯人の手で直接投函されたってことですね」

「言われてみれば……そうだね」

先輩の言葉に、改めて危機感を覚えた様子で、真壁さんは自分の両腕を抱えるようにしている。

手紙が直接投函されているということは、犯人が家の前まで来ているということだ。それも、何度も。その気になれば、いつでも彼やかなみさんに手の届く距離まで、近づいていた。

このまま行動がエスカレートすれば手紙だけで済まなくなり、直接危害を加えられてしまう可能性もある。

「手紙は、どれくらいのペースで届いてます？」

「ここ二か月の間に、合計四……いや、これを入れて五通来たけど、厳密な日にちはちょっと、覚えていないな」

「曜日はバラバラですか？　土日にしか届かないとか、そういう偏《かたよ》りはない？」

「いや……何曜日だったかまでは覚えていないけど、土日だけってことはなかった」

先輩は次々と質問を投げ、真壁さんがそれに答える。犯人像を具体的にしようとしているのだろう。邪魔にならないよう、黙って見守る。

先輩は手元のノートパッドに走り書きでメモをとっていたが、僕にはほとんど読めなかった。

「手紙が届くようになったのは、井上かなみさんと婚約した直後からということですが、婚約のことを知っている人はどれくらいいますか？　結婚式の招待状を送ったとか……」

「式を挙げる予定はないし、婚約も、互いの家族と、職場の人くらいにしか知らせていないけど……あとは、芳樹に話したくらいで。でも、別に隠してるわけじゃないから、二人で出かけて外を歩くし、かなみが泊まって一緒に家を出たり、待ち合わせて一緒に帰ってきたりすることもよくあるし、そういうとき近所の人に挨拶をしたこともあるから、知っている人は少なくないと思う」

交際の事実は、本人たちがわざわざ報告しなくても、誰でも、簡単に知り得たことだ。

まったく関係のない赤の他人が、たまたま幸せそうな二人を見かけて、妬《ねた》みから意味ありげな手紙を送って嫌がらせをするということも、ないとは言えない。しかし、素直に考えれば、今回の手紙は、真壁さんの過去を知っている、彼に何らかの恨みを持つ人間の仕業だろう。この町に来る以前から嫌がらせはあったと聞いて、その可能性はさらに高くなった。

「さっき、こういう嫌がらせを受けるのは今回が初めてじゃないと言っていましたよね。事件の直後……S町に住んでいたころのことですか？」

先輩が言うと、真壁さんは頷いた。

嫌な記憶を思い起こしているのだろう、暗い表情で眉を寄せる。

「事件の後……S町を出る前は、強姦魔呼ばわりされたり、それこそ、脅迫状を受け取ったこともあるよ。出て行けとか、死ねとか、今届いている手紙より内容は過激だったな」

「当時届いた脅迫状が、どんなだったか覚えてますか？　見た目のことです。封筒に入っていたとか、手書きだったとか、切り抜きだったとか」

「まちまちだったよ。郵送はほとんどなかった気がする。封筒にも入っていない、ビラみたいなものが多かったかな」

冤罪だったにしても、彼が強姦事件を起こしたと周囲に思われていたのなら、一時的にそういった嫌がらせがあったこと自体は、驚くことではなかった。しかし、通常、そういった嫌がらせは一過性のものだ。何年もたってから再開したり、あるいは、何年もそれが続くというのは珍しいのではないか。まして、嫌がらせの対象が町から追い立てられて出て行った後にまで。

まったく事件とは関係のない人間が、「正義感」から行動しているという可能性もなくはないが、やはり一番に浮かぶのは、被害者や、その身内だ。

とはいえ、決め打ちはできない。まったく別の理由で彼を恨んでいる誰かが、たまたま過去の事件のことを知って、それを脅迫のネタにしているということもありえる。

いずれにしろ——手紙に書いてあったという「おまえがどんな人間か知っている」というのは、事件のことを指しているのだろうから——手紙の送り主は少なくとも、真壁さんの過去を知る人間だ。つまり、手紙の送り主は高確率で、彼がN市S町にいたころに出会い、恨みを買った誰かということになる。封筒にあったN市N町の消印から最初に立てた仮説が増強された。

まずは、事件の関係者を含め、S町にいたころの人間関係から調べることになるだろうか。

「S町を引っ越したのはいつごろですか?」

「事件の後、割とすぐ……半年もしないうちにN市を出たよ。この町にはまだ来たばかりなんだけど、その前に、K県に住んでたことがあるんだ。一人でワンルームを借りて、アルバイトをして……結構長く、三年くらい住んだかな。彼女もできたんだけど、半年くらいでダメになっちゃったな。その少し後で、かなみとつきあうようになったんだけど」

先輩がノートパッドから顔をあげた。

「話の腰を折ってすみません。先に確認しておきたいんですけど、真壁さん、強姦事件のこと以外で、誰かの恨みを買った覚えは、本当にないですか？　よく思い出してください」

心当たりの有無は以前にも一度訊いて、否定されたと言っていた。しかし、話をすること自体を拒否されている状況だったそのときとは違う。

改めての質問に、真壁さんは考えるそぶりを見せたが、

「自分で気づかないうちに、何かしていたかもしれないけど……思いつかないな」

結局、首を横に振った。

「女性をこっぴどく振ったとか、別れるときにひどく揉めた相手がいるとか？」

「いや……ないなあ。たいてい、別れるときは俺がふられる側だったし。情けないけど」

「逮捕されたとき、つきあっている人はいました？」

「いたよ。同じ大学の、高村真秀《たかむらまほ》」

「連絡先はわかりますか？」

「古い携帯に、電話帳のデータだけ残ってるかも……」

「じゃあ、後で教えてください。その真秀さんと、事件の後、連絡は？」

「とってないよ。真秀に限らず、当時つきあいのあった友達とは、誰ともとってない」

逮捕されたとたんに、それまでつきあっていた友人たちは手のひらを返したと、ついさっき彼自身が話していたばかりだ。同窓生たちの間にも噂は広まっていたようだったから、真壁さんが大学時代の人間関係を断ち切りたいと考えたとしても無理はない。

「彼女の次に交際したのが、K県で出会った彼女ですね。一人だけですか？」

「その子と別れた後は、かなみとつきあうまで何もないよ」

「彼女と別れた理由は、何ですか」

北見先輩は、別れたかつての交際相手は容疑者になりうると考えたのだろう。

その質問に、それまですらすらと答えていた真壁さんは、一瞬動きを止めて先輩を見た。

「その子のところに、俺と別れるように勧める手紙が届いたことがあったんだ」

一拍置いて告げられた答えに、思わずえっと声が出る。先輩も、メモをとっていた手を止めた。

「ちょうど、さっき話そうとしてたんだけど……前にも嫌がらせがあったって言ったとき、思いついたのはこっちの手紙のほうだったんだ。S町にいたころの嫌がらせは、なんていうか、不特定多数からの一過性のものって感じだったんだけど、こっちは事件から三年もたってからの手紙だったから、余計気味が悪いっていうか……根深いものを感じたっていうか」

S町を引っ越した後に手紙が来たということは、その差出人は、真壁さんの引っ越し先を知っていたか、わざわざ調べるかしたということだ。大学時代の友人たちとも連絡をとっていないと言っていた彼が、引っ越し先をそうそう他人に教えているとも思えないから、おそらくは後者だろう。

「そのときは、真壁さんに直接じゃなくて、真壁さんの彼女に手紙が来たんですか？」

先輩の質問に、真壁さんが頷いた。

「それが原因で、ぎくしゃくしちゃって別れたんだ。その頃は、俺自身も、誰かにつきまとわれてるような、そんな気配を感じることがあったな……彼女と別れてからは、しばらくの間——というか、こっちに引っ越して来るまで、何もなかったんだけど」

かなみさんとつきあい始め、結婚を意識するころになって、また嫌がらせが再開したというわけだ。

「どんな内容だったんですか？　その、前の交際相手に届いた手紙というのは」

「詳しくは覚えていないけど、俺は酷い男だから別れたほうがいいとか……そういうことが書いてあったと思う。一通だけじゃなくて、何度か届いていたはずだ」

真壁さんを貶《おとし》め、交際をやめるよう迫るという内容は——宛先が本人か、その交際相手かという違いはあっても——今回届いている手紙と同様だ。

「真壁さんも、その手紙を見たんですよね。手書きでしたか？」

「いや、パソコンで出力したものだったよ」

それも、今回の手紙と同じだ。それ自体は珍しくもないが、内容を考えても、同じ犯人と考えるのが自然だろう。断続的とはいえ、引っ越してまでも続いているとなると、悪戯では済まない
——真壁さんの言うとおり、根深いものを感じる。

犯人は、ずっと彼を監視していたのか。

前の彼女と別れてから嫌がらせが止まり、かなみさんと婚約した矢先にまた始まったということは、そういうことだ。想像すると、他人事ながらぞっとする。さすがに北見先輩も眉根を寄せていた。

「S町を出てから、嫌がらせはなくなってたから……事件の記憶が少し薄れて新しい彼女もできて、新生活が始まった頃に、本当に、忘れた頃に届いた、って感じだった。何年たっても、どこへ行っても逃げられないのかって、絶望したよ。俺は何もしていないのに、ずっと無実の罪がついてまわるんだって思ったら、一生幸せになんかなれないような気がして」

「真壁さん……」

「ああ、ごめん、今は大丈夫だよ。かなみもいるし、……こうして、全部事情を知ったうえで助けてくれようとしてる人もいるしね」

眉を下げた僕に、真壁さんは声のトーンを少しあげて言う。

S町を追われて、K県で新しい居場所を見つけ、またそれを奪われて……やっとかなみさんと出会った彼が、自分の過去や嫌がらせのことを彼女にだけは知られないようにと必死になっている理由がわかった。今度こそ壊されたくないと思うのは、当たり前だ。

「前の彼女、玲奈《れな》っていうんだけど、彼女に手紙が届いて、それがきっかけで別れて……それを機にまた、S町にいたころみたいに近所で噂になったり、嫌がらせをされたりするんじゃないかって思ったけど、そんなことはなかった。手紙も、俺と別れたら来なくなったって、玲奈が言ってた」

「その玲奈さんの連絡先も、後で教えてください」

北見先輩はノートパッドにメモした高村真秀の名前の下に、玲奈という名前も書き入れてアンダーラインを引いた。

先輩は、恋愛がらみの嫌がらせの可能性もあると考えているのだろうか。確かに学生のころの真壁さんは女性に人気があったから、女性関係で誰かの恨みを——逆恨みも含めて——買っているという可能性はある。彼自身に心当たりがなくても、横恋慕《よこれんぼ》されたり妬まれたりすることもあっただろう。

僕の知る限り、彼は人に恨まれるようなタイプではなかったが、それでも、人間は誰でも、どこで誰の恨みを買うかわからないものだ。可能性の話をすれば、犯人になりうる人間は無数にいた。

「四年前の事件が脅迫のネタになっているのは間違いないですが、脅迫の理由も同じ事件とは限りません。だから、現段階では、事件の関係者だけに的を絞ることはしないで、他に真壁さんを脅迫しそうな人がいないかも調べてみます。その過程で、当時真壁さんと交流のあった人たち――たとえば真秀さんや玲奈さんにも話を聞きに行きます。事件のことを知っている人には、事件のことも聞きますが、いいですか」

「それは……うん、かまわないよ」

調査のためなら仕方ない、とあきらめたのか、もう、自分とは没交渉になってしまった人たちだからどうでもいいのか、真壁さんはさほど躊躇することもなく頷く。

「ただ、かなみにだけは、話さないでいてほしい」

「わかりました。彼女に直接被害が及ぶようなことがなければ、話す必要もないと思います」

先輩はノートパッドの真ん中に、ページを区切る線を引く。これで聴取は終わりかと思いきや、
彼女は右手の上でペンを回して持ち直した。

「決め打ちはできないとはいえ、一番の容疑者はやっぱり、四年前の事件の関係者です。こちらについても、もちろん、並行して調べます。事件のことを詳しく訊かせてください」

真壁さんはわずかに緊張した面持《おもも》ちで顎を引く。カップに手を伸ばし、自分で淹れたコーヒーを一口飲んだ。

「四年前の事件の、被害者の名前や連絡先はわかりますか」

彼は首を横に振った。

「示談も全部弁護士に任せていたし、一度も顔を合わせたことはないから……お互い、干渉しないって内容の示談だったたし、一度も連絡が来たことはない。もちろん俺も、接触したことはない

よ」

示談したということは、事実はどうであれ、被害者に対して、罪を認めて謝罪したということだ。つまり、被害者サイドは、不起訴になった今でも、真壁さんが犯人だと思っている。

嫌がらせをする動機は、充分にある。

「ということは、被害者とは、もともと知り合いではなかったんですね？」

「そう聞いてる。逮捕されたときも、寝耳に水って感じだったから、被害者は俺の知り合いですか、俺がやったって言ってるんですかって、取り調べの中で訊いたんだ。はっきり答えてはもらえなかったけど、バスの中かどこかで目をつけて、後をつけたんだろうとか、担当の刑事にそんなことを言われたのを覚えてるよ」

真壁さんは、夜道で行《ゆ》きずりの女性を襲い、公園の物陰で強姦したという容疑で逮捕されたという。事件の現場となった公園は、突っ切ると自宅までの近道になるので、彼がよく利用していた通り道だった。

「被害者の名前も、聞いてないんですね」

「教えてもらえなかった。女子大生だったってことは聞いたけど……」

「どこの大学、っていうのは聞きました？」

「いや、でも俺とは別の大学だって言ってたと思う」

そんな小さな情報でも大事だ。先輩は頷いてメモをとる。

「バスの中で目をつけたんだろう、と言われたなら、被害者の女性は、真壁さんと通学路が重なっていたのかもしれませんね。刑事や弁護人から、他に何か聞いていませんか？　被害者の名前は伏せていたとしても、その人がどんな人だとか……」

「……そういえば、弁護士には、今後、被害者と偶然顔を合わせることがないように、釈放されたら引っ越すって項目を示談書に入れようと言われたな。刑事も、帰宅途中の女性が深夜バスを降りて歩いているところを襲っただろうって言ってたから……」

「被害者はS町の、それも、事件現場の徒歩圏内に住んでいたということですね」

住んでいた地域とだいたいの年齢がわかっただけで、大分範囲が狭《せば》まった。事件が起きてまだ数年なら、近所に事件のことを覚えている人もいるだろう。

真壁さんは公園の名前を正確に覚えていなかったが、彼の以前の住所から推定してスマートフォンで検索すると、S町東公園という公園がヒットした。

「この公園ですか？」

僕が画面を見せると、真壁さんが神妙な顔で頷く。北見先輩も画面を確認し、公園の名前をメモした。

深夜の公園の物陰では、互いの顔もろくに見えないだろう。被害者は、犯人の顔を覚えておらず、警察に見せられた写真で犯人の特定を誤ったのかもしれない。そのせいで真壁さんが冤罪で逮捕され、警察が真犯人を取り逃がしてしまったのだとしたら、双方にとって不幸なことだった。

「あの、すみません、気になってたんですけど」

先輩の邪魔にならないよう、それまでなるべく口を挟まないでいたが、どうしても気になって口を開く。

真壁さんと先輩がこちらを見た。

「どうして警察は、真壁さんを逮捕したんですか。もともと被疑者と顔見知りだったなら、被害者が暗い中で犯人を見間違えたとか、そういうこともあるかもしれないですけど……真壁さんとその人は、面識がなかったんですよね」

　真壁さんの話が本当なら、そもそも、何故無関係の彼が捜査線上に浮かんだのか。真犯人の背格好が真壁さんと似ていたとしても、被害者が彼を知らなかったのなら、結びつけようがないだろう。

　被害者と真壁さんの行動圏内が同じだったなら、たまたま、事件発生と前後する時間に真壁さんが現場付近にいるのを見た人間がいて、そこから容疑者として浮上したのかもしれないが、それだけで身柄を拘束《こうそく》される事態にまでなったというのがわからない。

　先輩は、そうだよね、というように小さく頷いて視線を真壁さんへ向けた。彼女もその点は訊くつもりだったのだろう。

　真壁さんは、すぐには答えなかった。不当な逮捕の根拠など、自分が知りたい、と思っているのかもしれない。それでも、短い沈黙の後、苦い表情で心当たりを口にする。

「……現場近くに俺の持ち物が落ちていたらしくて、それで、俺が疑われたんだと思う。警察で、取り調べのときに言われたんだ。俺は知らないって言ったんだけど」

「持ち物って、具体的には？」

「ショップの会員カードだよ。自分では、なくしたことも気づいてなかったけど、知らないうちにどこかで落としたんだと思う」

　事件現場の公園は、駅から家までの近道で、よく通ったから、そのとき落としたのかも、と付け足す。

「それだけで疑われたんですか？」

　思わず声をあげた。いくらなんでも短絡的すぎる。

「被害者に面通しとか、するでしょう。そのとき、誤解は解けなかったんですか」

「被害者の女の子は、犯人の顔をよく見ていなかったんだと思う。取り調べのときは言われなかったけど、弁護士さんが、たぶんそうだろうって言ってたよ。あの公園は、灯《あか》りの数が少ないし」

不運が重なったということか。背格好の似た男が、真壁さんのいつも通る道で犯罪を犯し、その現場でたまたま、彼が紛失した会員カードが見つかった。偶然でもこれだけそろえば、それは、警察も動くだろう。起訴するには足りないかもしれないが、彼を容疑者として捜査を始めるきっかけとしては充分だ。

「事件があった日のアリバイを訊かれたでしょう？　覚えてますか？」

「もちろん。その日は、大学の友達と飲んでた。でも、十一時過ぎには解散して……犯行時刻のアリバイはないよ。普通に家に帰った」

「ご両親と同居していたなら、帰宅した時間を証言してもらえたんじゃないんですか？」

「親は早く寝るから、俺が何時に帰ってきたかなんて知らないんだ。二人とも正直だから、警察にもそう答えた」

アリバイはないということだ。

警察だって、現場に持ち物が落ちていたというだけで逮捕したりはしないだろう。被害者が犯人の顔をはっきり見ていないなら、面通しで確固たる証言を得られたとも考えにくい。「あの人のような気がする」程度の証言では、逮捕までは至らないのではないか。

捜査資料を見るなりしなければわからないが、他にも何か、真壁さんの逮捕に踏み切るような証拠があったはずだ。

たとえば、犯行時刻に近い時間に、公園方面へ向かう、もしくは公園方面から歩いてくる彼の姿が、どこかの店頭の防犯カメラに映っていたのかもしれない。

事件前後の行動が、犯人のそれと合致するから疑われたのだとすれば、真壁さんは犯人と、そして被害者とも、そうと気づかずニアミスしていた可能性がある。

先輩も、ペンを回しながら考えを巡らせているようだったが、やがて手を止め、再び真壁さんに質問を開始した。

「事件が起きたのは何時頃だと聞いていますか？」

「確か、夜十二時過ぎだって聞いた」

「真壁さんの帰り道と、その女性の通り道が偶然重なったってことだと思うんですけど、事件のあった日も、真壁さんは公園を通って帰ったんですか？　十一時過ぎに飲み会が終わって……十二時前後は、どこにいましたか。もしかして、ちょうど公園のあたりを通る頃だったんじゃないですか」

それ、確か刑事にも訊かれたな、と真壁さんは難しい顔で息を吐いた。

アリバイの有無に係《かかわ》ることだから、当時も当然確認されただろうが、先輩の質問の目的は、刑事のそれとは違う。僕にも、彼女の意図はわかった。

真壁さんが、犯人と誤認されるほど、犯行時刻に近い時間に現場付近にいたのなら、彼こそが何か手掛かりとなるものを目撃していたかもしれないのだ。

「真壁さんが公園を通りすぎた後、それも、直後と言っていいようなタイミングで、事件が起きたのかもしれません。帰り道に、女性を見かけたとか追い越したとか、ないですか。犯人らしき男を見た、でもいいですけど」

もしも真壁さんが、被害者の女性と顔を合わせていたとしたら、そのときの印象が彼女の中に残っていて、面通しの際に記憶が混同した可能性もある。

先輩にそう言われ、彼はしばらく考えていたが、結局首を横に振った。

「……いや、女の子は見ていないと思う。正直言ってもう覚えてないけど、当時警察に訊かれて、そう答えたはずだよ。男も……覚えてないな」

「そうですか」

四年も前のことを、思い出せというのが無理な話だ。それに、僕たちが今思いつくようなことなら、当時警察や弁護人が何度も確認して裏もとっているだろう。

これ以上、彼から被害者を特定する情報は得られそうになかった。

「逮捕されたときはもちろん、身に覚えがないって話したんですよね。でも、最終的には示談した。何か理由があるんですか？」

先輩の質問に、真壁さんは視線を床へと落とした。

「もちろん、濡《ぬ》れ衣《ぎぬ》だって説明したし、弁護士も、やってないなら戦おうって言ってくれたんだけど……不利な証拠がいろいろあるって聞かされて、怖くなったんだ」

苦しげに眉を寄せる。最後まで無実を主張し続けず、不起訴にしてもらうために犯してもいない罪を認めてしまったことを、恥じているようにも見えた。

「何かの間違いだって思ったけど、証拠がある以上、裁判になれば有罪になる可能性が高いって……被害届を取り下げてもらえれば、裁判にならないし、前科もつかないって。示談するなら、起訴されるまでの間だって言われて、親にも説得されて、示談することにした。俺は勾留《こうりゅう》されていたから、被害者側とのやりとりは全部弁護士に任せていたけど」

今は法律が改正されたが、事件当時、強姦罪は親告罪だった。被害者の告訴がなければ、公訴は提起されない。どれだけ証拠がそろっていても、実際に罪を犯していたとしてもだ。

無実の罪を認めて示談に応じさえすれば、罪に問われずに済むが、罪を認めず争い続ければ有罪とされてしまうかもしれないという理不尽な状況に置かれ、彼は葛藤しただろう。弁護人も迷ったはずだ。

最終的に、彼らが真実を主張し続けることよりも実をとり、示談を選択したことを、間違いだったとは言えない。何年も後にこんな事態になると、当時の彼や弁護人が予測できたはずもなかった。

しかし、一度罪を認めてしまっている以上、手紙の差出人に事情を理解してもらうのには苦労しそうだ。

当時も捜査はされたにもかかわらず、警察が取り逃がした犯人だ。四年も前の事件では、なおさら、証拠も散逸《さんいつ》してしまっているだろうから、今さら、おそらく行きずりだっただろう真犯人を見つけて突き出すなどということも現実的ではない。

証拠もないまま、実は彼は無実なので、嫌がらせをやめてくださいと言ったところで、到底信じてもらえるとは思えない。

それに、まず手紙の持ち主にたどりつかないことには、説得も何もない。

「弁護人は、被害者と直接やりとりしていたんですよね。事情を話して、協力してもらえないでしょうか」

僕が思いついて言うと、真壁さんは「どうかな」と口ごもる。彼のかわりに、先輩がそれに答えた。

「それはちょっと、期待できないかな。たぶん、被害者の情報を真壁さんに伏せることも示談の条件だっただろうし」

「あ……そうですね」

　確かに、真壁さんの当時の弁護人は、被害者の名前も連絡先も知っているはずだ。しかし、嫌がらせの手紙を送っているのが当時の被害者だという証拠もないのに、弁護士が、強姦事件の被疑者に、被害者の個人情報を教えるわけがない。たとえ証拠があったとしても難しいだろう。

　それに——弁護人が、本心から彼の無実を信じていたかどうかも、わからない。真壁さんが口ごもったのも、彼自身がそれを感じていたからだろう。

「弁護人の連絡先は、わかりますか？」

「名前は、中村《なかむら》弁護士……えーと、確か、中村康孝《やすたか》先生、だったかな。名前しか覚えてないけど、連絡先も、調べればわかると思う」

「それなら、名前だけで大丈夫です。真壁さんからは、連絡しないようにしてください」

　中村康孝弁護士、と先輩がメモをとる。

　正面から協力を依頼しても望み薄だろうと言いながら、彼女は真壁さんのかつての弁護人に、どうアプローチするつもりなのだろう。

「示談して、釈放されて、その後約束どおり引っ越したんですね。引っ越し先は、被害者には伝えていない？」

「どうだろう……伝えていないと思うけど、弁護人から連絡したのかな。引っ越しの日程は連絡したけど、引っ越し先のK県の住所まで弁護人に話したかは、覚えてない。でも、その後また引っ越して、ここに移ったことは、弁護人にも教えてないよ」

　真壁さんがこの町に住むようになったのは最近のことだと言っていた。S町からK県への移動も含めて二度目の引っ越しだ。手紙の送り主は、二度にわたって彼の住所が変わってもそれを把握して、新しい住所に手紙を送ってきている。

「今の住所を、当時交流のあった誰かに伝えましたか？　同窓会の幹事とか……何かの会員だったなら、住所変更の連絡をしたりとか」

「クレジットカード会社くらいかな」

「ご両親と？」

「母にだけ。父親とは、もう何年も話していないんだ。俺が今どこに住んでいるかも、多分知らないと思う」

父親も、彼の無実を信じていなかったということだろう。

S町に住んでいたころ、真壁さんの父親には会ったことがある。真面目で厳格そうだったが、優秀な息子を自慢にしていた彼の顔を思い出し、胸が痛んだ。

父親とさえ没交渉ということは、真壁さんとS町の頃のつながりは母親をのぞき、ほぼ断たれていると言ってよさそうだ。

手紙の送り主がどうやって彼の今の住所を知ったのかはわからないが、真壁さんの家族や友人から漏れたのでなくても、それこそ探偵でも雇えば、どうとでもなる。

いずれにしろ、犯人はS町に住んでいた当初からずっと監視していたわけで、大した執念《しゅうねん》だった。無関係な人間からの、ただの制裁目的の嫌がらせとは考えにくい。

やはり、手紙の送り主は過去の強姦事件の被害者、もしくはその関係者である可能性が高そうだ。

どんな背景があろうと脅迫は犯罪だが、相手が強姦事件の被害者となると、接触するにあたっては細心の注意が必要だった。特定するところから、慎重にやらなければならない。

北見先輩は、真壁さんから二人の元交際相手と大学時代に親しかった友人の連絡先を聴き取り、メモをとっている。

「最新の手紙が郵送で届いているので無駄かもしれませんが、手紙の送り主は、何度か直接手紙を投函しに来ていたようですから、その現場を押さえることができれば、証拠になります。さすがにずっと見張っているわけにはいかないので、監視カメラを設置します。明日機材を持ってきますから、郵便受けが映る位置に設置させてください」

「わかった。明日は仕事で、俺はいないけど……」

「勝手に設置して帰ります。基本的には、放置しておいて問題ありません。録画は四十八時間で消えるように設定しておきます。新しい手紙が届いたら教えてください、その時間帯の録画を消去しないようにしますので」

「わかった」

「ぱっと見ではわからないようにしますけど、かなみさんに気づかれちゃったら、防犯のためだとか言って適当に誤魔化《ごまか》してください」

気づけば随分長くなってしまっていた。今日はこれくらいで、と先輩がノートパッドとペンをしまうと、真壁さんも少しほっとした顔をする。

「何かわかったら、こちらからも連絡します」

お邪魔しましたと言って、先輩と二人で席を立つ。

玄関へ向かう途中、

「一人暮らしのお宅に固定電話があるの、珍しいですね」

部屋の入口に置かれた白い電話機に目をとめ、先輩が言った。

ああ、それ、と、真壁さんは照れ臭そうに頰を掻《か》く。

「結婚を決めたとき、かなみと一緒に買ったんだ。これから一緒に家庭を作るぞっていう、決意表明っていうか……そんな感じ。買ったばかりで、まだほとんど鳴らないけどね」

二人で一つの電話番号を共有する、一つの家庭を作る、という二人の意思を、形にしたということらしい。

二人の穏やかな結婚生活のためにも、なんとか早く解決したい。

真壁さんがドアを開けてくれ、外まで見送ってくれた。

「カメラは、あそこ、自転車の置いてあるあたりの壁に設置して、自転車で隠すようにするのがよさそうですね。自転車がレンズにかからないように、停めるときは気をつけてください」

「わかった。よろしく頼むよ」

「あ、そうだ」

歩き出したところで先輩が思い出したように声をあげ、玄関先の真壁さんを振り返った。

ドアを閉めようとしていた彼が、手を止めて彼女を見る。

「さっきの話ですけど、カメラは画像転送型で、私のパソコンやスマートフォンとも連動していていつでも確認できるようになっているので。プライバシーを守りたかったら、玄関先でいちゃいちゃしたりしないでくださいね」

真壁さんは少し笑って、気をつけるよ、と答えた。

5

また新たに嫌がらせの手紙が届いたと、真壁さんから連絡があったのは、北見先輩と二人で彼の家を訪ね、長い話をした翌日のことだ。先輩が手際よく真壁さん宅の郵便受けの前に監視カメラの設置をするのを僕が感心しながら見ていた、まさにそのときだった。

K県に住む真壁さんの元交際相手、沢井《さわい》玲奈と連絡がついたので、その日の午後、早速会いに行くことになっていた。彼女の職場に出向き、休憩時間を利用して話を聞かせてもらうため、午前中にカメラの設置を終えて、K県へ向かう予定だった。

真壁さん宅に到着すると、先輩は当然のように、まず郵便受けを開け、中に何も入っていないことを確認してから、塀に沿って停めてあった自転車を移動させ、壁にカメラを取り付け始めた。慣れた手つきだった。真壁さんは出勤しているし、かなみさんも今日は仕事があるから、突然訪ねてくるようなことはないと確認済だ。

「最後の手紙は郵送だったから、どうしようかなと思ったんだけど——犯人が監視カメラや見張りを警戒して、完全に郵送に切り替えちゃったんなら、カメラなんか設置しても無駄だからね。でも、これまでの手紙は一通を除いて全部直接投函されてたわけだから、また直接来る可能性もあるかなって……犯人は、真壁さんを観察っていうか監視してるみたいだから、また様子を見にきて、ついでに手紙も投函していく、ってことは充分あると思うんだ」

「そうですね。でも、こんな小型で大丈夫なんですか？　コードつながってないですよね。バッテリーとか……」

「画質は大してよくないんだけど、この距離なら十分。誰かがカメラの前を通ると赤外線センサーで察知して撮影するタイプだから無駄がないし。ずっと撮り続けても八時間はもつよ」

真壁さん宅の郵便受けは、家の外壁に取り付けられただけの箱型のものだ。誰かが手紙を投函するときも、住人が郵便受けを見るときも、同じ位置に立つことになる。さすがに真正面から撮れば気づかれてしまうリスクが高まるので、郵便受けの前に立った人の上半身を横から撮影できる位置にカメラを取り付けた。

レンズを隠さないように注意しながら、目隠しの自転車をカメラの前に戻す。

「画像転送型のカメラなんてあるんですね。どれだけ離れても大丈夫なんですか？」

「うん、一度インターネットにあげたものを私のスマホで観るだけだから、カメラとの距離は関係ないよ。……ちゃんと映ってるかな」

カメラが問題なく動いていることを確認するため、先輩がスマートフォンを取り出した。アプリを立ち上げると、今まさにカメラが撮っている、真壁さんの家の玄関先が映し出される。

うん、ちゃんと撮れてるね、と先輩が頷いた瞬間、液晶が着信画面になった。真壁研一、と名前が表示されている。

先輩が、親指で画面をタップしてスマートフォンを耳に当て、「はい、北見です」と応答した。

「はい。今、カメラの設置が終わったところです。木瀬くんもいますよ。……いつですか？」

表情が変わる。何かあったのか、と先輩を見たが、視線は合わない。

先輩は通話を続けながら、周囲を見回し、塀の外へ出て、またすぐに戻ってきた。不審な人間がいないか、確認したようだ。

「じゃあ、届いたのは昨夜か、今朝、早朝かですね。手紙は今、どこにあるんですか？……はい、お願いします」

内容までは聞き取れなかったが、真壁さんの話す声は漏れ聞こえていた。特に取り乱した声ではないようだったが、どうやら新たな手紙が届いたらしい。

北見先輩は、しばらく真壁さんが話すのを聞いていたが、やがて表情を変えず、「大丈夫ですか」と訊いた。

それに彼が何と答えたかは、わからない。

「もし知られても、きちんと話して、冤罪だと説明すれば、わかってくれるんじゃないですか」

彼女の言葉から、真壁さんが前歴のことについて何か言ったのだろうとわかる。

こちらを向いた先輩と、目が合った。

「その手紙は、こちらで預かります。それまでは、かなみさんに見つからないように保管しておいてください。今日はこの後K県に行く予定ですけど、何かわかったらまた報告しますから」

僕を見たままそう言って、先輩は通話を終える。

スマートフォンを持った手をおろし、

「真壁さん。今朝、郵便受けに新しい手紙が届いてたって」

簡潔に告げた。

カメラの設置と、一足違いだった。こうならないようにと、真壁さんと話した翌日にすぐカメラを持ってきたのに、タイミングが悪い。

「今朝、家を出るときに気づいて、そのままにしておくのも何だったから、とりあえず職場に持って行ったって。写真を送ってもらうように頼んだけど——あ、来た」

彼女の手の中でスマートフォンが震える。

先輩は、メールに添付された画像を見せてくれた。

封筒の表と、開いた状態の手紙を写したものと、二枚の画像が並んでいる。

封筒のほうには宛名も切手もなく、手紙には、一行だけ印刷されていた。

『おまえが犯罪者だと知って、結婚したいと思う女がいるわけがない』

前回の手紙と比べると、かなり強い調子だ。

以前僕が真壁さんの寝室で見たものに近い。

ああしろ、こうしろとは書いていないので、もはや脅迫ですらなかった。

「犯罪者、とか……何か、急に攻撃的な感じになりましたね」

それに、ほんの少しだけ具体的になった。これまでは、直接、脅迫の原因になる事実については触れられていなかったのが、今度は明らかに、真壁さんの前歴についてほのめかす内容になっている。

最近届いた手紙の文面が、以前のものに比べて丁寧になっていたのは、違法性の有無を曖昧《あいまい》にする目的かもしれないと先輩は言っていたが、また荒い文面に逆戻りしてしまった。こうなると、何か思惑《おもわく》があって文体を変えたのではなく、単に情緒不安定なだけという説が有力になってくる。

それに、メールに添付された写真の封筒には、切手が貼られていなかった。今回は郵送ではなく、直接投函されていたということだ。

「昨日の夜はかなみさんが来ていて、郵便受けは見なかったそうだから、もしかしたら夜のうちに来たものだったのかも」

真壁さんとかなみさんが二人でいるときに、家の外には犯人がいたのかもしれない。北見先輩の言葉でその様子を想像して、今さらながらに緊張した。真壁さんはもっとぞっとしただろう。

「真壁さんは、大丈夫そうでしたか」

「うん、意外と落ち着いてたよ。届くのが一日遅ければ、犯人を撮影できたのにって言ってたし」

カメラを設置したり、こちらから犯人に近づこうと動き出したことで、彼の意識も変わったのかもしれない。息をひそめてやり過ごしながら、いつか相手が飽きるのをただ待っていたときとは違い、今は、嫌がらせの手紙も、犯人へ近づくための重要な手掛かりだ。そう思えるだけで、ストレスは大分軽減されるはずだった。

「そうですか。よかったです、そういう風に考えられるようになって」

やはり先輩に依頼してよかったと、僕は安心しかけたが、

「でも……手紙に書いてあることは、本当にそうかもなって、ちょっと思っちゃった、って。そう言ってた。もし、かなみさんに知られたらって」

先輩はそう続けて、わずかに表情を曇《くも》らせる。

――真壁さんの前歴のことを知って、結婚したいと思う女性がいるわけがない。そう言われて、その通りかもしれないと思ってしまった。それは、彼が実際に、そうして恋人や友人をなくしてきたからなのだろう。

冤罪事件と嫌がらせの手紙が、彼から奪ったものはあまりに多い。

今日、これから話を聞きに行く予定の女性も、真壁さんから離れていった一人だ。

「もし知られても、冤罪だったんだから、ちゃんと話せばわかってくれるんじゃないかって言っ

たんだけど――」

「真壁さんは何て?」

「だといいけど、って。……でもやっぱり、怖いって」

俺には、かなみしかいないから。彼は、そう言ったのだという。

僕は身体の横で拳《こぶし》を握った。

学生時代、いつも友人たちに囲まれていた彼を覚えている。そんな彼が冤罪ですべてを失って、何年もたって、やっと今、ただ一つなくしたくないと思える女性に巡り会って幸せになろうとしているのに、手紙の差出人はそれすら許さない。

かなみさんに直接、彼の過去のことを吹き込むのではなく、真壁さんに手紙を送ってくるのは、こうして彼を不安にさせ、精神的に追い込むためだろうか。陰湿なやり方だ。

手紙の差出人が四年前の被害者なのだとしたら、それだけ、恨みが深いということかもしれない。被害者は、真壁さんが犯人だと思っているのだから、それは当たり前なのかもしれないが、それにしても。

どこに憤りを持っていけばいいのかわからなかった。

「でも、犯人の言う通りかもしれないから、そうなる前に自分から身を引こう、じゃなくて、だからその前に犯人を見つけて嫌がらせをやめさせよう、って真壁さんが思ってるうちは、大丈夫だよ。私も、そのためにできる限り動くし」

先輩が、改めてカメラの動作確認をしながら言う。

「万一知られちゃっても、そこでおしまいじゃないからね。そうなったら、ちゃんと説明して、わかってもらわなきゃ。彼女だけ、って言うくらい好きなんだったら」

そっけない口調だが、励ますような内容に、少し気持ちが明るくなった。

探偵の仕事は調査と報告だけ、と言っていた割には、ちゃんと真壁さんのことを心配しているようだ。いや、ここに真壁さんはいないのだから、むしろ、彼のことを気にしている僕を励ましてくれているのか。

北見先輩なら、四年前の事件の真犯人をつきとめて被害者の誤解を解くところまでやってくれそうだと思いかけ、苦笑して頭を振る。いくらなんでも、過度な期待だ。

「そうですね。僕も、できる限りの協力はします」

それだけ言って、手始めにと、カメラ機材を入れてきた空のバッグを引き取った。

真壁さんは何年も一人で耐えてきたのだろうが、今は、僕や北見先輩が、事情を知っている。

彼が嫌がらせに屈することなく、立ち向かう気でいるうちは、自分たちにもできることがある。

もし彼が屈しそうになったとしても、引きとめることくらいはできるはずだった。

＊＊＊

真壁さんの元交際相手の沢井玲奈は、K県の、大通りに面したアパレルブランドの直営店で働いていた。

待ち合わせに指定されたのは、店の向かいにあるコーヒーショップだ。

彼女は時間ぴったりに現れた。沢井の顔を知らないはずの北見先輩が、店に入ってきた彼女を一目見るなり立ち上がったので驚いたが、自社製品のワンピースを着ているので、すぐにわかったという。確かに、彼女の髪型もメイクも服装にぴったり合っていて、そのブランドのカタログからそのまま抜け出てきたかのようだ。

沢井玲奈さんですかと先輩が声をかけると、彼女は「はい」と答えて、ボブカットの髪を揺らし頭を下げた。

「急にご連絡したのに、ありがとうございます。お時間をとっていただいてすみません」

「いいえ、真壁くんから、メールをもらいましたから……。びっくりしましたけど」

こうしてすんなり会ってくれるということは、真壁さんとは、それほどひどい別れ方をしたわけではなさそうだ。嫌がらせの手紙のせいで別れたと彼が言っていたから、関わりたくないと言われてしまうのではと心配していたのだが、杞憂《きゆう》だったらしい。

「お急ぎでなければ、飲み物を買ってきます。何がいいですか」

「えっ、じゃあ、キャラメルラテを……すみません」

幸いレジはすいていた。

注文を済ませ、飲み物の受け取りカウンターへ移動する。ラテが出てくるのを待ちながらテーブルのほうへ目をやった。北見先輩の向かいに座った沢井が、頷きながら何か話しているのが見える。

陶器のカップ入りのラテを持って、席へと戻る。近づくと、先輩の声が聞こえてきた。

一通りの自己紹介や挨拶は済んで、本題に入ったところらしい。

「……ているんです。それで、以前、彼と交際していたときに、沢井さんにも同じような手紙が届いたと聞いたので、こうしてお話を聞きに来たんですが」

僕がどうぞ、とカップをテーブルに置くと、彼女は小さく頭を下げる。

僕も、先輩の隣の空いた椅子に座った。

「嫌がらせ、まだ続いているんですね。もう一年経つのに……。全然知りませんでした。別れてからは、今回メールをもらうまで、一度も連絡とかなかったから」

沢井はカップを引き寄せ、右手を持ち手にかけ、左手を側面に添える。

「真壁くんとは、アルバイト先で会ったんです。今の店とは違う店舗ですけど、同じ系列のショップで、メンズも扱ってるところで。あ、私は今は正社員なんですけど、そのころはまだバイトで、真壁くんのほうが、ちょっとだけ先に入った先輩だったんです」

そこまで話して、カップを持ち上げ、キャラメルシロップで模様が描かれた白い泡を舐《な》めるように一口飲んだ。

薄いピンクに塗られた爪が、カップのふちをなぞる。カップについた口紅を拭いたのだと、かすれたピンクの跡を見て気づいた。慣れた仕草だ。

「かっこいいのに、あんまり人とつきあいたがらないっていうか、ちょっと距離とか、壁がある感じで、それが気になって。人当たりはよくて、話も上手なのに、合コンとかの話には全然乗ってこないし」

言葉を探すように視線を迷わせ、元気がないっていうか、と付け足した。彼女はその表現に満足していない様子だったが、言いたいことはわかる。

真壁さんがS町を出てK県に引っ越した理由や時期を考えれば無理もなかった。

わかりますよ、というように僕が頷くと、ほっとしたように続ける。

「私、かっこいい人って、ぐいぐい来る感じが苦手だったんですけど、真壁くんはそんなことなくて、それがいいなって思って、私からアプローチしたんです」

何度も飲みに誘ったり、休憩時間に話しかけたりして、距離を縮《ちぢ》め、交際するようになったのだという。そのくだりを説明するときは、懐かしそうに、しかし少し恥ずかしそうに、先輩や僕と目を合わさず、話しながら何度もカップに口をつけた。

「真壁くんは優しくて、つきあっているときは、とても楽しかったんですけど……つきあい始めてしばらくして、変なことが起こるようになりました。無言電話がかかってきたり、気のせいかもしれないですけど、誰かに見られてるような、視線を感じるようなこともあって」

やっと本題だ。

先輩が黙っているので、僕が相槌を打って、話の続きを促《うなが》す。

「そのことは、真壁さんには話したんですか?」

「はい。気持ち悪かったので、相談しました。それからは、デートの後は、帰りが遅くなったときじゃなくても家まで送ってくれるとか、彼も気をつかってくれましたけど、それで事態がよくなるってこともなくて……無言電話くらいじゃ、警察に言っても仕方ないですし。やだなあって思いながら、放っておくしかありませんでした。それで、しばらくすると、別れろ、って手紙が来るようになって」

「真壁さんとの交際をやめろ、ってことですよね」

「そうだと思いました。ええと、確か、真壁くんとつきあうと不幸になる、とか、そういうことも書いてあったかな……。詳しくは覚えてないんですけど、白い紙に一行書いてあるだけで、宛名も差出人名もない手紙です。今、真壁くんに届いているっていう手紙も、同じような感じですか?」

白い紙に印字されていることや文面は似ていますね、と先輩が答えると、沢井はやっぱり、というように頷いた。

「最初は、ストーカーだと思ったんです。でも、何かおかしいなって、途中から感じてました。やっぱり、嫌がらせのターゲットは私じゃなくて、真壁くんだったんですね」

彼女は手紙の細かい文言を覚えていなかったが、内容が真壁さんとの交際を止めるよう警告するものだったこと、無地の封筒に入った白い紙に一行印字されていたことは覚えていた。封筒も紙も特別なものではなく特徴がないから、たまたま似ているだけという可能性もゼロではないが、おそらく、今真壁さんに届いているものと差出人は同じだろう。

「何通かそういう手紙が来て、無言電話も止まなくて、私、だんだんイライラしてきちゃって。真壁くんに当たってしまったこともあります。真壁くんは、警察に行こうとか、そういうことは言ってくれなくて、むしろ、おおごとにして相手を刺激しないほうがいいって言ってて……私はこんなに困ってるのにって、もっとちゃんと考えてよって、そういう不満もありました」

真壁さんには、警察沙汰にしたくない理由があった。しかし、そのことを知らない彼女にとっては、彼が何もしてくれない、真剣に考えてくれていないと感じられたとしても無理はない。

「それでも、真壁くんの言うとおり、相手を刺激しないように、無言電話はかかってきたら切って、反応しないようにして、来た手紙を捨てていました。そのうち相手も飽きるよって、真壁くんにも言われていたので、そうなればいいなって思いながら」

沢井は顎を引き、カップを両手で持って、ラテをすすった。

「でも、今度は、違う内容の手紙が来て……真壁研一は犯罪者、って書いてありました。ただの、何の根拠もない誹謗《ひぼう》中傷だと思いましたけど、それを真壁くんに見せたら青ざめて」

謂《いわ》れのない中傷に怒ったり、こんなもの気にするなと笑い飛ばしたり、そういう反応を予想していたから驚いたと、彼女はラテの表面に目を落としたまま続ける。

「もしかして、真壁くんの昔の彼女とかが、私じゃなくて真壁くんをストーカーしてるのかなって、そのとき思いました。真壁くんには、心当たりがあるみたいだって感じて」

当たらずといえども遠からずだ。僕が何と言っていいのか思案していると、先輩が、「まだ、それが誰かはわかりませんが」と前置きをしてから言った。

「真壁さんが犯罪を犯したと誤解して、ずっと嫌がらせをしている人がいるみたいなんです。私たちはその人を見つけて、嫌がらせをやめてもらいたくて、こうしていろんな方の話を伺っているんです」

「そうだったんですね……」

ひどい、と沢井は眉を寄せる。

「私が手紙を見せて、これ、どういうこと？　って訊いたとき、真壁くん、何も言わなかったんです。言い訳もしませんでした。私は真壁くんを責めるつもりなんてなくて、ただ、心当たりはないかって、それを訊いたつもりだったんですけど」

そのときのことを思い出したのだろう、話しながら彼女の顔が歪《ゆが》む。

「そしたら、真壁くん、あきらめたような顔をしました。それで、迷惑をかけてごめん、別れようって、言われて……ちゃんと説明してくれたら、私、話を聞いたのに」

悔しげに言ってうつむいた。カールしたサイドの髪が頬にかかるが、彼女はそれを払いもしない。

「どうしてそうなるの、どうしてそんなこと言うのって私が言っても、真壁くんはごめんとしか言わなくて……私も、手紙や電話でストレスが溜まっていたし、もういいって言っちゃって、……そのままになってしまって。真壁くんはバイトをやめて、連絡もとれなくなってしまいました」

ぎゅ、とカップを持つ手に力が入るのがわかった。整えられた爪の先が、陶器に当たってかち、と音をたてた。

「そんなに簡単に終わっちゃうんだって、ショックでした。ちゃんと話を聞かないで別れちゃったこと、後悔してたから、今回連絡が来たのはちょっと嬉しかったっていうか、ほっとしたんですけど」

だから、突然の連絡にもかかわらず、話を聞かせてくれたのだ。

交際期間は短かったかもしれないが、彼女がちゃんと真壁さんを好きだったことが伝わってくる。悔いの残る別れ方をして、それを気にしていたことも。

「あのときちゃんと説明してくれたら私、あんな手紙なんか無視して、真壁くんと一緒にいたのに。どうしてすぐあきらめちゃったのって、それは悔しいです。真壁くんは私のこと、そんなに好きじゃなかったのかなって思います。悲しいけど」

そんなことは、と言いかけて、口をつぐんだ。

真壁さんと彼女の間のことは、何もわからない。それに、真壁さんが彼女との関係をあきらめたのは――おそらく事実だ。去られてしまうことに慣れ、嫌がらせに疲れていた彼は、彼女が離れていく前に、自分から手放すことを選んだのだろう。

沢井に、それをどう説明すればいいのかわからなかった。説明すべきなのかも。

「真壁さんは、顔も知らない誰かに、誤解で恨みを買ってしまっていたかもしれなくて……現に、嫌がらせも受けていたので。あなたが巻き込まれないように、と思ったんだと思います」

結局、それだけしか言えなかった。本当のことだが、すべてではない。

先輩はちらりとこちらを見たようだが、何も言わなかった。

「……そうかもしれませんね」

沢井がカップから顔をあげる。

そして眉を下げたままで少し笑って、優しいですね、と言った。

＊＊＊

沢井玲奈と話した二日後には、真壁さんの大学時代の交際相手、高村真秀とも会えることになったと、北見先輩から連絡があった。

彼女は今、S県内の大学病院で研修医として働いているらしい。

先輩がどう話をつけたのかはわからないが、土曜日の午前中、出かける前の三十分だけ時間をとってもらえるというので、先輩と最寄りの駅で合流して、待ち合わせ場所へと向かった。先輩は、別の案件の調査でちょうどS県に用があったらしく、朝から県内にいたようだ。効率よく動けたことに満足そうにしていた。

「研修医って、ものすごく忙しいんじゃないんですか？　よくアポがとれましたね」

「私もそう思ってたんだけど、研修先の科によるみたい。高村さんが今いるのは眼科で、研修中は夜中に呼び出されるようなこともないから、午後六時には退勤できるし、土日も休みなんだって」

電話番号が変わってなくて、知らない番号からの着信にも出てくれてよかったよと、スマートフォンの地図アプリを確認しながら先輩が言う。

「電話がつながらなかったら、T大付属病院に行って患者として受診するしかないかなって思ってたから」

確かに、患者として行けば会うことはできるだろうが、あまり心証はよくない気がする。穏便に――かどうかは知らないが――電話で約束をとりつけることができてよかった。

待ち合わせ場所に指定されたのは、オフィスビルの一階のラウンジだった。椅子とテーブルが複数あって、自由に使えるようになっている。オフィスビルと言っても上の階にはレストランも入っているらしく、土曜でもそこそこ人がいた。外に面した壁一面がガラス張りになっていて、植え込みの緑が見える。ちょうど、新緑がきれいな時期だ。入口に近い窓際の席を選んで、外を眺めながら高村真秀を待った。

真壁さんの古い携帯電話に、大学の当時の友人たちの写真が入っていたし、卒業アルバムにも写真があったので、彼女の顔はわかっている。僕も見せてもらったが、目鼻立ちがくっきりしていて、額を出したヘアスタイルが知的な印象の美人だった。沢井玲奈とも、写真で見たかなみさんとも、タイプが違う。

北見先輩も同じように思ったらしく、好みに一貫性がないね、と言っていた。見た目からはわからない共通点が彼女たちにあるのか、それとも、真壁さんの好みが変わったのかはわからない。しかし、これまでの彼の経験を思えば、女性の好みどころか人生観すら、変わってもおかしくなかった。

約束の時間ぴったりに、高村真秀は現れた。写真ではストレートだった髪に、パーマがかかっている。かなり細くて高いヒールの靴を履《は》いていて、白いシャツにパンツスタイルというシンプルな服装でも、ぱっと人目を引くほど華やかだった。

「お休みの日に、すみません」

先輩が言うのに合わせて、僕も頭を下げる。

高村は先輩をじっと見て、

「あなた、研一の今の彼女？」

開口一番、そう言った。

「いえ、私は探偵です」

「ほんとに？」

先輩が、名刺を取り出して渡す。

高村はそれを受け取り、そこに書かれた肩書と先輩とを見比べて、そっか、と言った。

「研一の好みのタイプだと思ったんだけどな。変なこと言ってごめんなさい」

いいえ、と先輩は気にする風もなく応えて、彼女に椅子を勧める。

高村は財布と携帯電話くらいしか入っていなそうな、薄いクラッチバッグを膝の上に置いて座った。

迷惑そう、とまではいかないが、話をすることについては、あまり気乗りしない様子だ。無理もなかった。それでも話をするつもりで、こうして来てくれただけでありがたい。

「電話でもお話ししましたが、真壁さんが嫌がらせを受けている件について、調べているんです。お話を聞かせていただけますか」

「あんまり時間ないんだけど。研一とはもう、何年も会ってないし」

「手短《てみじか》に済ませます。当時のこと、知っている限りでかまいません。真壁さんを恨んでいそうな人に、心当たりはありませんか」

「そりゃ……」

彼女が言葉を濁《にご》す。はっきりした眉が、困ったように下げられた。

「四年前の事件のことなら、聞いています」

先輩が言うと、ああそうなの、というように息を吐き、髪をかきあげる。それがモデルのように様になっていた。

「その被害者以外で、ってこと？　思いつかないな……。ていうか、事件のインパクトが強すぎて、他に考えつかない。もともと、嫌われるタイプじゃなかったのは確かだけど」

「女性関係では、どうですか」

「ああ、モテてたから、そういう意味では、逆恨みされたりすることもあったのかな。誰とでもすぐ仲良くなって気さくで、期待させるようなことするから、勘違いする子はいたかも。しょっちゅう女の子から声かけられてたし……オープンキャンパスに来た女子高生にまで連絡先を聞かれたりね」

それは、僕の中にあった、大学時代の真壁さんのイメージと一致する。

彼は誰にでも好かれて、いつも人の輪の中心にいた。

「女友達もいっぱいいて、合コンなんかにもひっぱりだこだったし。でもつきあい始めてから浮気はしてないし、言うほど遊び人じゃなかったよ」

「おつきあいが始まったきっかけは？」

「最初は入学してすぐのオリエンテーションで一緒になったんだったかな。ゼミも同じで、気が合った何人かのグループで勉強会したり遊んだりしてて、そこからって感じ」

「交際中に、事件が発覚したんですよね」

高村が眉間にしわを寄せて頷いた。

交際中の恋人が性犯罪を犯したとして逮捕されたのだから、ショックも相当大きかったはずだ。

「事件のことは、どの程度聞いてらっしゃいますか」

「どの程度も何も、皆が――同期全員が知ってるようなことだけだけど。飲んだ帰りに女の子レイプして、逮捕されたって。自宅に警察が来て、逮捕される前の晩に一緒に飲んでた連中の目の前で連れてかれたってことも」

「その話、誰から聞いたんですか？」

「私は、そのとき現場にいた同期の一人――確か、大久保《おおくぼ》さんかな。研一とよくつるんでた一人に聞いたんだったと思うけど、あっというまに噂になったから、これくらいのことは誰でも知ってたんじゃないかな」

「その話を聞いたとき、どう思われました？」

「どうって……嘘でしょ、って感じかな。最初はショックで、信じられなくて、でも、罪を認めて示談したらしいって後で聞いたから、やっぱり本当だったんだって……。それがわかってからは、何それ、って感じ。むかついた。だって許せないでしょ。女としてもだけど、研一の彼女としても。浮気どころかレイプって、彼女としての面子《めんつ》丸つぶれ」

犯罪行為を蔑《さげす》む気持ちとは別に、恋人に裏切られた、体面をつぶされたという怒りもあったようだ。はっきりしている。

「私まで警察署に呼び出されて、根掘り葉掘り訊かれるし。私だって被害者なのに、本当、迷惑」

「かなりプライベートなことまで訊かれたでしょう。性生活のこととか」

「そうだった、訊かれた。彼に殴《なぐ》られたことは？　とか、セックスに異常性を感じたことは？

とか、月に何回セックスをしていましたか、とか……すごく不愉快だった。研一はそのへんは普通だったし、殴られたり無理やりされたこともないって答えたけど。本当ですか、言えないようなことでもここでは言っていいんですよって、しつこいの」

当時のことを思い出したのか、また、苛立たしげに髪をかきあげた。彼女の癖らしい。

先輩はうんうんと相槌を打ちながら、何食わぬ顔で、「性的嗜好《しこう》に偏りなし、暴力性なし」とノートパッドの隅に走り書きしている。

「真壁さんは、酔ってそんな事件を起こしそうに見えましたか？」

「全然。でも、ちょっと押しに弱いっていうか、流されやすいとこがあったから、酔った席で女の子に迫られてその気になっちゃったのかな、それで後で揉めたとかかなって、最初は思ったの。けど、何か、公園で行きずりの女の子を襲ったらしいって聞いて……」

彼が逮捕された現場にいた友人たちは、逮捕状の読み上げも聞いていたはずだ。だから、犯行現場や犯行態様について知っていてもおかしくない。

しかし、それが同期全体に広まってしまったということは、その場にいた誰かが漏らしたということになる。

ショッキングな事件だから、仕方がないことなのかもしれないが、真壁さんは、友人に裏切られたように感じたはずだ。

先輩は淡々と、メモをとりながら質問を続ける。

「真壁さんは、当時、お酒をよく飲まれてたんですか？　酔って失敗したことがあるとか」

「お酒は特別強くも弱くもなかったと思う。二十歳《はたち》そこそこだったしね。そんなべろべろになるほど飲むのは見たことなかったし……事件があった日は結構酔ってたみたいだって、後で聞いたけど」

「事件があった日、一緒に飲んでいた人から？」

「そう。逮捕されたときにいたのと同じ面子よ」

「連絡先と名前、わかりますか」

高村はスマートフォンを取り出し、ＳＮＳのアプリを立ち上げた。「中野《なかの》ゼミ」と書いてあるグループの、名前のリストを見せてくれる。

入江《いりえ》優《ゆう》、石丸謙吾《いしまるけんご》、大久保昇平《しょうへい》。

先輩が素早くメモをとった。

「連絡先は、さすがに、本人たちに了承をとってからじゃないと……」

「ええ、もちろんです。ありがとうございます」

「あ、そうだ。……これ、ずっと前のだけど」

高村は画像フォルダを開いて、一枚の写真を見せてくれた。

学生時代の真壁さんと、その友人たちらしい。真壁さんは真ん中にいて、その隣に高村がいる。彼女はストレートヘアで、真壁さんも今よりも髪の色が明るかった。居酒屋かどこかで撮った写真らしい。高村が、皿にチョコレートソースでHAPPY BIRTHDAYと書かれたデザートプレートを持って、カメラに向けていた。皆、笑顔だ。

彼女の誕生日に、集まって撮った写真なのだろう。

「五人で写ってるの、これ一枚だけなんだけど。これが入江くん、石丸くん、この端っこのが大久保くん。送ったほうがいい？」

「ありがとうございます。では、このアドレスあてにお願いします」

大学生のころの真壁さんの笑っている顔を、久しぶりに見た。ちょうど、僕の家庭教師をしてくれていた頃の彼の姿だ。屈託のない笑顔は、今の彼には見られない表情だった。

画像を選択するとき、並んだ写真の中に、真壁さんと高村が二人で写っているものが見えた。彼女は元恋人の醜聞《しゅうぶん》に腹を立てている様子だったが、写真は消さずに残していたらしい。

僕の視線に気づいたわけでもないだろうが、彼女は、「たまたま、消してなくてよかった」と早口で言って、写真を先輩のスマートフォンへと送信した。

「研一を恨んでるかもしれない人に心当たりがないかって話、私より、男同士の友達のほうが、知ってることがあるかも。私に内緒で、別の女の子と遊んで揉めたとか、もしあったとしても、私には言わなかっただろうし」

「そうですね、こちらのお三方に、話を聞いてみます」

「私は今眼科だから、毎日定時に帰ってるけど、この三人は忙しいから、すぐには会う時間とれないかも。大久保くんは今内科の医局にいるから、八時か九時くらいまでは帰れないんじゃないかな。土日も出勤してることがあるから、病院に行ったほうがつかまるんじゃない。入江くんと石丸くんは、確か、外科だったかな」

「お昼休みに訪ねてみます。私たちが話を聞きたがっていると、伝えていただくことはできますか」

いいけど、と、高村は言葉を濁す。

「伝えるだけよ。会うかどうかは、本人たち次第だから」

「ええ、それはもちろん」

助かります、と、先輩の横で僕も頭を下げた。高村はどこか居心地悪そうにしている。

「高村さんがこうして会ってくださったのも、意外でした」

真壁さんとの別れは、彼女にとってみれば裏切られたようなものだっただろうに、時間をとって会ってくれ、質問に答えてくれたうえ、次に話を聞くべき相手まで教えてくれるとは思わなかった。僕の言葉に、彼女は半眼になり、ちろりと横目で先輩を見て言う。

「いきなり職場にお邪魔するよりは、きちんと予定を聞いたほうがいいかと思いまして……なんて言われちゃね。断ったって、会いに来るつもりだったんでしょ」

僕も思わず先輩を見た。

先輩はご協力いただけて助かりました、などとにこにこしている。

高村は、「まあいいけどね」と言って息を吐いた。

「私も、研一がどうしてるのかは、ちょっと気になってたし。事件の後、何も言わないでいなくなっちゃったから」

「事件について、真壁さんから説明はなかったんですか?」

誤解だったのだ、自分はやっていないのだと、恋人にくらい話していそうなものだ。しかし、彼女は首を横に振る。

「逮捕されたって聞いた後、すぐ私からメールしたけど、返事はなくて――逮捕されてたんだから当然だよね。そのときはパニックになってたんだと思う。その後、釈放されたって聞いたけど、私もやっぱりショックだったし、すぐには連絡できなくて……何か、いつのまにか噂が広まって、大学にも知られちゃって、研一も参ってたんだろうけど、向こうからの連絡もないし」

自分から訊くのは何か怖かったし、と、膝の上でクラッチバッグをいじりながら、床に目を落とした。

「ずいぶんたってからメールしたけど、やっぱり返事はなかった。落ち着いたら連絡来るかなって思って待ってたんだけど、それっきり。あいつ、いつのまにか大学やめて、家も出て行って、電話番号もメアドも変わってた。どこに行くとか、そういうのも何も言わないで、私に言い訳もしないで、いなくなったの」

言い訳もしないで、と高村は言った。つまり彼女は、冤罪だったとは考えていないということだ。本人から何も聞いていなければ当たり前だった。

冤罪なのだと伝えたら、彼女はどう思うだろう。かつての恋人にまで誤解されたままなのを、真壁さんはどう思っているのだろう？

言ってしまいたい衝動にかられたが、証拠もなく信じてもらえるかどうかはわからない。かえって、潔くないと反感を買ってしまうかもしれなかった。何より、相手から情報を引き出すために、こちらの情報をどれだけ開示するかは、北見先輩に任せるべきだ。

先輩が何も言わないのに、自分が勝手にそれを伝えることはできなかった。

「事件のこと聞いたときは、何やってんのって思ったし、怒ってたけど、ちゃんと説明してほしかった。研一は私からも逃げたんだよ。責められると思ったのかもしれないけど、でも、そうだとしてもちゃんと向き合うべきでしょ？　私たち、つきあってたんだから」

ニュアンスは違うが、沢井と同じことを言っている。真壁さんは、本当のことを話しても、彼女たちが自分のことを信じてくれるとは思わなかったのだろう。彼女たちを信じられなかった。大学中に噂が広まってしまったことで、友達に裏切られたと感じて、誰も信じられなくなっていたのかもしれない。他人に期待しないで、自分から離れることで、自分を守ったのだ。それは確かに、逃げかもしれなかった。

そうですね、と北見先輩が応えた。あまり親身な相槌ではなかったが、高村は口調が強くなっていたことを自覚したかのように口をつぐみ、視線を彷徨《さまよ》わせる。同意を得られたことで、かえってクールダウンしたようだった。

「もう四年くらい経ったよね。まだ事件のことで嫌がらせされてるの？」

「事件が原因の嫌がらせかは、まだわかりませんが」

先輩が、慎重に答える。

しかし、高村は他に何があるのかと言いたげだった。真壁さんは人に嫌われる人間ではなかったと言っていたから、彼女にとっては、彼の唯一の汚点が四年前の事件で、彼を恨んでいる人間はその被害者以外思いつかないのだろう。

「事件の後は、大学でもかなり噂になったし、自宅に石とか投げられたり、何か色々あったみたいだから――今も続いてるんだったら、いくらなんでもかわいそうかもって思って、話するくらいの協力はしたけど。もし、嫌がらせしてるのが被害者の子なんだったら、それは仕方ないっていうか、責められないと思う。私が同じ立場だって、ずっと許せないと思うし」

きっと、裏切られたと思ったのは彼女も同じだ。

誰にでも好かれる自慢の恋人が、ある日突然性犯罪を犯して逮捕されたことも、自分に何も言わないまま姿を消してしまったことも、許しがたいことであるはずだった。

真壁さんがちゃんと話をしていたら、どうなっていたのだろう。彼女は彼を信じただろうか。

今となっては確かめようもなかった。そして、今伝えても、意味のないことだった。

北見先輩は高村の言葉を否定も肯定もせず、今日はありがとうございました、と、この日の聴取をしめくくった。

＊＊＊

「大久保昇平さんですか」

T大付属病院の廊下で、先輩が白衣を着た男性を呼びとめる。

高村からは、彼は昼は医員室にいるはずだと聞いていて、そちらへ向かうところだった。ちらりと横顔が見えただけだったのに、さすが目聡《めざと》い。

男は振り向いて、少し驚いた顔をした。

「お忙しいところすみません。北見と言います」

「木瀬です」

「ああ、……高村さんから聞いてるよ。真壁の話が聞きたいんだって」

女性だとは思わなかった、と、先輩を見て小さく付け足す。

「こっちに座れるところがあるから、行こうか。あんまり長くは時間とれないんだけど」

「はい。ありがとうございます」

写真では右端に写っていた彼は、当時よりいくらか老けたようだった。もともと痩せていたようだが、今はさらに頰がこけて、頰骨が強調されている。真壁さんとは同期だと聞いていたが、彼のほうが年上に見えた。

「真壁とはもうずっと連絡もとっていないし、役に立てるとは思わないけど」

「お話を聞かせていただけるだけで助かります。大久保さんは、真壁さんの同級生だったんですよね」

「年は結構上だけどね。真壁はストレートで、俺は何浪もしたから」

待合室のような、ソファのあるコーナーに着いた。

向かい合って座れる席はなかったので、大久保、先輩、僕の順で横並びに座る。身体をひねって彼のほうを向き、ノートパッドを取り出す先輩を、大久保は物珍しそうに見ていた。

「真壁さんとは、親しくされていたと聞きました」

「ああ、まあ、そうかな……二年ちょっとのつきあいだったけど、同じゼミだったから。なんとなく気が合った数人でグループみたいになってね、一緒に旅行にも行ったし」

「真壁さんは、どんな人でした？」

「どんな……そうだな、あんな事件を起こすようには見えなかったよ。いいやつだと思ってた。俺が年上ってことで、ちょっと気を遣ってたところもあったみたいだけど、そんなに距離を感じるような接し方じゃなかったし。同じグループでも、年上なのをいじってくるやつもいたんだけど、真壁はそういう感じじゃなかった。人気者だったよ」

高村と同じ評価だ。

高村は、男同士のほうが、女性には話せないような話をしているのではないかと言っていたが、女性関係のトラブルがあったという話は出て来ない。

「事件のことは別として、彼を恨んでいそうな人に、心当たりはありますか？」

「なんでも話す仲、ってわけでもなかったから、わからないけど……どうかな。なんでもできて、人に好かれて、やっかまれることはあったかもしれない」

「大久保さんはどうでした？」

先輩の直截《ちょくさい》な質問に、僕のほうがぎょっとする。

意外にも、大久保は苦笑しただけで、怒り出したりはしなかった。先輩の訊き方には遠慮がなかったが、その分嫌らしさがないと思ったのかもしれない。

「ストレートで合格して、医者の息子で、しかもあんな男前で、そりゃ羨《うらや》む気持ちはあったよ。正直ね。けど、自分とは違いすぎて、やっかむのも虚《むな》しくなるだけだったから、普通に仲良くしてたよ。あいつ個人はいいやつだったし。……あんな事件起こしたやつを、いいやつって言うのも変だけど」

「女性関係でトラブルがあったというようなことも、聞いていませんか？」

「いや、全然。モテてはいたけど」

これも、高村と同じ回答だ。

「本当に、何も心当たりはないよ。かばってるとかじゃない。少なくとも俺の知る範囲では、真壁を恨んでるような奴はいなかったよ」

そう言ってから、視線を落とし、大久保はわずかに表情を曇らせる。

「でも、俺が知らなかっただけかもしれない。そこまで深いつきあいじゃなかったんだ。俺だけじゃなくて、誰とも、深くつきあってなかったのかもしれない。あの事件がいい例だよ。皆驚いてた。あんな事件を起こすような奴じゃないと思ってたけど、俺たちは真壁のこと、何も知らなかったんだなって、あいつが逮捕されたときに思ったんだ」

「ショックでしたか」

「そりゃあね。……がっかりした、っていうか」

強姦は重大な犯罪だが、知人が被害者だったわけではないからか、事件そのものに対しては特に思うところがないようだ。身近な人間が性犯罪で逮捕されたことは衝撃的だっただろうが、彼は高村と違い、特別真壁さんを好きだったわけではないから、悲しみや怒りを感じてもいない。

大久保にとって真壁さんは、嫉妬《しっと》しても虚しくなるほど恵まれた人間だと思っていた相手だ。彼ならば仕方がないと、そう思って、ある意味、張り合うこともあきらめていた相手が、卑劣な犯罪を犯したと知って失望したというのは――本人はそこまで深く考えて言ったわけではないかもしれないが――不謹慎で薄情に聞こえるが、正直な感想だろう。

その一言で、大久保の、真壁さんに対する立ち位置がわかった気がした。

そして、彼もまた、真壁さんが冤罪だったかもしれないとは考えていないようだった。

「真壁さんが逮捕されるとき、その場にいたんですよね。彼はどんな様子でしたか？」

「遅くまで起きてた翌朝だったから、警察が入ってきたときは寝ぼけてたし……そんなに細かいことまでは覚えてない。でも、驚いていたみたいだった。ご両親と俺たちに、何かの間違いだって言ってた気がする。でも、あいつは連れていかれて、被害者と示談して出て来たって聞いた。それっきり会ってないよ」

四年近くつきあいが絶えているのなら、彼と真壁さんとの間に利害関係はないと見ていいだろう。何年も恨み続けるほどの何かが、彼らの間にあったとは考えにくい。大久保に、嘘をつく理由はないはずだった。

「事件のことについて、警察に何か訊かれましたか？」

「少しね。当日も、一緒に飲んでたから……四人でだけどね。俺は真壁より先に潰れちゃったから、真壁がいつ帰ったとかも覚えてなかったんだ」

ぴぴ、と、どこかで小さな音がした。白衣の陰になっていて見えなかったが、大久保のＰＨＳ

のようだ。大久保はストラップで首から下げたそれを確認し、立ち上がった。

「あ、呼ばれた。もういいかな」

「はい、ありがとうございました」

話をしていたのは十分ほどだったが、貴重な昼休みを奪ってしまった。

お昼休みにすみませんでしたと声をかけると、笑っていいよと首を振る。

白衣のポケットから、カロリー補助食品のパッケージが覗いていた。

＊＊＊

入江と石丸にも、都合がつけば話を聞きたいと伝えてあったのだが、二人に会うことはできなかった。

昼休憩がとれるときは院内食堂にいると聞いていたので、念のため覗いてみたのだが、高村からもらった写真にあった顔は見当たらない。

「まあそう都合よくはいかないか。出直しだね」

内科や外科の研修医に休憩時間はあってないようなものらしいから、そう簡単にタイミングが合わないのは仕方がない。今日は大久保に話を聞けただけでも、よしとしなければ。

「この近く、結構有名なラーメン屋さんがあるんだよね。お昼すぎてるし、この時間なら空いてるかも。せっかくだから食べてかない？」

北見先輩がそう言うので、駅まで戻り、有名店だというラーメン店に二人で入った。

昼どきから微妙にずれているせいか、並ぶことはなかったが、それでも半分以上の席が埋まっている。

カウンター席に並んで座り、看板メニューのチャーシュー麵を注文した。

「今日、まとめて話ができればよかったですけど、残念ですね」

「うん、来週火曜日ならたぶん大丈夫だって聞いてるから、また火曜日に出直すよ。木瀬くんはどうする？」

「火曜日なら、僕も同行できます」

高村経由で、入江が連絡先を教えてくれたので、先輩は彼らの大体のスケジュールを把握《はあく》しているらしい。昼休みに院内食堂で食事をしながらなら、ということで、話を聞かせてもらうことについても了承は得たそうだから、後はタイミングだけだった。

先輩は、カウンターの上に重ねられたグラスをとって、僕の分もセルフサービスのお冷やを注いでくれる。

「大学はいいの？」

「ありがとうございます。必修の授業は午前中が多いので、大丈夫です。先輩こそ、こんなにしょっちゅうS県に来ていて、大丈夫なんですか？　他の仕事に影響があるんじゃ……」

「大丈夫。来るついでにS県の物件とか人の調査、色んなとこから手数料もらってやってるから。日帰りできる距離だけど、自分で行くのはちょっと時間がかかりすぎるな……って思ってる弁護士とか、探偵仲間とかに募集かけて、下請けみたいな感じじゃね。あ、交通費も案件の数で割って計算できるし、後ですごい費用請求したりしないから大丈夫だよ」

たくましいというか、合理的だ。

これだけ県外での調査が多いと、費用の面でも拘束時間の面でも、北見先輩の負担が大きくなりすぎるのではないかと心配していたのだが、無用だったようだ。

お待たせしました、と威勢《いせい》のいい掛け声とともに、チャーシューがはみ出さんばかりに盛られた丼がカウンターに置かれる。

先輩はきれいに割り箸を割って、嬉しそうに食べ始めた。

丼に顔を近づけながら頰にかかる髪をひょいと耳にかける、指先の細さにどきりとして目を逸らす。

あらわになった薄い耳たぶに、ごく小さな石のピアスが光っていた。

「木瀬くん、あんまりラーメンとか食べなそう。食べたことある?」

「ありますよ。大学の友達と、とか」

「何か、あんまり油っこいもの食べなそうだもん。ちゃんと出汁《だし》とったお味噌《みそ》汁とかのほうが似合う感じ」

「どういうイメージですか……ファストフード店にだって入りますよ」

どうも、先輩は僕に対して偏った印象を持っている気がする。風呂敷を愛用しているからだろうか。

確かに和食は好きですけど、と僕が付け足すと、先輩は、ごめんごめん、と笑った。

ラーメンは、見た目はボリュームがありそうだが、思いのほかスープがあっさりとしていて、好みの味だった。

「そういえば、昔、真壁さんにごちそうしてもらったこともあります。それまで、お店でラーメンを食べるなんてことなかったから、新鮮でした」

中学生のときに初めて食べた専門店のラーメンは、どんな味だったのか――スープは魚介系だったのかとんこつだったのか、麺は太かったのか細かったのか、さすがにもう思い出せない。けれど、確かとてもおいしかった。

うまいだろ、と得意気に笑っていた、真壁さんを思い出す。

中学生の自分には、ずいぶん大人に見えていたけれど、彼は当時、今の自分と同じくらいの年齢だった。

真壁さんが逮捕される、一、二年前のことだ。

今日話を聞いた高村や大久保の中の彼も、僕の知るかつての彼と変わらないようだった。

真壁さんは誰かに恨まれるようなタイプじゃなかったと、彼らも言っていたけれど——それでも、事件が冤罪だったんじゃないかとは、考えもしないのだ。

先輩はちらりとこちらを見て、すぐにまた視線をラーメンへと戻し、

「冷めるよ」

と言った。

＊＊＊

日を改めて出向いた、大学病院の院内食堂は、病院関係者や見舞客たちでにぎわっている。

入江と石丸は、すぐわかる入口近くの席にいた。

入江はくせのある髪で眼鏡をかけている。石丸のほうは、四年前と比べると髪の色が暗くなったようだったが、それ以外は写真で見たとおり、ほとんど変わっていないのですぐにわかった。

一般客も利用可能な食堂でよかった。北見先輩が先に立って近づき、声をかけると、入江がス

プーンを置いて立ち上がる。

「あ、探偵さんですか？　真壁のことですよね」

「はい、お食事中すみません。北見と言います。食べながらでもちろんかまいませんので、少しだけお話を聞かせてください」

石丸のほうは、座ったまま、うさんくさそうにこちらを見ている。

残り三分の一ほどに減ったカレー皿が、まだテーブルの上にあった。

「高村から聞いたけど、真壁が何か、嫌がらせされてるって。あんなことしたんだから自業自得だろ」

冷たく言って、僕たちからカレーへと視線を戻し、再び食べ始める。入江が隣のテーブルから椅子を二脚持ってきて、先輩と僕に勧めながら、やめろよ、と石丸をたしなめた。

「この人たちに怒っても仕方ないだろ。……すみません」

「いえ」

高村から、大体の事情は伝わっているらしい。

入江に礼を言って椅子に座り、先輩が石丸のほうを向いた。

「真壁さんに嫌がらせをしているのが、四年前の事件の被害者と決まったわけではないんです。他に、彼を恨んでいそうな人に心当たりがないかと思って、大学時代のご友人にお話をうかがっています」

石丸がカレーを口に運びながら、目だけで先輩を見る。

「真壁さんを恨んで嫌がらせをしている人が別にいるなら、わざわざ、四年前の事件のことを掘り起こして、被害者に接触する必要もありません。だから、先に調べておきたいんです。もしも嫌がらせをしているのが四年前の事件の被害者だったとしても、真壁さんにその人の名前や住所は教えません。探偵にも、職業倫理があるんです」

石丸は少しばつが悪そうな顔をした。

カレースプーンを置いてプラスチックのコップをとり、ごくごくと飲み干す。口を拭き、またスプーンを持つと、

「……真壁を恨んでそうな奴、だっけ。俺はわからない。なんでもそつなくこなすタイプで、誰かと争ったとか、そういうことはなかったと思う」

カレーをすくう前に答えてくれた。

それから、スプーンに山盛りにカレーをとってまた食べ始める。

一口が大きいので、あと少しで食べ終わりそうだ。

「優秀だったので、人に妬まれてはいたかもと、大久保さんから聞きました」

「ああ……それはあったかもしれないけど、だからって引っ越した後まで嫌がらせしたりはしないだろ。そういう意味では、心当たりがないってこと。その大久保だって、高村のこと狙ってたから、真壁は邪魔だったろうけど、真壁に嫌がらせしたからって自分が高村とつきあえるわけでもないしな。普通に仲良くしてたよ」

カレーのかかっていない白米と福神漬けを一緒にすくって、二、三回噛《か》んだだけで飲み込み、次の一口をすくう。

「俺だって、なんでこいつばっかりモテるんだとか、それくらいは思ったことあるよ。俺のほうが成績はよかったのに、教授にはあいつのほうが気に入られてたりとか、そういうのも。でも、そんなもんだろ。だからってあいつに嫌がらせしてやろうなんて、レベルの低いこと考えねえよ」

早口に言い終わると、また食べ始めた。それからは先輩や僕のほうは見ず、もくもくとスプーンを動かしている。真壁さんのために協力したいわけではない、自分は彼の味方ではない、という意思表示のようだった。

石丸は、高村たちと比べると、真壁さんに対する軽蔑や嫌悪感が強くあるようだ。それを隠そうともしていない。事件の性質を考えれば、彼のような反応が普通なのかもしれなかった。それでも、こうして答えてくれるだけ親切だ。

「入江さんも、心当たりはないですか?」

石丸の愛想のない対応を気遣わしげに見ていた入江のほうに目を向けて、今度は彼に先輩が尋ねる。

入江はほっとしたように、石丸から先輩へと視線を移した。彼は、もう食事を終えている。

「うん、考えてみたけど、思い当たらない。僕は、真壁とは高校生のとき予備校で会ったのが最初だから、つきあいは割と長かったんだ。会ったときから感じのいい奴だったよ。苦労を知らないっていうか、何でもできて何でも持ってる奴だったから、そういう意味では、妬まれることはあったかもしれないけど……あと、あいつ自身、できないとか持ってないとかそういう相手から自分がどう見えるかなんて理解できなかっただろうから、嚙みあわないってことはあったかも。でも、根本的に性格は明るいし育ちもいいから、恨まれるところまでいかなかったんじゃないかなあ」

石丸の分も自分が協力するという姿勢を見せようとするかのように、丁寧に答えてくれる。

「事件が起きた日も、夜まで一緒だったと聞いたんですが、警察から事情を聴取されたんじゃないですか」

「ああ、当日、真壁と別れるまでのこととか……普段の人となりとか、そういうことは訊かれたけど、一回だけだよ。夜十一時頃に解散したとか、その日はまあまあ酔ってたけど、足元がふらつくほどじゃなかったとか……何を何杯飲んでたかとかも訊かれたから、大体これくらいかなって量を答えたんだったと思う。人となりについては、今言ったようなことしか話してないよ。本当に、あんな事件を起こしそうな予兆っていうか、そういうのは何もなかったから」

「俺も、当日おかしな様子はなかったかって訊かれて、別にって答えたくらいだな。いつも通り飲んで、いつも通り帰ったって」

カレーを食べ終えた石丸が、スプーンを置いて口を挟んだ。

「逮捕されたときは、お二人とも真壁さんの家にいたんですよね？」

石丸に頷いてみせてから、先輩は入江のほうへ視線を戻し、確認する。

二人とも、首を縦に振った。

「朝、六時だったか七時だったか、結構早い時間で、まだ皆寝てたときに警察が来たんだ。真壁の家への客だと思って僕たちは半分寝た状態のままだったけど、雑魚寝《ざこね》してた真壁の部屋に警察が入ってきて……逮捕状を読み上げたから、その途中くらいで、完全に目が覚めた」

「真壁さんは、どんな様子でしたか？」

「僕たちと同じようなものだった。何が起きてるのか、わかってないような顔だったよ」

「俺はそこまで覚えてない。でも、部屋から連れ出されるとき、知らない、とか、何のことかわからない、って言ってた気がする」

「犯行を否認していたということですか？」

「まあ……でも、否認っていうか……普通、そう言うだろ。親の前とかだったら、とっさに」

否認、という言葉の硬さに、少し怯《ひる》んだように、石丸が言葉を詰まらせる。

真壁さんの逮捕時の発言を、特に意味のあるものとは考えていなかったようだ。

先輩が「そうですね」と軽く流すと、彼は安心したような表情になった。

「真壁さんから、釈放された後に連絡は来ましたか?」

「僕からは何通かメールしたけど、返事は来ないままだったよ」

「俺は全然。逮捕されてから会ってない。……会いたくもなかったし」

石丸は、吐き捨てるように言う。

「俺らにとってはいい友達だったけど、だからって、変わらず接するとか無理だろ。強姦と幼児虐待は、犯罪の中でも最低の奴らがすることだ。そんな奴と友達だったってだけでむかつくし、学校の名前にも泥塗られたって感じだし、正直、顔も見たくなかった」

棘《とげ》のある言葉を、あえて選んでいるようだ。真壁さんは悪人だと、自分たちは騙されていた、裏切られた被害者なのだと、念を押しているようだった。まるで、友情を捨てたことを正当化しようとしているかのようだ――そう思ったとき、

「真壁さんが逮捕されたことや、警察に聞いた事件の態様について、誰かに話しましたか?」

先輩が尋ねる。

石丸は、視線を彷徨《さまよ》わせた。

「――言いふらすようなことはしてないけど、仲いい友達には言ったかも……強姦容疑とだけ聞いて、何か面倒な女と遊んじゃったのかな、とか言ってる奴がいたから、公園で襲ったらしいからそれはないんじゃねえのとか、そういう……それくらいのことは」

悪いのは真壁さんだと言い聞かせながらも、友人だった彼にとって不利益な事実を広めてしま

ったことに対して、罪悪感がないわけではないらしい。石丸は先輩や僕と目を合わさず、居心地が悪そうに答える。

でも、俺が言うまでもなく、結構皆知ってたみたいだったけど、と付け足した。

先輩は石丸を責めるでもなく、かといってフォローすることもなく、淡々とメモをとりながら質問を続ける。

「冤罪だ、というような話を聞いたことはないですか？　本人からでも、誰かが言い出したのでも」

「ない……その、逮捕されるときに言ってたのくらいだけど。だって、示談したんだろ？」

今の今まで、冤罪かもしれないとは考えてもみなかったのだろう。石丸の反応から、それがわかった。

示談したということは罪を認めたということだから、彼がそう思い込んでしまっているのも無理はない。

しかし先輩はメモをとる手をとめ、顔をあげて、石丸の目を見て質問する。

「――示談した、という話は、誰から？」

あ、と思った。

これまで気にしていなかったが、それは重要な質問だった。

示談をしたという事実を知り得るのは当事者と、弁護士や警察、検察を含む関係者だけだ。逮捕されたという事実のように、目撃者がいるわけではない。

彼らが、逮捕されて以降の真壁さんと連絡をとっていなかったというのが本当なら――真壁さんもそう言っていたから、本当なのだろうが――、本人から直接聞くチャンスはなかったことになる。

何故、真壁さんが罪を認めたことが彼らに広まったのか。もしかしたら、逮捕され釈放されたという事実だけなら、嫌がらせまで受けるようなことはなかったかもしれない。嫌疑が晴れて釈放されたのか、示談して釈放されたのかなど、無関係な人間にはわからなかったはずだ。

　金銭で解決した、揉み消した、という印象のせいで、真壁さんがさらに立場を悪くしたのは間違いなかった。

　誰がその情報を広めたのか。

　調べようと思えば調べられるかもしれないが、わざわざ調べてそれを広めた人間がいるとすれば、その人間には悪意がある。

「誰だったかな……大学で聞いた。学生の誰かからだと思う。何か、いつのまにか広まってたから、最初に誰が言い出したのかは……」

　入江が首をひねる。しばらく考えていたが思い出せないらしく、助けを求めるように石丸を見た。

「俺も覚えてないけど。……示談、したんだよな。本人が認めて謝ったんだろ？」

　石丸は怪訝そうに答える。何故そんなことを気にするのか、といった風だ。

「はい、それで不起訴になったそうです」

「事実なら、誰から聞いたんでも別に関係ないだろ？　まあ、謝ったからって、許してもらえるもんでもないと個人的には思うけど」

　石丸は不快そうに眉根を寄せる。

「起訴されなくたって、やったことの事実は変わらねえし。あいつが嫌がらせされてんのも、自業自得だって。罰だと思って受け入れるべきだ、とまでは言えないけど……正直、同情はできない。俺の身内が被害者だったら、ずっと追いかけて復讐してやりたいって思うだろうから」

僕が何も言えずにいると、入江が、「僕はそこまでは思わないな」と小さく呟いた。石丸を批判するような様子ではなく、ただ、思ったことが口から出たようだった。下を向いて、訥々《とつとつ》と続ける。

「事件のことを聞いたときは、酷いと思ったし、真壁をかばうようなことも言えないけど……何か、悲しいというか、残念だったよ。僕の知ってる真壁は、理由もなくそんなことするような奴じゃなかったから、何か悩みがあったとか、鬱屈《うっくつ》してたなら、気づいて話を聞いていれば防げたのかななんて、色々考えちゃうし」

友達だと思ってたけど、俺全然わかってなかったなって。そう言って、口をつぐんだ。

入江は、どうやら、逮捕の際に居合わせた三人の中では一番真壁さんと親しかったようだ。

しかし、彼すらも、冤罪だったとは思ってもみないようだった。

入江は真壁さんと友達でいたかっただろうに、真壁さんも、打ち明けていれば友人を失わずに済んだかもしれないのにと思うともどかしくて、実は冤罪だったのだと、彼に伝えたい気持ちが湧く。

しかし、無実を証明する方法はない。今さら、あれは冤罪だったと伝えたところで、入江が信じるかはわからない。彼が信じるよと言ったところで、真壁さんがそれを信じられるかもわからない。信じたとしても、二人がまた以前のように友人に戻ることができるとは思えなかった。

結局、何も言えないまま、先輩と病院を後にした。

病院の前からは、駅へのバスが出ている。

時間帯のせいか、停留所は空いていて、僕たちのほかにバスを待つ客はいなかった。

時刻表を確認し、時計と見比べている先輩に、声をかける。

「冤罪だってこと、言いませんでしたね。今回もですし、高村真秀さんと話したときも」

真壁さんのかつての友人たちと会っている間中、気になっていたことだ。

こちらを見ないまま、先輩がうん、と答える。

「証拠がないことだしね。冤罪だったって信じたがってる相手に訊かれてるならともかく——下手すると、示談のために一度は罪を認めておいて、今さらやってなかったって言い出すなんて、反省してない、潔くないって、反感買っちゃうかもしれないと思ったから。それよりは、四年前の事件は事件、それはそれ、ってことにして、今回の嫌がらせについて解決したいって方向で話を聞いたほうがいいかなって」

それは僕も理解できた。事実、会いに行った全員から、門前払いされることもなく話を聞くことができた。戦略としては、成功したと言っていいだろう。

しかし、真壁さんが無実を知ってもらいたいだろう、そして彼が無実だったと知れば喜ぶだろう人たちが、本当のことを知らないのはもどかしいような気がした。

「高村さんも入江さんも、真壁さんを信じていたのに裏切られたと思ってるみたいでした。本当は無実だったってわかれば、あの二人も救われるし、真壁さんも……」

「無実だって証明できれば、そうだけど」

「……やっぱり、難しいですか」

無実の人が罪を着せられて今も苦しんでいるということ自体、本来あってはならないことだが、それはつまり、結果的に卑劣な真犯人が逃げおおせてしまっているということでもある。真壁さんのためにも、被害者のためにも、事件の真相を明かすことができたら、すべては解決するはずだった。

　時刻表を見ていた先輩が、首だけ動かしてこちらを見る。

「真壁さんが誤認逮捕されたってことは、真犯人は野放しなわけですよね。真犯人が逮捕されれば……」

「四年も前の事件だからね。それこそ、行きずりの犯行だった可能性が高いし、今から調べても、証拠なんて残ってるとは思えない。そもそも、はっきりした証拠が残ってたなら、当時警察が見つけただろうし」

　確かにそうだ。

　彼女の言うことはあまりに正しくて、口をつぐむしかなかった。

　たとえば――強姦事件の真犯人が真壁さんの知人で、あるいは、一方的に真壁さんを逆恨みしていたような事情があって、わざと現場に彼のショップカードを残したというようなことも、考えられないわけではないと思っていた。しかし、真壁さんがそこまで誰かに恨まれていたというような話は出てきていない。それよりは、おそらく、まったく無関係な強姦事件の現場近くに、たまたま彼が落とし物をしていたこと、犯人と真壁さんの背格好が似ていたこと、被害者の記憶があいまいだったことなどの不幸な偶然が重なったと考えた方が自然だろう。

　当時の警察が見つけられなかった真犯人を、四年もたってから捜そうというのは、現実的ではなかった。

　北見先輩は僕を気遣うようにわずかに言い淀《よど》んだが、ゆっくりと、言い聞かせるように続ける。

「今さら、無実だったことの証明なんてできないし、証拠もなく、何年も連絡もとっていなかった相手に、本当は冤罪だったんだなんて言ったって、信じてもらえるとは思えない。真壁さんだって、逃げ出した過去と向き合うだけで怖いでしょ。二重に傷つくだけかもしれないのに、リスクを冒してまで、復縁したいとは思ってないかも」

彼女の言うとおりだった。真壁さんはとっくに、彼らのことをあきらめてしまっている。事件のことを知らない沢井のことも、話す前からあきらめて手放してしまった。彼は、一度事件のことを知られてしまったら最後、誰にもわかってもらえないと思っているのだろう。

自分にはかなみさんだけだと、真壁さんは言っていた。

皆が口をそろえて、人気者だったと言った、大学時代の彼を僕も覚えている。その彼が今は、事件の後で出会った、何も知らない婚約者の前でしか安らげないのだ。

そんな現状を、そのままにしておいていいわけがない。彼自身があきらめていても、納得できなかった。

しかし、どうしようもないということ——四年前の事件そのものを、今さらどうにかできるわけではないということはわかっていた。

調査のプロである先輩が難しいと言う以上、そこにこだわるべきではないのだろう。

それに、僕が彼女に依頼したのは、嫌がらせの犯人をつきとめることだ。過去の強姦事件の真犯人を捜すことは、依頼には含まれない。真壁さんの冤罪を晴らすことも。

「そう、ですね。すみません」

「ううん」

息を吐いて、頭を切り替えようと努力する。

終わった事件についてできることはなくても、せめて今、真壁さんが大事にしている居場所を守るために、できることをするしかなかった。

中学生の僕が憧れた、あの頃の彼がいた明るい場所が、失われてしまったことは残念でならなかったけれど。

「釈放されて、友達に接触できるようになったときにはもう、事件のことも示談のことも噂になってて、そんな中で、本当はやってないんだって言う勇気がなかったんだろうね。事件の後すぐ、自分の口から説明できる機会があれば違ったのかもしれないけど……」

「そうですね……」

事件のことを人に話した石丸たちが、特別に薄情な友人だったとまでは言えない。

センセーショナルな事件は話題になる。近所の人も含め、人目のあるところで逮捕されたのだから、逮捕されたことが広まってしまったのは、避けられないことだったかもしれない。

しかし、被害者と示談したことやその内容については、弁護士や検察官などの関係者と、当事者たちしか知らないはずだ。

「示談をした、つまり、真壁さんが罪を認めたという情報を、誰かが意図的に流したんだとしたら、真壁さんが有罪だって印象づけようとしたのかもしれませんよね」

部外者が簡単には知ることができないはずの情報を、わざわざ調べて、意図的に流したのだとしたら、目的があってのことだ。

「もしそうなら――もともと真壁さんを恨んでいた誰かが、偶然示談のことを知ってしまった、というのは考えにくいですから……噂を流したその人は事件のことを知った時点で、真壁さんの家族の動向について注意していて、嫌がらせ目的で、内部情報を入手したってことに……」

「だとしたら、被害者が情報を流したって考えるほうがありそうだね」

「あ、……そうですね」

指摘されてはっとする。頭に浮かんだ思いつきに飛びついて、当たり前のことを失念していた。事件の当事者である被害者なら、示談の事実もその内容も、当然に知ることができる。

いつか父から聞いたのだったか何かで読んだのだったか忘れたが、一般的に、示談の内容を口外しないことは示談の条件に含まれるはずだ。しかし、示談したという事実自体については特に秘密にする必要もないから、それについて条項が設けられているとは思えない。示談が成立したことを吹聴したとしても、被害者にペナルティはない。

そして、真壁さんを恨んでいただろう被害者には、そうする動機がある。

「でも、わからないよ。示談が成立したこと、大学には報告してるかもしれないし。ご両親が大学に話したのを、どこかから漏れ聞いた生徒が噂に広めちゃったのかもしれないし、職員が口を滑らせたのかも」

慎重に可能性について挙げ、先輩は一度言葉を切った。考えをまとめようとするかのように視線を下へ向け、顎に手をあてて目を細める。

「もともと真壁さんを恨んでた誰かが、逮捕っていう恰好の嫌がらせの材料を見つけて、ここぞとばかりに嫌がらせを始めた、そのために真壁さんの動向を逐一《ちくいち》チェックしていた、っていうのは、ちょっと考えにくいかな。そこまでするくらい真壁さんを恨んでいた人がいるなら、高村さんたちの中の誰かが知ってそうだし……恵まれていた真壁さんを妬んでた人はいただろうけど、逮捕されて退学したってだけで、充分、失墜《しっつい》したと言えるわけだし……わざわざ引っ越し先まで調べて嫌がらせするとは思えない。絶対ないとは言わないけど」

そこまで言ってから、

「高村さんたちが口裏を合わせてる、ってことがなければね」

さらりと付け足した。

納得しながら聞いていたのに一言でひっくり返され、僕は思わず先輩を凝視《ぎょうし》する。彼女は顔をあげ、可能性を言ってるだけだよ、と苦笑した。

「話した感じでは、怪しいところはなかったよ。それぞれ、事件と真壁さんに対して、思うところはありそうだったけど……何年もかけて嫌がらせするほど恨んでるようには見えなかった。誰もね」

話しているうちにバスが来る。来たときに乗ったバスはかなり混んでいたのだが、反対方向行きのバスは空席が目立った。

二人で、一番後ろの座席に並んで座る。

「話を聞いた人たちの中に、犯人がいるかもって疑ってたんですか」

「うーん、可能性はゼロじゃないなって思ってたくらいだけど……そうだね、あの中では、高村さんが一番、可能性が高いかなと思ってたよ。美人でプライドも高そうだったから、恋人として恥をかかされたってこととか、自分とつきあってたのに他の女の子を強姦するなんて、とか、そういう理由で嫌がらせしてるのかなって。実際、そこはかなり引っかかってたみたいだったし」

バスの後部に人は少なく、二つ前の列に白髪の婦人が一人座っているだけだ。北見先輩は声のトーンを落として話していて、他の乗客に物騒な会話を聞かれることは気にしなくてよさそうだった。

「新しい町で新しい彼女ができるたびに脅迫状、っていうのも、嫉妬半分、自分を捨てて逃げたくせに自分だけ幸せになろうなんて許さない、って恨み半分ならわかるかなって」

そんなことを考えていたのか。怖い。

凍りついていると、先輩はまた苦笑して、「でも違ったね」と言った。

「可能性を検討してただけなんだから、そんな怯えた顔しないでよ。話してみた感じ、高村さんからそんな情念は感じなかったし……他の三人もね。入江さん以外は二年半程度のつきあいだったわけだから、そもそもそこまでの恨みを抱くほどの関係だったとも思えない。それぞれ、複雑な思いはあったにしても」

「そうですか……」

「となると、やっぱり、最有力なのは四年前の事件の被害者だよね。今回の聴取で、それがはっきりしたかな。ほかに容疑者がいないか、確認のための聴取みたいなものだったから」

同意見だった。話を聞いた限りでは、四年前の事件の被害者以外で、何年もかけて嫌がらせをするほど真壁さんを恨んでいそうな人間は浮かんでこない。

先輩は、手紙の差出人は事件の関係者とは限らない、もともと真壁さんを恨んでいた、事件とは無関係の誰かである可能性も捨てきれないと——その人物はたまたま事件のことを知って脅迫のネタにしているだけかもしれないと言っていた。いっそ、そうならいいと思った。もしそうなら、単純に、卑劣な犯人を憎むことができる。

しかし、犯人がかつての事件の被害者なら——今回の嫌がらせ事件には、被害者しかいないことになる。やるせない事件だ。

「手紙の差出人が、四年前の事件の被害者なら……脅迫をやめてもらうためにはその人に、真壁さんは犯人じゃないんだって説明して、説得しなきゃいけませんね」

「難しいだろうけどね」

「……そうですね」

高村や入江に信じてもらうこと以上に、難しい。真犯人でも見つけない限り、信じてもらえるとは思えなかった。

被害者の居所をつきとめられたとしても、強姦事件の話をすること自体、拒否されるだろう。被害者にとっては、真壁さんは憎んでも憎み切れない相手だ。脅迫や嫌がらせをやめてほしいと頼んだところで、聞くとは思えない。

「説明して、納得してもらえればそれにこしたことはないけど――信じてもらえない場合は、『このまま脅迫を続けるなら、あなたのほうが加害者として告訴される可能性がある』って、『説得』することになるだろうね。もちろん、真壁さんと直接会わせるわけにはいかないし、代理権もない探偵が話をつけに来たなんて後で訴えられたら面倒だから、弁護士を入れることになるけど」

紫色のランプが点灯して、バスが速度を落とした。文化会館の前で、二列前の席にいた乗客が降りていく。降りる予定の停留所は、あと二つ先だ。

無言になった僕を気遣うように、先輩がこちらを見て、「弁護士にはあてがあるし、大丈夫だよ」と言った。

「まずは四年前の被害者の素性を調べてみる。次の手紙が郵送で来るか直接届くかはわからないけど、直接投函しに来てくれれば、動画が撮れて証拠もできるし」

「……はい。よろしくお願いします」

動画という証拠があれば、嫌がらせをやめさせるための交渉材料にもなるだろう。

ただでさえ傷ついている強姦事件の被害者を、さらに傷つけるようなことはしたくない。しかし、このまま放っておくわけにもいかない。

被害者女性だって、そうと知らず、無実の——冤罪の被害者であると言える——真壁さんを苦しめていることは、本意ではないはずだ。

しばらく二人して、無言でバスに揺られる。

駅前の停留所名を告げるアナウンスが流れ、先輩が降車ボタンを押した。

6

真壁の案件と並行して行っていた浮気調査が終わったので、事務所ぐるみで懇意にしている弁護士、時雨のオフィスに報告書を届けに行った。手土産もある。高村真秀たちに会いにS県へ行ったついでに、音信不通となっているS県在住の相手方の住所を時雨から聞いて、建物の外観や表札、郵便受け、ガスメーター等を写真に撮ってきていた。他県へ出張するときは、時間と交通費を有効に使わなければならない。

時雨は電話対応中だった。報告書だけ置いて帰ろうかと思ったのだが、すぐ終わるから待っていてくれとジェスチャーで示される。

灰色の髪のベテラン事務員が、空いていた面談室に私を案内し、コーヒーを出してくれた。

持ち歩いているノートパッドをバッグから出して、待っている間、自分で書いた内容に目を通し、情報を整理する。

話を聞いた限りでは、四年前の強姦事件は、真壁の人生における唯一の汚点であり、真壁が別件で誰かに恨まれているということはなさそうだった。少なくとも、大学を退学し、住んでいた町を追われた後にまで嫌がらせをされるほどの深い恨みを買っていたとは思えない。やはり、四年前の事件の被害者が、嫌がらせの手紙を送ってきていると考えるのが自然だった。となると、まずは被害者を特定するところからだ。

もっとも確実で早いのは検察庁にあるデータを盗むことだろうが、それは最終手段だった。

被害者の名前も連絡先も、費用が無限に使えるのならいくらでも調べようはあるが、できるだけコストを抑えるためには、そのぶん自分で動くしかない。それに、法に触れる調査方法は、木瀬がうるさそうだった。

「お待たせ、理花ちゃん」

ノックとほぼ同時にドアが開いて、上着を脱いだ格好の時雨が入ってくる。シャツは少しよれていた。相変わらず忙しいようだ。

「時雨さん、お疲れさま。これ、松尾《まつお》事件の報告書」

「ありがとう。……相変わらず隙《すき》のない仕事ぶりだね」

「澄野さんがね。私が作るよりずっと丁寧なの。それから、これ」

アクリルの表紙をつけて綴じた報告書に続いて、大判の封筒を手渡した。

「音信不通者の住居ね。二件とも写真とれたよ。二人とも引っ越してはいないみたい。郵便物もたまってなかったし」

「ありがとう。じゃあ付郵便送達《ふゆうびんそうたつ》かな。ああ、もう一件、S県の会社で調べてほしいところができそうなんだけど、遅かったたな……」

「大丈夫だよ。S県にはまた行く予定があるから、メールで送って」

「また行くの？　俺は助かるけど、大変だね。ストーカーか何かの調査だっけ」

「そんなとこ」

事務員が時雨の分のコーヒーを持ってきたので、彼は私の向かいに腰を下ろした。

スーツの脚を組み、報告書をめくり始める。

このまま休憩するつもりのようだ。

「時雨さん、ちょっと訊いていいかな。調査の結果によっては、時雨さんにも協力してもらわなきゃいけないかもしれないんだ」

「いいよ、どうぞ」

時雨が報告書から目をあげる。彼は調査の話を聞くのが好きだ。現実の探偵が小説の中のように謎を解いたりしないことは知っているだろうが、子どもの頃から探偵小説が好きで、探偵という職業自体にロマンを感じているらしい。

「依頼者が、昔、性犯罪で逮捕されて、被害者と示談してるの。でも、その被害者の名前も連絡先も何もわからなくて。ちょっと事情があって、被害者と接触したいんだけど」

「ああ、性犯罪で、被疑者が被害者の名前を知らされないことはよくあるね。というか、基本的には知らされないね。性犯罪に限ったことでもないけど」

「仕方ないんだろうけど、無実を主張してる側からしたら、相手が誰かもわからないんじゃ、反論もできないのが痛いね。被害者のほうは、被疑者の名前も連絡先も知ってるんでしょ」

「少年犯罪の場合なんかは、被疑者の情報が被害者に知らされないこともあるよ。最近は、訊けば教えてもらえるようになったけど」

時雨がカップを手に取った。私の分のコーヒーはソーサーつきのカップで出てきたが、時雨のほうは使いこまれたマグカップだ。二十年以上前のホラー映画のポスターの絵がプリントしてある。彼はカップの縁《ふち》に口をつけかけ、警戒するように二、三度吹いてからそっとすすった。猫舌なのだ。

「性犯罪の場合は特に、被害者の情報の取り扱いは慎重にされる。公のものであるはずの裁判でも、被害者の名前や住所を読み上げなかったり、記録の該当部分を黒塗りにしたり、配慮がされるね。被害者が法廷に立つことはあまりないけど、被疑者が被疑事実を否認しているような場合でどうしても被害者の証言が必要なときは、遮蔽措置《しゃへいそち》がとられたり……とにかく、被害者のプライバシーには気を遣うよ」

「弁護人は知ってるでしょ？」

「もちろん。被害者の住所や連絡先がわからないと、示談の話もできないからね」

彼は肯定してから、「でも」と続ける。

「それを依頼人に伝えるかどうかは別の話だ。被害者の名前や住所を被疑者が知らない場合、そういう個人情報を被疑者に教えないことが、示談の条件に組み込まれることが多いね。被害者の名前の部分をマスキングした状態で被疑者に示談書にサインしてもらったり、あとは、代理人として弁護士がサインをして、被疑者には示談書自体を見せないこともある」

「事件が終わって何年もたってても、教えるわけにはいかない？」

「弁護士の信用に関わるし、何かあったとき……たとえば被疑者が被害者に接触したとか、そういう場合に責任問題になるからね。少なくとも、俺は教えない」

現役の弁護士である彼がそう言うのなら、真壁の弁護人に問い合わせて被害者の情報を開示してもらうことはあきらめたほうがよさそうだ。

これで正攻法は消えた。

情報のありかはわかっているのだから、別のアプローチをとるしかない。

予想はしていたので、すでに手は打ってある。木瀬がうるさそうだが、仕方がなかった。

官公庁よりは、法律事務所のほうがガードが緩《ゆる》い。まして、終結して、四年もたった事件だ。

弁護士も忘れかけているだろう。警戒してない今の状態なら、当時の資料には比較的容易にアクセスできるはずだった。

「四年前の事件の記録って、事務所に残してあるもの？」

「それは事務所によるかな。大きい事務所なら置いてあるだろうし、小さい個人事務所で保管場所がないような場合は、どこかに倉庫を借りて保管していると思うよ。永遠にとっておくわけじゃないけど、四年前のものなら、まだ処分はしていないと思う」

真壁の弁護人だった中村弁護士は、逮捕当時、真壁が無罪主張をしていたことも知っている。正直に事情を話せば、被害者に接触する必要があることは信じてくれるかもしれないが、そうだとしても、私や真壁に被害者の名前や住所を教えてくれるとは思えない。よくて弁護士から被害者に連絡をとってみて、了承を得られたら……というところだろう。そして、被害者が手紙の送り主ならなおのこと、了承が得られるわけもない。

一度事情を話してしまえば、警戒されて動きにくくなる。中村弁護士に事情を話す、という選択肢はとれなかった。

そのうえで事務所の内部にある情報を入手するとなると、思い浮かぶ手段は一つしかない。

「……想定の範囲内、って顔してるね？」

冷めてきたコーヒーを舐めながら、時雨がおもしろがるように言った。

まあね、と私はもったいぶってコーヒーに口をつける。

「アルバイトでも始めようかなって思って。ちょうど募集がかかってたから、先週履歴書《りれきしょ》送って、すぐ面接もしてきたの。手ごたえあったよ」

それだけで、時雨は何のことかすぐに察したらしい。大袈裟《おおげさ》に眉をあげ、カップを持っていないほうの腕を広げてみせた。

「ひどいな、他の弁護士に浮気？」

「腰かけだから許して」

中村康孝法律事務所はS県にあるので、しばらくは通勤が大変だが、S県在住の人物やS県にある物件を調べる仕事ははかどりそうだ。

コーヒーを飲む私をしばらく観察していた時雨が、

「毎回しつこくて悪いけどね。弁護士を目指す気はないの？」

向いてると思うんだけどな、と軽い口調で言った。この話をされるのは初めてではない。それだけ、本気で言ってくれているのがわかったが、気まずくならないように気を遣われているのも感じたから、私もあくまで冗談のように、軽い調子で応える。

「弁護士には、こんなやり方できないでしょ。私にはこっちのほうが合ってるの」

「縛《しば》られたくない？」

「まあ、そうかな」

期待されるのは嬉しいが、時雨と同じものには、きっとなれない。法という絶対的な正義に縛られるのも嫌だったが、それ以上に、正義の名の下に動くことなんてできないと思った。

自分が正しいと迷いなく思えた、そのために何でもできたころのことを憶えているが、そのころの自分に戻れるとも、戻りたいとも思えない。

「私の仕事は事実を見つけるところまで。そこから先は時雨さんに任せるよ。たぶん、他人の人生に責任を持ちたくないんだと思う」

ずるくてごめんね、と笑ってみせると、時雨はカップを持ち上げ、わかったよ、というように笑い返した。

そして、それ以上は何も言わなかった。

ふと、木瀬のことを思い出す。

いずれ父親と同じ検察官になるのだろう彼は、人の善性や自分の正義を信じて疑わない目をしていた。

時雨のオフィスを出たところでちょうど、中村康孝法律事務所から着信があった。

採用の連絡だった。

＊＊＊

四年前、真壁の両親から依頼を受けて、彼の弁護をした中村康孝弁護士の事務所は、こぢんまりとした個人事務所だった。

中村弁護士は初老の男性で、事務員は彼の娘だという、三十代半ばに見える女性が一人。増員が必要なほど忙しそうには見えなかったが、一人しかいない事務員が、もっと休みをほしがったため募集をかけたということらしい。

私はいつもより大人っぽくて地味な服装とメイクで出勤し、何を言われてもハイハイと素直に答えて働いた。平日は司法試験の予備校に通っているということになっているので、週三日だけの勤務だ。

私の仕事は電話番兼雑用係というところだったが、電話の受け答えや手際の良さを誉められ、「ファイリングは得意なんです！」と自己申告をしたら、わずか二日で、書類の整理も任せてもらえるようになった。心配になるほど危機管理が甘い。しかし、好都合だった。

事件記録のファイルは、執務室の入口から向かって右の、壁一面を埋めているキャビネットの中だ。

ファイルの出し入れが必要な作業を頼まれるたび、キャビネットを開けてさりげなく、該当しそうな事件名を探した。刑事事件のファイルは右の棚、水色のファイルで統一されている。背表紙に依頼人の名前と事件名が書いてあった。その中から真壁の名前を探すが、見つからない。時雨が言っていたとおり、収納場所には限りがあるから、四年も前の事件の記録は残していないのかもしれない。

「ファイル、たくさんありますね。事務所を開いてからのすべての事件のファイルがここにあるんですか?」

事務所のパソコンを借りてラベルシールを作りながら、何気ない風を装《よそお》って訊いた。

弁護士を目指して勉強中という設定になっているので、実務について質問をしても怪しまれることはないのが幸いだった。

「まだまだあるよ。古いのは倉庫に預けてるのよ」

先輩事務員の女性が、笑いながら答えてくれる。

「事件が終わっても、しばらくは所内にファイルを保管してるんだけどね。毎年整理してるから、ここにあるのは、ここ二、三年の間に終わった案件とか、継続中の案件とかよ」

と、いうことは、真壁の事件記録は倉庫にあるのだ。ファイルに依頼人の名前が書いてあるから、保管場所にさえ入ることができれば、記録を見つけ出すのはそう難しくないだろう。しかし、問題は、貸倉庫のシステムだった。

ただスペースを借りているだけで、鍵さえあれば誰でも入れるようになっているのなら、鍵だけ持ち出せばどうとでもなる。しかし、いくつもの倉庫をまとめて管理している管理人がいて、借りている本人でなければ入口を開けてくれないようなシステムだったら、忍び込むというわけにはいかない。

「そうなんですね。倉庫かあ、見てみたいな。私もいつか、事務所にファイルを置ききれないくらいたくさん仕事が来るような弁護士になりたいです」

どこにあるんですか？　と訊くと、先輩事務員は疑いもせず、貸倉庫の場所を教えてくれた。場所と「貸倉庫」で検索すれば特定はできそうだ。あとは、倉庫のシステムを調べて、パスワードや本人確認が不要で鍵で開閉するタイプなら、鍵を手に入れて……と、頭の中で手順をシミュレーションする。

なんとかなりそうだが、パスワードが必要だった場合は事務員か弁護士を言いくるめるしかないな、というところまで考えたとき、

「そういえば、もうそろそろいっぱいになってきたな。二年以上前のは、もう倉庫に移してもいいかもしれないいな」

それまで黙って何か作業をしていた中村弁護士が、顔を上げて言った。

思わず「やった！」と声をあげそうになる。渡りに舟とはこのことだ。

先輩事務員は、えー、そう？　と面倒そうにしている。

「私行きます！」　と手を挙げたいのをぐっとこらえて、

「よかったらお手伝いさせてください、弁護士さんの倉庫ってどんなのか見てみたいですし、重いものを運ぶのも得意です」

できるだけ、がつがつして見えないように気をつけて言った。

これで、鍵を盗む必要もなく、堂々とファイルに近づける。

やだ、いい子ぉ、と先輩事務員は大袈裟に喜び、弁護士も、じゃあお願いしようか、と呑気な声で言った。

笑えるくらいにスムーズな展開だ。

デスクの下で小さくガッツポーズをしつつ、できるだけ上品に、にっこりと笑ってみせた。


中村弁護士が記録の保管場所として借りていたのは、倉庫というよりは、トランクルームと呼ぶべき一室だった。八階建ての建物のすべてのフロアが、広さの違うレンタルスペースとなっているらしい。

中村弁護士が借りている部屋は五階にあった。ずらりと並んだ同じ色、同じ形の鉄製のドアに、白いペンキで部屋番号が書いてあり、ドアには数字錠がかかっている。新しい建物のようなのに、カードキーでもパスワード式でもなく、数字錠というのがなんともレトロだ。

防犯カメラはなく、受付を通る必要もない。

入所したてのアルバイトを、事件記録の保管してある倉庫に一人で行かせるのはさすがにどうかと思ったが、その程度の危機管理意識しかない事務所なら、まあこんなものだろう。

これなら、忍び込むこともできたな、と思いながら開錠し、ドアを開ける。ドアを足で押さえて、横に置いた段ボールを持ち上げ、運び入れた。木瀬が見ていたら、行儀が悪いと顔をしかめそうだ。

八畳ほどある部屋の壁に沿ってスチールラックが並び、さらに、部屋を横切る形でもう二台が列を作っている。まだ、空いているスペースがあった。どうやら、入って左手のラックの左端から順に、年代別に並べてあるらしい。ご丁寧に、手書きのラベルシールが棚に貼ってあり、そこに収納されたファイルが何年に受任した事件のものかがわかるようになっていた。ありがたい。目当てのファイルを探しやすい。

段ボールを開けて、新しいファイルを棚の空いているスペースに立てる。それから、空の段ボールを潰して畳んだ。この後事務所に戻ることになっているから、あまり時間をかけていると疑われる。

さて、と棚に向き直った。

真壁の事件は四年前。ならば、このあたりだろうと当たりをつけて探し始める。

年代別に分けてあるおかげで、ファイルはすぐに見つかった。水色のファイルの背に、真壁の名前が書いてある。ファイルは薄く、軽かった。訴訟にならずに終結した案件だから、綴じておく資料もさほどないのだろう。

勾留状の写しが、一枚目だった。その別紙に、被疑事実の要旨が記載されている。

『被疑者は、通行中の女性（十九歳）を認めて劣情を催《もよお》し、同人を強《し》いて姦淫《かんいん》しようと企《くわだ》て、平成[redacted]年[redacted]月[redacted]日、午前〇時十分頃、S県N市S町三丁目の公園内において、同人の腕をつかむ等《など》して植え込みの内側に連れ込み、地面に引き倒して押さえつける等の暴行を加え、その反抗を困難にしたうえ、無理矢理同人を姦淫した』……

被害者の名前は、伏せられている。

接見の際に弁護士がメモをとったらしいリーガルパッドも数枚、綴じられていた。「前科・前歴なし」「完全否認」「被害者は女子大生」「面識はない」「遺留品→どこかで落とした?」「公園は通り道（駅から自宅）」と、断片的な情報がメモしてある。「遺留品」と「否認」にボールペンで何重にも丸がつけてあった。

裁判になっていないから、裁判手続き上開示される検察側の資料の類は一切ない。事件の内容を示すものは、勾留状と、弁護士の手書きのメモだけだ。ぱらぱらと順番にめくって、事件の流れを確認する。

逮捕のきっかけはわからないが、とにかく真壁は強姦容疑で逮捕され、勾留された。その後で弁護士と真壁の両親が被害者側と示談して、被害届が取り下げられ、不起訴となり釈放されたという経緯らしかった。ここまでは、本人から聞いた通りだ。

示談書は、最後のページに綴じられている。真壁が被害者に二百万円を支払うことに加え、N市から引っ越すこと、今後被害者に接触しないことや、示談内容を口外しないことが、被害届を取り下げる条件になっていた。肝心の被害者の名前と住所は黒塗りになっている。

ファイルを床に置き、全ページをスマートフォンで接写した後で、時雨に電話をかけた。

「時雨さん、刑事事件の示談書と、あと、勾留状なんかを今見てるの。弁護人のファイルにあったもので、被害者の名前が黒塗りになってるんだけど、これって普通なの？」

忙しいときは電話に出ることもできない彼が、ツーコールで電話に出たということをもって、今は会話が可能な状態だと判断する。いきなり本題に入ったが、

『いや、弁護人に渡すものについては原則そのままの、名前が伏せられてないものだけど……ああ、性犯罪だっけ。被害者本人の希望で、被害者の個人情報が伏せられることはある。結局示談してるんだったら、弁護人が検察庁に問い合わせて、後から名前や連絡先を訊いたんだろうね』

時雨も慣れたもので、動じるでもなく答えてくれた。

『示談書は、弁護人が作ったんだろうから、当然もともと黒塗りだったわけじゃないけど、被疑者にそれを見せるにあたって、弁護人が黒塗りにしたんじゃないかな。被害者が、自分の名前を記録にも残さないようにしてほしいと言ったとか』

中村弁護士は被害者のプライバシーを守ったわけだ。しかも、徹底している。

連絡先のメモくらい、どこかに残っていないかと、ファイルをすみずみまで確認したが、それらしい記載はどこにもなかった。

示談書にも手書きのメモにも名前がないとなると、あとはもう、弁護士本人から聞き出すしかないが、さすがに難しいだろう。被害者のプライバシーに配慮して個人情報を自分用の記録からも抹消するような弁護士の口が、そんなに軽いわけがない。中村弁護士から情報を入手するというのは、現実的ではなさそうだった。

事件の現場近くで聞き込みをすれば、噂話くらいは聞けるかもしれないが、事件から四年もたっているのでは望み薄だ。

それに、聞き込みをするには情報が足りない。被害者女性の大学名など、あと少しでも情報があれば、手がかりになるのだが。

「警察とか検察でとられる被害者の供述調書には、住所氏名が書いてあるよね？」

『もちろん。でも、起訴されなかった案件なんだろう？　それなら、記録は検察庁にしかない』

警察や検察庁で作成された調書は、裁判になれば、弁護人に開示されるが、真壁の件は不起訴になっている。中村弁護士の倉庫のどこを探しても見つかるはずもなかった。

手に入れる方法がないことはないが、リスクも費用もかかる。

望み薄なのは覚悟の上で、かつての事件現場付近で聞き込みをするか、費用をかけて情報屋を使うか。あまり高額な追加費用のかかる手段は使いたくないが、スポンサー、もとい、依頼人と相談だ。

時雨に礼を言って電話を切った。

ファイルを棚へ戻し、潰した段ボールを持って、部屋を出る。

事務所内のどこかや、弁護士のパソコンの中に情報があればいいが、あまり期待できない。真壁に、知り得る限りの被害者の情報——今は、当時十九歳の大学生だったということしかわかっていない——を確認して、それから次の行動を考えることになりそうだった。

しかし、事件当時、真壁本人は勾留されていて、実際に被害者との示談をまとめたのは弁護士と真壁の両親だ。真壁からこれ以上情報を得られるとも思えない。

段ボールをゴミ置き場に捨てて歩き出した。

スマートフォンに保存した資料の写真を確認しながら、考える。

次に話を聞きに行く相手に、心当たりがないわけではない。しかし、まずは依頼人の意向を確認しなければならない。

7

四年前の事件の勾留状や、被害者と交わした示談書の写しが手に入ったと、北見先輩から連絡があった。

大学の講義を終えてすぐに事務所へと駆けつける。

面談室で先輩が、プリントアウトした写真を並べて見せてくれた。

コピーをとる余裕はなくて、と申し訳なさそうに言われたが、それぞれの書類の文面までしっかり読み取れる。勾留状、示談書、弁護士が書いたらしい手書きのメモも混ざっていた。

示談書の下部には、真壁さんの弁護人だった中村弁護士の名前と事務所の住所が書いてあり、印鑑が押してあった。その下には、おそらく被害者側の名前や住所が書いてあったのだろうが、黒塗りにされている。

「示談の内容はわかったけど、全部真壁さんから聞いてた通りだった。こっちは勾留状の写しだけど、こっちも、被害者につながる新しい情報は、特になかった。中村弁護士の事務所にあったのは、これがすべてだと思う」

「よく手に入りましたね……真壁さんの弁護人だった中村弁護士に接触したんですか」

「うん。昨日まで、彼の事務所で働いてた」

「は!?」

「もちろん偽名でね。情報がある場所の中では一番ハードルが低かったから。意外とバレないよ。通勤に二時間かかるのは大変だったけど」

初耳だ。

身分を詐称《さしょう》して法律事務所で勤務していたうえ、守秘義務の下管理されていた書類の写真を撮影、持ち出し。それも、依頼人である僕にも真壁さんにも相談することなく。もはや何から咎《とが》めればいいのかわからない。しかし、先輩は平然としている。

「そこまでしなくても……普通に頼めばよかったじゃないですか、事情を話して」

「弁護士が、性犯罪の被害者の情報を簡単に漏《も》らすと思う？」

「それは……」

「どうせ教えてもらえないなら、正面から頼むのは無駄でしょ。むしろ、被害者の連絡先を知りたいなんて言っただけで、警戒されちゃう」

確かに、一度ガードを上げられてしまえば、情報を得ることは相当難しくなる。何せ、相手は弁護士だ。それなら最初から何も知らせず、相手が警戒していないうちに、という彼女の言い分には一理あった。

「それはそうかもしれないですけど……潜入までして、法律事務所から事件の記録を持ち出したんですか」

「記録自体を持ち出すわけないでしょ、情報だけよ」

「だからセーフ、みたいな顔はやめてください」

「情報は財物じゃないから窃盗にはならないし、営業秘密を営利目的で盗むとも言えないから不正競争防止法にもひっかからないでしょ？」

刑法に触れなければ何をしてもいいというわけではない。

しかし、言われてみれば、先輩のしたことが罪に問われる可能性はほとんどなかった。彼女は弁護士の保有するデータに不正アクセスしたわけでもなく、保管されていた資料を盗み見て撮影したに過ぎない。第一、彼女が情報を持ち出したことを、中村弁護士は気づいてさえいないだろう。このままフェードアウトしてしまえば、先輩は、すぐにやめてしまったアルバイト、としか認識されないはずだ。

被害者が気づいていなければいいというわけではない。が、中村弁護士に損害がない以上、彼は被害者とは言えない……だろうか。

結局、被害者の個人情報は何も読み取れなかった。中村弁護士は職務上守秘義務を負うが、この場合保護されているのは真壁さんの法益《ほうえき》だから、北見先輩が彼の依頼の下で動いている以上、真壁さんの前歴に関する情報が先輩に持ち出されたことについては、実害はないことになる。そう考えれば、問題ないと言えなくもない、か。

頭が痛くなってくるが、道義的に、感覚としてどうかと思う、というだけで、法的には問題がないような気がしてきた。突きつめれば、解釈のしようで犯罪を成立させることはできるかもしれないが、警察も検察も立証できないだろう。

「まあとにかく、そうやって穏便に入手した情報なわけだけど、わかったのは、中村弁護士が、真面目で律儀な弁護人だったってことくらい。被害者の個人情報は全部消してあるんだもん。電話番号とか、メモの一枚くらい残っててもいいかなって期待したのに」

先輩が、すかさず話を戻した。手段のことはいいではないか、とこのままうやむやにしようとしているのは明らかだったが、済んだことについて、そして問題が表面化していない、今後も表面化しないだろうことについて、果たして違法性があったのかどうか気に病んでも得るものがないのはわかっている。

のろのろと顔をあげ、示談書と勾留状の写真を見比べている彼女を見た。

「示談書があったから、示談の内容はわかったけど、真壁さんの記憶の通りだった。肝心の、被害者についての追加情報はほとんど……事件当時被害者が十九歳だったってことと、犯行時刻とか態様について少しだけ詳しいことがわかったけど……それも真壁さんに聞いた通りで、特にヒントになりそうな新しい情報はないよ」

「……そうですか」

バレたらどうするつもりだったんですか、と言いかけたが、バレなかったでしょ、と言われるのは目に見えていたので飲みこむ。

方法の良し悪しはさておき、情報を入手するためにそこまでしてくれた熱意と行動力には感心する。

頭を切りかえ、机の上に広げられた写真の中から、示談書を接写した一枚を手にとった。

「弁護人のところにも保管されていないとなると、被害者の個人情報を手に入れるのは、かなり難しそうですね」

「そうだね。真壁さんからも当時の弁護人からも得られる情報はここまでが限界みたい。となると、後は、検察庁にあるデータを盗むか……」

「ちょっと待ってください、今何かすごく物騒な」

「もしくは、真壁さんのご両親に話を聞きに行くか」

僕の声を遮って先輩が言う。僕は口を閉じた。

先輩は真剣な目で僕を見て、続ける。

「真壁さんのご両親が、当時のことをどれだけ覚えてるかわからないし、そもそも、被害者の情報なんて何も聞いてないかもしれないから、あまり期待はできないけど……示談の手続きは弁護人と両親がしたんだろうし、場合によっては示談の席に親も行くこともあるし、何か訊けるかも」

確かに、勾留されていた真壁さん本人より、彼の両親のほうが、当時の事情を知っているだろう。両親に事件の話を聞きに行くことは、真壁さんは嫌がるかもしれないが――先輩の言うとおり、ほかに話を聞けそうな相手は、彼らだけだった。

検察庁に記録があるのは間違いなく、確実に情報を得られるが、データを盗み出すのは費用がかかるうえ、明らかに違法だ。失敗したときのリスクを考えても、できれば避《さ》けたい。

迷っていると、先輩が「うーん」と思わせぶりに視線を斜め上へ向け、人差し指で唇を叩く。

「方法はもう一つあるんだけど、これにもちょっとお金はかかるかな。犯歴とるのにすでにお金使っちゃったから、これ以上はなって思うけど……検察からデータ盗むよりはハードル低いかな」

「何ですか？」

「真壁さんの示談金は、中村弁護士が預かって被害者に支払っているはずだから……四年前の送金記録を確認できればわかるかも。金額から考えて、現金手渡しなわけないよね」

「弁護士の銀行口座を調べるってことですか⁉」

思わず声をあげた。

「銀行の取引履歴なんて、他人が調べられるものなんですか？　そんな、プライベートな情報……」

「中村弁護士がどこに口座を持ってるかとか、その中のどれを仕事で使ってるかは、すぐわかると思う。もうしばらくバイトを続ければね。まだ、辞めるって連絡はしてないし……調べる先の口座がわかっていれば、取引の履歴をとることはそれほど難しくないよ。少なくとも、検察庁から過去の記録を盗み出すよりは簡単」

「……でも、どちらも違法ですよね」

先輩は、はっきりとは答えなかった。否定も肯定もせず、「どうする？」というように首を傾げて芳樹を見る。

真壁さんの犯歴を入手したときは、入手方法を聞かなかった。検察庁からデータを盗むよりはハードルが低い、しかしそれなりにリスクのある方法を使ったのだろう。おそらくは、違法な手段だ。

今は、意見を求められている。僕がこうしたいと言わなければ、調査はここで止まってしまう。きれいごとを言っていては前へ進めないことも、あるのかもしれないけれど——答えを出せずにいるうちに、ドアがノックされた。

「所長代理、お電話です。真壁研一さんから」

「すぐかけ直すって伝えて」

先輩が面談室のドアを開け、手を伸ばす。部屋の外の誰かが、彼女にスマートフォンを渡した。

先輩は僕に目配せをしてから、液晶を数回タップしてスマートフォンを耳にあてる。

真壁さんに電話をかけているらしい。急な連絡ということは、何かあったのだろうか。

「北見です。今お電話いただいたそうですが、何か……はい。……電話ですか？」

ちら、と彼女の目がまたこちらに向いた。

「今、木瀬くんも一緒にいます。個室なので、スピーカーにしていいですか？　……はい、お願いします」

人差し指で一度タップして、スマートフォンを右手に水平に持ち、表示された真壁さんの名前を僕に見せる。

「スピーカーにしました。部屋にいるのは、私と木瀬くんだけです。……手紙の差出人から、電話がかかってきたんですか？」

うん、と答える真壁さんの声が、スピーカーから流れてきた。

『わからないけど、たぶん、同じ奴だと思う。昨日、かなみと家にいたとき、電話が鳴ったんだ。俺が受話器をとったら、男の声で、結婚をやめろって。ふざけるなって言って切ったよ。その後で、しまった、話を引き延ばせば手がかりを得られたかもって気づいたけど、そのときはかっとして』

男の声。

先輩と目が合う。

ということは、嫌がらせの犯人は四年前の事件の被害者ではないのか？

「男性の声だったんですね。ボイスチェンジャーを使っていたとか、そういう可能性はないですか？」

『いや、普通の、男の声だったよ。機械的な感じはしなかった……と思う。一言だけだったし、自信ないけど』

まさか、犯人は事件とは無関係の男性なのか。いや、被害者女性が声色《こわいろ》を使っていたかもしれないし、彼女に協力している男性がいるのかもしれない。

先輩は視線を前へと戻し、続けて尋ねる。

「具体的に、何て言ったんですか？　結婚をやめろ、ですか？　結婚をやめなさい、ですか？」

電話の向こうで真壁さんが黙った。会話の内容を思い出そうとしているのだろう、ううん、と、唸《うな》る声が聞こえてくる。

『……ええと……「結婚してはいけない」、だったかな……すぐ切っちゃって、それしか聞こえなかったけど』

結婚するな、結婚をやめろ、ではなく、結婚してはいけない。犯罪者とまで名指ししていた直近の手紙の文面と比べると、口調は少し攻撃性が減り、ニュートラルになっている。

しかし、手紙から電話になったというのは大きな変化だ。行動がエスカレートしている。

「犯人らしき相手から電話がかかってきたのは、これが初めてですよね？」

『初めてだよ。だから電話をとったときは、完全に油断してた』

彼は憎々しげに言った。

『その後しばらくして、またかかってきたんだけど、俺はそのとき電話のそばにいなくて、かなみが出て……。でも、相手は無言で、すぐ切れたって。かなみは、いたずら電話ねって言ってたけど、あれもきっと』

「わかりました。今度電話がかかってきたら、話をしてみてください。できれば、録音も。今、四年前の事件の被害者に的を絞って調査中です。何かわかったらご連絡します」

真壁さんを落ち着かせるように、ゆっくりと先輩が言う。わかった、と、電話口で彼が答える声がした。最初より、大分冷静になったようだ。

真壁さんには見えないが、先輩はそれを確認したかのように小さく頷く。

「それから……かなみさんには、誤解に基づいて嫌がらせされている、くらいのことでもいいので、事情を話しておいたほうがいいかもしれません。手紙の差出人が、直接彼女に接触してくる可能性がないわけではないですから、そのときに混乱しないように。彼女の安全を考えても、心構えができているのといないのでは違います。最終的な判断は、真壁さんにお任せしますが」

『……そうだね。考えてみるよ』

電話を切ってスマートフォンを置き、先輩がこちらを向いた。

「相手も焦《あせ》り始めたのかな。真壁さんが自分から身を引く様子がないからしびれを切らして、かなみさんに直接真壁さんの前歴についてあることないことぶちまける、なんてことにならないうちに、こっちから接触しないと」

その可能性もゼロではないのだ。それどころか、かなり現実的なものとして、その危険はすぐそこにある。

真壁さんやかなみさんに、直接的な危害を加えられる可能性すら、もはや、低いものではなかった。

迷っている場合ではない。何もしないという選択肢はない。

「先輩、僕は、真壁さんのご両親と面識があります」

顔をあげて言う。

心は決まっていた。先輩の視線を、正面から受け止める。

選べる中で一番穏当《おんとう》な——少なくとも、違法行為ではない——ものを選んでしまうのは、彼女から見ればもどかしいかもしれないが。

「僕が行きます。真壁さんは、話を大事《おおごと》にしたくないと思うので——探偵を入れて調査しているということは伏せて、僕から話を聞いてみます」

＊＊＊

ご両親の新しい住所は、真壁さんに聞いた。

彼は複雑そうな表情をしていたが、教えてくれた。

彼自身は引っ越し以来一度も、実家には顔を出していないらしい。

四年前の事件の話を蒸《む》し返されるのは、彼らにとっては辛いことだろう。訪問しても、間違いなく、歓迎されない。僕にとっても、楽しい仕事ではなかった。しかし、探偵である先輩を連れて行くよりは、僕が真壁さんの友人として話を聞いたほうが、彼らも緊張しないはずだ。

真壁さんから、母親の映子《えいこ》さんに、僕が訪ねていくと連絡だけしてもらった。門前払いされては意味がないので、話の内容はまだ伝えていない。

スマートフォンの地図アプリで確認しながら歩いて、着いたのは高級マンションだった。入口のインターフォンで呼び出すと、女性の声が応じ、自動ドアを開けてくれた。

「突然、すみません。先日、真壁さん……研一さんと再会して……それで、どうしても伺いたいことがあって」

土曜ならば在宅しているのではと思ったのだが、真壁さんの父親は不在で、映子さんだけが迎えてくれた。

ご無沙汰《ぶさた》しています、まあ立派になって、と、型通りのやりとりの後、リビングに通され、菓子折を渡す。前回渡すつもりで買ったものはかつて真壁家の隣人だった、噂好きの女性の手に渡ってしまったので、再度購入した同じものだ。

彼女は一度台所へ姿を消し、また戻ってくると、「お持たせですけど」と、僕の持参した菓子と、繊細な筆で草花が描かれた湯呑みを僕の前へ置いて、向かいの席に座った。湯呑みを運んできた盆を脇へ置き、僕を見て、口を開く。

「研一から、芳樹くんに会ったたって聞いてびっくりしたわ。あの子から、短期間に続けて電話が来るなんて珍しいし」

どう切り出そうかと思っていたから、彼女のほうから話を振ってもらえたのは有り難かった。

「突然お邪魔するわけにもいかないと思ったので……。驚かせてすみません。今回のことで連絡が来る前に、真壁さん……研一さんと話したのは、いつですか」

「二週間前くらいかしら」

北見先輩が調査を始めた後だ。

「そのときは、どんな話をしたんですか?」

「春先に、恋人と一緒に住むことにした、結婚を考えているって連絡があったの。そのことを、誰かに話したかって……話していないって答えたわ」

婚約のことを知っている人間はどれくらいいるかと、先輩が真壁さんに尋ねたことがあった。彼は、職場と家族くらいにしか直接の報告はしていないと言っていたが、その後で不安になって、母親に確かめたのだろう。

「誰にもですか?」

「誰にも。入籍して、孫でもできたら、夫には話すつもりだったけれど」

夫と息子は、あまり折り合いがよくないの、と言って、寂しそうに目を伏せる。真壁さんもそんなことを——確か、もう何年も話していないと言っていた。

どうぞ、と促されて、湯呑みを手にとる。

一口、二口飲んで、思い切って尋ねた。

「四年前の事件のことが、関係していますか？」

映子さんが顔をあげた。

実の息子が被疑者となった強姦事件のことになんて、触れてほしくないに決まっている。わかっている。

目を逸らしたくなるのをこらえて、彼女の視線を受け止めた。

「これからお聞きすることで、不快な思いをさせてしまうかもしれません。でも、理由があるんです。事件のことは、研一さんから聞いています。そのことについて、今、少し……その、相談を受けていて」

彼が四年前の事件のことで、今も誰かに嫌がらせを受けていることについては、どこまで話していいか判断がつかない。可能な限り伏せるつもりで、言葉を濁した。

「当時のことを、聞かせていただけませんか。研一さんのために……思い出すのも嫌だと思いますが、できる限りでいいんです」

彼女は少しの間黙って、自分の分の湯呑みを見つめていたが、

「……事件のことを研一が話したなんて、よほど芳樹くんを信頼してるのね。当時の友達は、事件があってから皆離れていってしまって、随分落ち込んでいたのを覚えてる」

視線を落としたままで、静かに言った。

「近所の人にも知られてしまったから、あの家は引っ越すことになった。夫の仕事のことがあったから、私たちはあまり遠くへ行くわけにはいかなかったのだけど、同じタイミングで研一は県

外に一人で部屋を借りたの。自分のことを誰も知らないところに行ってやりなおしたいと思ったんでしょう」

その後また引っ越して、今の町に住むようになったのよと言って、ようやく視線を上げる。僕と目が合うと、大丈夫だと安心させるかのように、少し微笑んだ。

数年ぶりに訪ねてきてこんな質問をしたら、追い出されても仕方がないと覚悟していたのだが、彼女は怒ることも、不快感を示すこともなかった。僕を信用してくれたのか。理由あってのことだと、察してくれたのかもしれない。

とにかく、話を続けてもいいということだと判断した。

「事件の後、嫌がらせの電話とか、手紙が届いたとかいうことはありませんでしたか」

「全くなかったわけじゃないけど、私の知る限りは、連日嫌がらせの電話や手紙が届くようなことはなかったわね。すぐに引っ越してしまったし。引っ越した後は、さすがに全然来なくなった」

湯呑みを両手で包むように持ち、落ち着いた口調で僕の質問に答える。

「裁判になる前に示談したのもあって、事件のことは、このあたりまでは広まっていなかったみたい。誰かにその話をされるようなこともなかった。もし裁判になっていたら、もっと大騒ぎになっていたかもしれないけど」

真壁さんの元へは、引っ越してからも何度か嫌がらせの手紙が届いていたそうだから、犯人は真壁さんの家族には無関心だったようだ。

ただ、本人だけを、執拗《しつよう》に追いかけていた。

「引っ越すときは連絡先を被害者側に教えるとか、そういう約束はしていなかったんですよね」

「ええ、被害者のお嬢さんに近づかないという約束はしたけど、そもそも連絡しようにも、名前も電話番号もわからないもの」

やはり、真壁さん本人に対してだけでなく、その家族にも、被害者の情報は伏せられていたようだ。

強姦事件の被害者やその関係者が嫌がらせの犯人だとして、真壁さんの引っ越し先の住所をどうやって知り得たのかという問題はあるが、そこは本気で調べようと思えばなんとでもなるだろう。それこそ、探偵でも雇えば調べられる。

「被害者は未成年だったと聞きました。示談の話は、親御《おやご》さんとしたんですよね」

「そうみたい。話し合いは弁護士さんにお願いしていたから、私が直接話したわけじゃないけれど」

「被害者について何か、弁護人から聞いていることはないですか。名前はわからなくても、どこに住んでいる人だとか、どんな仕事をしているとか、そういうことでも」

「弁護士さんが、N市S町に住んでいる人だって言っていた。だから、S町に近づかないとか、引っ越してS町にすぐ行ける範囲には住まないとか、そういう内容を示談書に入れましょうって言われたの」

被害者が当時S町に住んでいたことも、犯人がその隣町であるN町から手紙を投函していることも、すでにわかっている。犯人特定に役立つ新情報とは言えなかった。

そうですか、と答えて諦めかけたとき、

「あ、……待って。そういえば」

彼女が「思い出した」というように顔をあげた。

「弁護士さんと打ち合わせをしているときに、電話がかかってきて……それが、被害者のお父様かお母様からの連絡だったことがあったの。話している間は弁護士さんは部屋の外に出ていたけど、少しだけ声が漏れ聞こえて……ナカノ？　……ナガノ。ナガノって言っていた気がする」

S県N市S町に住んでいた、ナガノ。

思わぬ収穫に、鼓動が速くなる。

「ナガノさんというのが、被害者の姓なんですね」

正確でないかもしれないが、被害者の名前がわかるとは思っていなかった。

スマートフォンを取り出し、先輩宛のメールの下書きに、被害者は事件当時S町に住んでいた、ナガノ姓であることを書き込んだ。

「示談は、すんなり成立したんですか。その……条件なんかで、揉めたりは」

「いいえ、先方も、早く終わらせたいと思っているような……大事《おおごと》にはしたくないと思っているようだと言われたはず。金額や示談内容について不満を言われるようなこともなかったと聞いているけど」

被害者側も、納得して示談したということか。何年も嫌がらせを続けているという犯人像と一致しない。

被害者が未成年だったなら、示談も保護者主導で行われたはずだ。被害者本人は示談を望んでいなかった、という可能性はあるだろうか。

事件を大事にしたくないと考えた保護者が示談を進めてしまったが、実際には被害者本人は納得しておらず、真壁さんを恨み続けていたとしたら――彼が不起訴になって釈放されたことを許せずにいるとしたら、罰を与えるつもりで、嫌がらせを続けているのかもしれない。

もしそうなら、彼女にとっても、それは不幸だ。

真壁さんを憎み続けているということは、彼女自身も、四年前の事件にとらわれたまま、動けずにいるということだった。

「被害者の方と示談が成立したことは、誰かに話しましたか」

「家族にだけ。触れまわるようなことじゃないもの。大学には報告したけれど」

被害者自身が、真壁さんの大学に情報を流したのかもしれないと考えていたが、これについては一概に言えない。大学に示談成立を報告したのなら、それを職員や、漏れ聞いた学生が人に話した可能性もある。

「不起訴になったわけですから、示談したことは正しい判断だったんだと思います。でも、そのときは迷ったんじゃないですか。弁護人から、研一さんが否認しているってことは、聞いてらしたんですよね」

「……そうね」

映子さんの手が、湯呑みをさする。少しの間、迷うように——考えをまとめようとするかのように黙って、ゆっくりと瞬きをした。

「研一はやってないと言ってるって、最初から聞かされていたし、私も、何かの間違いだと思った。間違いだとわかって、すぐ釈放されるはずだって。でも、何日たっても出られる気配はなくて。弁護士さんにも、勾留延長されるだろうって言われて、だんだん不安でたまらなくなってきて」

当時のことを思い出しているのか、その表情は先ほどまでより暗い。

ああ、そうだった、思い出したと、僕に聞かせるでもなく、小さく呟くのが聞こえた。

「取り調べの内容も、研一が弁護士さんに話したのを聞かせてもらったから、ある程度は知ることができたの。被害者と研一は知り合いじゃなくて、被害者があの子を犯人だと名指ししたわけじゃないらしいってこともわかった。あの子の持ち物が現場に落ちていて、それで疑われたってことも聞いた。その程度の証拠しかないなら大丈夫だ、たまたま不運が重なっただけだって、私も主人も、そのときは思ったのよ」

そのときは、という言葉選びが意味深だ。

何か心境が変わるようなことがあったんですか、と尋ねると、彼女は眉を下げて微笑んだ。痛みをこらえているような笑い方だ。

「取り調べが進むとね。研一、刑事さんに、通学にどの交通機関を使っているかまで訊かれたんですって。何故そんなことまでと思いながら素直に答えたそうよ。そうしたら、電車やバスの中で、気になる女性を見つけて、後をつけたり待ち伏せしたりしたことはないかって言われたって……どういう意味か、わかる?」

僕は黙って頷いた。その話は、本人からも聞いている。

被害者の女性と真壁さんは、使っている電車の路線やバスが同じだったのだろう。彼にとっては不幸な偶然だろうが、端《はな》から彼を疑っている警察からすれば、真壁さんが電車やバスの中で被害者に目をつけて、狙い定めて襲ったかのように見える。

身に覚えのないことについて逮捕・勾留された上、それが計画的な犯行であるとまで疑われることになるとは――捜査が進んでも疑いが晴れるどころか、自分を追い詰めるような内容の情報ばかりが増えて、真壁さんは危機感を感じただろう。

それは、彼の家族も同じだったはずだ。

「今のところは証拠がないから、勾留状の被疑事実は、たまたま目についた女性を襲ったというように書いてあるけど、警察は計画的な犯行を疑っているようだ。訴訟になったら、ストーカー行為の挙句の犯行と判断されるかもしれない、って、弁護士さんに言われたの。ただの偶然が、全部悪いほうに解釈されて、このまま研一が凶悪な強姦魔にしたてられてしまうんじゃないかって思うと、夜も眠れなかった」

「それが、示談することを決めたきっかけですか」

警察が、最初から真壁さんを犯人と決めつけて、それに沿う状況証拠を集めていると知れば、家族としては当然不安になる。息子の無実を信じていても、示談に気持ちが傾くのは無理もないことだった。

しかし、彼女はゆっくりと首を横に振る。

「気持ちは揺れたけど、そのときはまだ決断できなかった。やっていないんだから、決定的な証拠なんて出るはずがない。だから、裁判で争えば本当のことがはっきりするはずだって……今不安だからって、屈しちゃいけないんじゃないかって、そう思って」

あの子の名誉にもかかわることだから、と続けた。

もう何年も会っていないが、真壁さんの父親は、見るからに真面目そうな人だった。法の番人である自分の父親と、少し似ていると感じたのを覚えている。

起訴を免れるため犯してもいない罪を認めるより、正義と名誉のために真実を主張するべきだと、彼なら考えそうだった。

「悩むのは……当然だと思います」

最終的に、彼らが示談を選択したことは知っている。息子の将来のためにはそれが最善だと、どこかの段階で決断したのだろう。しかし、彼らは不安を感じながらも、ぎりぎりまで息子を信じて、彼の望むようにしようとしたということだ。

僕が言うと、映子さんは弱々しく微笑む。

「そうは言っても、怖くてね。このまま有罪になってしまったらって……示談して告訴を取り下げてもらえるのなら、示談したほうがいいかしらって、何度も主人と相談したわ。研一はずっと、否認を続けていたけど」

まわりがどんなに勧めても、本人が拒否すれば示談はできない。第一、家族や弁護人がどう思っていても、否認している被疑者に、してもいないことを認めて示談しろとはなかなか言えない。真壁さん本人はもちろんだが、家族も相当悩んだだろう。

「最終的に、示談することを決めたのは……？」

「あと数日で処分が決定するってときになって、新しく研一に不利な証拠があることがわかったって、弁護士さんから連絡があったの」

映子さんは静かに言って、初めて湯呑みに口をつけた。喉を湿《しめ》してから続ける。

「そのとき初めて、強く示談を勧められた。それまでは、研一の意思を尊重して、あまり強硬に示談をと言われることはなかったのだけれど……それで、私と主人も決めたの。お金を用意して、弁護士さんに研一を説得してもらって、示談した。……説得っていうのも変かしら、あの子も、もうだめだって思ったのかもしれない」

やはり、現場近くに落ちていた会員証以外にも、真壁さんに不利な証拠があったのだ。逮捕後に発見された証拠なのか、逮捕前からあったものについて、弁護側が知ったのがその段階ということなのかはわからないが、後者の可能性が高かった。通常は、逮捕までの間に一番念入りに捜査をするものだ。真壁さんに自白させるために、捜査機関側があえて手の内を明かしたのだろう。

証人か、物証か……状況証拠だけでも、積み重ねれば裁判所の判断を大きく有罪へ傾けるものになる。

戦うべきか示談すべきか迷っていた弁護人も、きっと、これ以上リスクはとれないと判断したのだ。

「辛い選択だったと思いますが、そのおかげで真壁さんは釈放されたんですから、よかったんだと思います。でも、被害者の方は今も、真壁さんが犯人だと思っていて……真壁さんは、被害者にも、当時つきあいのあった人たちにも、誤解されたままです。僕は、どうにかその誤解を解くことができないかと……思って」

話しながら、だんだん自分の言っていることがひどく幼稚《ようち》で、ひとりよがりな気がしてきた。

正しいことを言っているはずが、正しいばかりで、現実味がない。

四年も前の事件だ。真犯人を捜し出して彼の名誉を回復するなどということが、現実に可能だとは僕も思っていなかった。証拠もないのに、冤罪だと説明して、被害者がわかってくれるとも思えない。

僕にできることは、ただ、被害者女性を見つけて、嫌がらせをやめるよう説得すること。その中で、できる限り、彼女に対して誠意を尽くすことだけだ。

そうして嫌がらせをやめさせる以上のこと――四年前の事件は冤罪だったと、被害者や、かつての友人たちに知ってもらうことまでは、真壁さん自身はおそらく期待していない。

もちろん名誉を回復したいとは思っているだろうが、そのために痛みを覚悟してかつての友人たちと向き合うつもりはないだろう。

四年前に、彼はもう充分に傷ついて、これ以上傷ついてまで失ったものを取り戻そうとは思っていないのだ。

真壁さんを好きだった人たちが、彼に裏切られたような気持ちでいるのに——真壁さんだって、彼らのことが好きだったはずなのに。

彼自身があきらめているとしても、それでいいはずがない。

「何ができるか、わかりませんけど——僕は真壁さんを信じていますし、真壁さんが誤解されたままなのも、嫌なので。自己満足かもしれませんが、できることをしたいと思っています」

何年もの間そのままにされていた誤解を解き、証拠もないまま、ただ信じてもらうということが、とても難しいだろうことはわかっていたが、それでも。

映子さんは少しの間、涙をこらえるように顔を歪めて黙っていたが、

「……ありがとう」

やがて、かろうじて笑顔と呼べるような表情で言った。

「研一に、芳樹くんみたいな友達が……信じてくれる人がいてくれてよかった。でも、事件のことは、もう終わったことよ。訊かれてつい話してしまったけど、被害者の方はもう、事件のことを思い出したくないだろうから、そっとしておいてあげて」

「え……でも」

しかしそれでは、真壁さんの冤罪は晴らされないままだ。

彼の母親として、何より、息子の名誉の回復を願っているはずの彼女から、こんな言葉が出てくるとは思わなかった。

真壁さんだけでなく両親も、すっかりあきらめてしまっているのか。説得するつもりで口を開きかけ、目が合った。

――ああ、そうか。

と、その瞬間に気づいてしまった。

言葉の意味も、その表情の意味も。

彼女のほうも、気づかれたことに気づいた様子だった。どこか哀れむような目で、こちらを見ている。

彼女と、そして真壁さんの、絶望を思った。

彼女は――彼女も、息子の無実を信じてはいないのだ。

＊＊＊

四年前の事件当時、被害者がS県N市S町に住んでいたことと、彼女の姓がナガノであることを報告すると、北見先輩はすぐに詳細を調べると言ってくれた。

『大体の住所と名前がわかっていれば調べられるよ。四年前の情報だから、ちょっと手こずるかもしれないけど』

これで調査を進められる。

お手柄だね、と褒められたのに、僕の反応が薄かったからだろうか、どうかしたのと心配されてしまった。

手掛かりを得ることができた嬉しさよりも、その後に知ってしまった、映子さんの本心のほうが重くのしかかっていた。自分では隠しているつもりだったが、声も沈んでいたかもしれない。

電話ごしにもかかわらず気づかれてしまったのは不覚だったが、なんでもないとごまかせば、それ以上は追及されなかった。

電話を切ってスマートフォンを充電器に挿《さ》し、ベッドに仰向けになる。

あとは、先輩から調査結果の連絡が来るのを待つだけだ。

ぼんやり天井を眺めていたら、中学生のころのことを思い出した。

S県で、真壁さんの家の隣に住んでいたころから、僕は周囲に、いずれ父や祖父と同じ法律の道を志《こころざ》すものと思われていた。僕自身もそう思っていた。

父や祖父を尊敬していたし、彼らのようになりたいという気持ちは確かにあった。検察官になることを、誰かに強要されたわけでもない。

しかし、中学二年生の半ばころだっただろうか、ふとそのことに疑問を持ったことがある。

もっとずっと子どものころは——検察官という仕事の内容もよくわからないうちから——父や祖父への憧れから、何も考えずに検察官になると宣言していたが、あるとき、当然のごとく同じ道に進むものと思われていることに、自分もその道をただ目指していることに、これでいいのかな、と不安になったのだ。

理由のある不安ではなかったかもしれない。

ただなんとなく、それまで自分が何の迷いも持たずにいたこと、そこに何の根拠もなかったのではないかと気づいてしまった。

検察官になるという自分の夢が、なんだかひどく子どもっぽいものに思えて、急に僕はそれまでのように屈託なく「検察官になる」と言っていいものかわからなくなった。

当時医学部の二年生だった真壁さんにそれを話したら、彼は真剣に話を聞いてくれた。そして、

「俺だって、中学生のときはそんな感じだったよ。父さんが医者だったから、なんとなく、俺も

なるんだろうなって思ってたけど、やりがいも大変さもわかってなかったし……医者以外の職業に憧れたこともあったし。サッカー選手とかさ」

そんなに難しく考えることないんじゃないかと、そう言ってくれた。

「まだ先は長いんだし、選択肢の一つだと思って……検察官もいいな、くらいに考えておけばいいじゃないか。途中で、もっとほかにやりたいことが見つかったら、そのときはそっちへ行けばいい。とらわれる必要なんてないって。仕事に限らずさ、好きな人、好きなもの……これからたぶん、色々見つかるから」

確か、家庭教師をしてもらっていたとき、僕の部屋で、一息ついたタイミングだった。

考えすぎだよと笑うこともなく、けれど深刻にもなりすぎず、真壁さんはそんな風に言ったのだ。

「検察官のことわかってないのになりたいっていうのはどうかな、って思うんだったら、これから調べてみればいいだけだ。それこそ、親父さんに訊けばいい。それで、色々見たけどやっぱり検察官になりたいって思ったら、近くにお手本がいるっていうのはアドバンテージだと思うけどね」

医者の息子に生まれて、自分も医学部に入った彼の言葉には、説得力があった。

「真壁さんは色々考えて、やっぱり医者になりたいって思ったんですか」

僕がそう尋ねると、彼は、「今のところはね」と答えた。

「でも、ほら、これから運命の出会いとかあるかもしれないし。ある日突然、俺はバンドをやりたい！ってなったら大学やめちゃうかもしれないし、許されない恋に落ちて駆け落ちするかもしれないし、わからないよ」

それは冗談だっただろうが、中学生なんてまだまだ時間があるんだからと笑ってもらえて、ずいぶん気が楽になったのを憶えている。

真壁さんはもう忘れているだろうし、僕も、今日まで思い出さなかった。けれど、僕の中で真壁さんは、今もあのとき笑顔で励ましてくれた彼のままだ。心無い中傷に傷ついて、うつむいている今の姿を見ても、やっぱり、背筋の伸びた姿のほうが先に浮かぶ。

あれから何年も経って、僕は法学部に入ったが、真壁さんは大学をやめてしまった。彼自身が望んだわけではなく、追われるように。

今日、映子さんに挨拶をしたとき、「立派になって」と言われたことが、もしかしたら、昔を思い出すきっかけだったのかもしれない。

そのときは、そこに含みは感じなかったが、今思えば——彼女は自分の息子の、あったはずの将来を思っていたのだろうか。

映子さんから得た情報は北見先輩に伝えたが、会って感じたことについては、彼女には言わなかった。調査にあたっては必要のないことだと思ったからだ。

こうして一人で考えることも意味のないことだとわかっていたが、どうしても、頭から消えなかった。

両親でさえも、真壁さんの無実を信じていない。

冤罪はあってはならないものだ。まして、疑いを晴らすことのできないまま、示談するために自ら罪を認めて、ずっとそれを背負ったままで生きていくなんて——その辛さは、想像を絶する。

それでも、家族や、身近にいる大事な人だけでも本当のことを知って、信じてくれれば、自分自身を見失わずにいられるだろう。しかし、真壁さんにはそれがなかった。

彼は父親とは折り合いがよくないと、映子さんは言っていた。僕が隣に住んでいたころ、彼らの親子仲は悪くなかったはずだから、四年前の事件が原因で関係が変わってしまったのだろう。きっと真壁さんの父親は、息子の無実を信じられなかったのだ。真壁さん本人が、それに気づかないわけがなかった。

その絶望を思うと、胸が締《し》めつけられる気がした。

ずっと彼と連絡を取り続けている母親ですら——口に出して言ったりはしないだろうし、信じたいとは思っているだろうが——心からは信じられないでいるのだ。

もしも、弁護人や両親が、彼は絶対に無実だと信じていたら、彼らは真壁さんに、示談を勧めなかっただろうか。

そして、彼が示談を決断したのは、本当に、ただ、リスクを考えた結果だったのだろうか。

弁護人や家族さえ、自分を信じてはくれないのだと悟って、戦い続ける気力を失ったのではないか。想像するしかないが、もしそうだとしたらやりきれなかった。

真壁さんが、事件の前からの人間関係をすべて捨てて新しい町で暮らそうとしたのも、追ってくる過去から逃げるようにまた次の町へ渡ったことも——親しかったはずの人たちにすら、説明もしないで関係ごと手放してしまったその理由も、わかったような気がした。

彼は一度試みて、失敗したのだ。

誰より自分を知っている、愛してくれている、自分も信頼している家族に、できるかぎりのすべてを伝えて信じてもらおうとして、それでも、彼らにさえ信じてもらえなかったら。

もうどうしたって無駄なのだと、絶望してしまっても仕方がなかった。

どれくらいの間、ぼうっとしていたのかわからない。

充電器につないだままのスマートフォンが震える音に気づいた。急いで身体を起こし、手を伸ばす。

北見先輩かと思ったが、画面に表示されているのは真壁さんの名前だ。

映子さんから何か聞いたのか。どきりとして、それが声に出ないよう気をつけて「通話」のアイコンをタップする。

「はい、木瀬です」

今、話していいかな、と尋ねた、彼の声は穏やかだった。

ほっとして、はい、大丈夫ですと答える。

「報告していなくてすみません。今日、ご実家でお話を聞いてきました。四年前の事件の被害者について、手がかりがみつかったので、今、北見先輩が調べてくれています」

『そうか。ありがとう、頼もしいよ』

思いつめた様子も、張りつめた感じもしない。しかし、その後、沈黙があった。

「真壁さん?」

不安になって声をかけると、うん、と返事が返る。

また少しの、迷うような沈黙の後、

『かなみに、話したんだ。今日』

真壁さんが言った。

息を飲む。

何を、と言われなくてもわかった。

『この間、北見さんに言われただろ。話したほうがいいって……その通りだなって思ってさ。嫌がらせの犯人から偏った話を聞かされる前に、ちゃんと俺の口から説明すべきだってことも、いつかなみが標的になるかもわからないんだから、ちゃんと警戒できるように……かなみの安全のためにも話したほうがいいってことも、本当は、そんなこと、ずっとわかってたんだけど』

自分の臆病《おくびょう》さを恥じているのかもしれない。話す声に、どこか自嘲《じちょう》するような色が混ざった。

『本当のことを話して、それで、信じてもらえなかったら、拒絶されたらどうしようって。かなみが俺から離れていくんじゃないかって、そう思ったら、ずっと言えなくて。かなみのためを思ったら、絶対、話すべきだったのに』

怖くてさ。

その一言に、胸がぎゅっとなる。

失うことを恐れて動けずにいたことを、身勝手だと、誰が責められるだろう。

怖いのなんて当たり前だ。

身近な人に信じてもらえず失った経験が、彼をどれだけ傷つけたか、それを思うだけで喉が詰まるほどだったのに。

『それってつまり、かなみを信じられなかったんだと思う。かなみなら俺を信じてくれるって、そう思えなかったんだ。でも、一番信じてほしい人のことを、俺が信じないなんてダメだろ。だから』

彼はゆっくりと続ける。

『全部話した。昔、冤罪で逮捕されたことがあったこと。示談して不起訴になったけど、その被害者か関係者が、今でも俺を恨んでるらしいこと。今、嫌がらせの手紙が来ていることも、これが初めてじゃないことも、誤解を解くために北見さんに犯人を捜してもらってることも』

かなみは、受け入れてくれたよ。

そう言った彼の声はとても嬉しそうで、そして、どこか誇《ほこ》らしげだった。

『かなみは俺の話を信じてくれて、これまで黙っていたことも、許してくれた。嫌がらせのことも知ったうえで、負けないって、気にしないって言ってくれてる。……俺が思ってたより、強い女なんだなって、びっくりしたよ』

信じてほしいと誰かに期待することすらやめてしまっていた彼が、過去を打ち明けるのは、勇気のいることだっただろう。それも、絶対になくしたくないと思っていたただ一人の相手にだ。

また失ってしまうかもしれなかった。それでも彼は、打ち明けたのだ。

そして、彼女は、真壁さんの告白を受け入れた。

彼はもう、あきらめなくても、逃げなくてもいいのだ。

『来月頭から、一緒に住む予定なんだ。式は挙《あ》げられないけど、婚約のことを伝えた人たちを呼んで、ささやかなパーティーを開こうと思ってるんだ。入籍も同じ日にしようと思ってる。芳樹と、北見さんにも来てもらえたら嬉しい』

「はい、それは……もちろん」

頭がついていかなくて反応が遅れたが、間違いなく、おめでたい報《しら》せだ。慌てて、おめでとうございます、と付け足した。

事件はまだ解決していない。真壁さんは今も、被害者にも友人にも家族にも誤解されたままだし、嫌がらせも続いている。

しかし、彼自身がかなみさんに過去を告白したことで、恋人に犯歴を知られたくなければ別れろという脅迫は、もはや意味をなさなくなる。

そして何より、「彼女だけ」とまで言った大切な人に、彼が過去を打ち明けたということ、そして、彼女がそれを受け入れたことは、間違いなく救いだった。

僕まで救われた気がした。

『まだ嫌がらせの犯人は見つかっていないけど、解決するまで結婚しないとか、そこまでとらわれる必要はないかなって思って。一緒に乗り越えようって、かなみも言ってくれたから』

こんなに穏やかで幸せそうな真壁さんの声を聞いたのは久しぶりだ。電話ごしでも、今彼がどんな表情をしているのか、見えるようだった。

彼が前へ進もうとしているのがわかった。

よかった。

一人だけでも、今、真壁さんのそばには、信じてくれる人がいる。彼はその人と一緒に、進もうとしている。

「本当に、……おめでとうございます。真壁さん」

今度は心から、きちんと伝わるように、思いを込めて言った。

彼はくすぐったそうに、ありがとうと笑った。

8

四年前に事件現場となった公園から徒歩圏内にあった、長野という家を探すことは、それほど難しい作業ではなかった。澄野たちにも協力してもらい、数日で、S県N市S町に住んでいた長野という家族のことがわかった。四年も前の話でなければ、もっと早く見つかったはずだ。

長野家では夫婦と、当時大学生だった娘が三人で暮らしていたが、数年前に夫婦は離婚して、妻は娘を連れて出て行ったという。

「東北にある実家に帰ったらしいっすよ。近所のおばちゃんが教えてくれました」

長野、という表札のかかった家の外観を、吉井が写真に撮ってきてくれた。裕福な家庭だったのだろう、立派な家だ。表札は残っているが、家は今売りに出ていて、誰も住んでいないらしい。

しかし、住民票を移さず夜逃げしたということでもなければ、住人の転出先は簡単にたどれるはずだ。なんとか、今週末の結婚パーティーの前に接触できそうだった。

「この、長野家の娘っていうのが、四年前の事件の被害者ってことですよね」

「そうだね、まず間違いないんじゃないかな。年齢も合うし、当時あのエリアに住んでいた長野姓の家は一軒だけみたいだから」

両親が離婚した際、娘が母親と一緒に家を出て母方の実家へ行ったという話を聞いて、ますます確信は深まった。両親が離婚したというだけなら、大学をやめてまで母親についていったりはしないだろう。彼女自身に、この町にいられない、もしくは、いたくない理由があったと考えるほうが自然だ。

「いよいよ犯人と対決っすか。お嬢、会いに行くんですよね」

俺ついて行きましょうか、と身を乗り出さんばかりにしている吉井に、気持ちだけもらっとくと返事をして、視線を長野家の写真へと戻した。

四年前のこととはいえ、強姦事件の被害者に会いに行くのだ。威圧《いあつ》するような印象を与えてはいけないから、できるだけ少人数で、可能なら私ひとりで話をしたほうがいい。

「でも、真壁さんに届いた手紙は、N市N町から投函されてるんだよね。それに、犯人は定期的に、真壁さんの自宅にも足を運んでる。東北に住んでるんじゃ……」

「え、強姦事件の被害者イコール嫌がらせの犯人、って前提自体が間違いってことっすか？」

せっかく調べたのに！　と、吉井が声をあげる。

「数年前に東北に引っ越したってだけで、今もそこに住んでるかどうかはわからないし、またN市に戻ってきたのかもしれないけど……それで、近所の人も戻ってきたことを知らないとか」

しかし、一度は去った、嫌な思い出のある町に、わざわざ戻ってくるだろうか。事件からまだ四年しかたっていないのに？

どうも、しっくりこなかった。

それに、被害者が辛い思い出のある場所から離れたくてN市を出て行ったのなら――そもそも、そんな女性が、その後も真壁を追いかけて、嫌がらせを続けたりするだろうか。

「N市内に協力者がいて、その人物がN町から手紙を投函してるとか？」

「それもあるかもしれないけど、だったら、協力者というよりそっちが主犯って考えたほうがいいかも。たとえば、被害者自身じゃなくて、その身内とか――」

言いながら何気なく自分のデスクに目をやると、真壁宅の監視カメラと連動させたアプリに通知が来ていた。

撮影したファイルが更新されると通知が来るように設定していたものだが、今朝真壁の出勤時に一度作動して、それきり見ていなかった。

「メールっすか?」

「監視カメラのアプリ。さっき作動したみたい」

アプリを起動させて確認すると、カメラが作動したのはついさっき、十分ほど前だった。

カメラの前を動くものが通ると作動するように設定してあるのだが、この時間は、真壁は仕事に出ているはずだ。かなみだろうか。もしくは、郵便配達員が横切ったのかもしれない。

アイコンをタップして、保存されている動画を開くと、地味なシャツとパンツ姿の、帽子をかぶった男が画面に現れた。

年齢は、五十代半ばから後半だろうか。服装から、郵便配達員ではありえない。画面左からカメラのフレーム内に入ってきて、人目を気にしているのか、辺りを見回している。そっと郵便受けに封筒を差し込み、去っていく様子までがしっかりと映っていた。

この男が、被害者女性に頼まれて使者のようなことをしている、という可能性もなくはないが、こういった嫌がらせに共犯がいるというのは考えにくい気がする。手紙を持って来たこの男が、電話をかけてきた男であり、そして、手紙の送り主であると考えるのが一番素直だ。

被害者女性本人ではなく、おそらく彼女に何らかの関係のある、男。

もう一度動画を再生し、男の顔がカメラのほうを向いたところで停止した。

痩せていて、小柄で、思いつめたような表情をしてはいたが、凶悪そうな顔つきというわけでもない。犯人の顔が見えて安心するというのもおかしな話だが、それほど危険そうな相手には見えなかった。

嫌がらせを楽しんでいるようにも、見えない。

「吉井くん、長野家の娘と母親は何年も前に町を出たって言ってたけど、父親は?」

「えっと、最近まであの家に一人で住んでいたそうですけど、今は……ちょっと待ってください」

吉井が自分の席に行き、パソコンを操作する。

私も彼のデスクへ近寄り、画面を覗き込んだ。

「長野栄治《えいじ》。出ました。……今もN市に住んでるみたいっすね」

吉井が画面に表示させたのは、売りに出ているという、長野邸の登記簿だ。

所有者である長野栄治の現住所は、S県N市N町となっている。

やはり、と思った。

ほかに真壁を恨んでいそうな人間が浮かばなかったから、手紙の差出人は四年前の事件の関係者だろうし、一番の容疑者は被害者自身だと思ってはいたが、どうにもしっくりこない部分があったのだ。

強姦被害に遭った女性の多くは、事件のことを早く忘れたいと願うものではないか。人によるだろうから一概《いちがい》には言えないが、一般的には恐怖の方が先に立ち、犯人を何年も追いかけて嫌がらせをしようと考えることは稀であるはずだ。事を大きくしないようにと示談して、事件の直後に町を去ってしまうような女性なら、特に。

しかし、被害者の身内は、もしかしたら——本人の意思を尊重して示談には応じざるをえなかったとしても、犯人のことが許せず、何年もかけて相手に罪を償《つぐな》わせようと考えるかもしれない。そちらのほうが、ありそうな気がする。

事件当時、被害者女性は十九歳だった。動画の男が彼女の父親なら、年の頃も合う。

吉井に登記簿を出力してもらってから、自分の席に戻り、木瀬と真壁宛にメールを送った。監視カメラが作動して、犯人らしき人物の映像が撮れたこと、それがおそらく四年前の事件の被害者の身内であると思われること、名前と住所も調べがついたこと。それから、今、真壁宅の郵便受けには新しい手紙が入っているはずであること——かなみが真壁宅を訪ね、真壁より早く郵便受けを見ることがあってはいけないから、彼女が見ないうちに郵便物を回収しに行こうか、と真壁宛のメールにだけ一文添えた。

真壁はかなみに、冤罪での逮捕歴があることや、現在進行形で嫌がらせの手紙が届いていることについて打ち明けたと、木瀬から聞いている。とはいえ、自分を断罪する内容の手紙を恋人に見られたくはないだろう。

仕事中のはずだが、休憩中だったのか、たまたま客のいないときだったのか、メールを送信してすぐに真壁から電話がかかってきた。

新しい手紙が届いた、容疑者の名前と住所がわかった、と大きなニュースが続いた直後にしては、随分と落ち着いた様子なのを少し意外に思いながら、メールに書いたのと同じ内容を改めて口頭で報告する。

「監視カメラに映っているのが、被害者の身内と同一人物であると確認できたら、直接話をしに行ってみます。……それで、今日届いた手紙については……」

『ああ、かなみは今実家に帰っていて、こっちへ来る予定はないから大丈夫。でも、気になるから、今日は早めに帰るようにするよ』

「帰宅される頃にお邪魔していいですか？　手紙の実物を見せていただきたいので」

『ああ、もちろん。七時でいいかな』

「わかりました」

なんとなく、真壁の声は以前より明るい気がした。犯人がわかって、解決に近づいたからだろうか。かなみに告白したことで、気持ちに余裕ができたのかもしれない。

新しく手紙が届いたと聞かされても、彼がそれほど動揺していない様子なのに安堵して電話を切る。

手紙の内容を確認してからになるが、いよいよ事態が動きそうだ。

吉井が長野栄治の住所の記載された登記簿を出力して、ファイルに入れて渡してくれる。礼を言って席へ戻った。

デスクに置いたままになっていたマグカップの底でコーヒーが冷えていたので、一息に飲み干してから、コーヒーメーカーのところへ行き、新しいコーヒーを注ぎ足す。

湯気の立つカップをデスクへ置いてから椅子を引き、バッグからポーチを出してリップクリームを塗った。

真壁宅を訪ねる前に、終わらせておくべき仕事がいくつかある。

木瀬宛に、追加のメールを送って、七時に真壁宅を訪ねることを伝えると、数分後に「僕も行きます」と返信があった。

＊＊＊

七時ちょうどに訪ねていくと、真壁が玄関で迎えてくれた。木瀬はまだらしい。

着く頃を見計らってコーヒーの用意をしてくれていたようで、お湯の沸く音がしている。

前に会ったときよりも背筋が伸びて、表情も明るくなったように見えた。疲れてはいるようだったから、単純に、元気になった、と言っていいのかはわからないが——印象としては、安定していると感じた。

かなみに話をしたことで、脅迫によって恋人を失うかもしれないという最大の不安が消えたからだろうか。

しかし——「誤解で逮捕されて、被害者に恨まれている」ということと、嫌がらせを受けていることは伝えていても、どうやら彼はかなみに、それが強姦事件だったことまでは話してないようだ。冤罪とはいえ、ショッキングな内容だから、理解はできる。

犯人がかなみに接触して、過去の事件の内容までぶちまける、というようなことだけは阻止しなければならない。

「今日は、報告も色々あるんですけど……それは、木瀬くんが来てからで。まずは、手紙を確認させてもらえますか」

真壁は頷き、すぐに封を切った白い封筒を持てきてくれた。

「今回は、これまでと違うっていうか……どうも、かなみ宛みたいなんだ。宛名は書いてないけど、内容を見ると。文体も丁寧だし」

「かなみさん宛?」

郵送されたものとは違い、封筒には宛名がない。

私が封筒の口を開け、中身を取り出すのと同時に、玄関のチャイムが鳴る。

数分遅れで、木瀬が到着したようだった。

真壁が玄関へ彼を出迎えに行っている間、座ったまま、手紙に目を通した。

これまでと同じで、白いA4の紙に、印刷された文字が並んでいる。

『相手をよく知りもしないで結婚すべきではありません。この結婚はあなたを不幸にします。四年前のことを調べてください。誰かに相談してください』

確かに、かなみに向けて書かれたもののようだ。

前回届いた、真壁を断罪する内容の手紙とは、まったく雰囲気が違う。

何故か、この期に及んで、真壁の前歴の内容については明言していないが、「四年前」と具体的な時期についても触れている。かなみに対して警告しようとする、強い意思が感じられる。

そういえば、真壁が前の彼女、沢井玲奈と交際していたときにも、手紙は真壁ではなく彼女に届いていたのだった。それも真壁の前歴をほのめかし、交際をやめるよう勧める内容だったはずだ。真壁を孤立させるのが目的なら、彼ではなく、むしろその恋人に手紙を送るというのは理解できる。これまでかなみ宛に届かなかったのが不思議なくらいだった。

「でも、どうしてかなみさん宛の手紙が、この家に——」

疑問を口に出しかけた次の瞬間に、思い出した。この家の表札は、「真壁・井上」となっている。何度も直接手紙を投函しに来ていた犯人——おそらく長野栄治——は、当然それを見ているはずだ。

真壁と一緒にリビングダイニングに入ってきた木瀬に、広げたままの手紙を手渡し、

「真壁さん、かなみさん宛の手紙や郵便物が、この家に届くことは前にもありましたか？」

キッチンへ入ろうとした真壁に尋ねる。

「ああ、たまに……もともと俺もかなみもあまり手紙をやりとりするような相手はいないから、実家のお母さんからとかだけど」

真壁は首だけで振り返り、食器棚に手を伸ばしながら頷いた。

「前にも言ったけど、かなみとは、もともと、先月から一緒に住み始める予定だったから。それが、かなみのマンションの手続きとか、仕事の都合なんかで遅くなっちゃって……親とか職場には、一緒に住むって言っちゃってて、その後訂正もしてなかったんだ」

そういえば、かなみの実家から届いたという米の袋がこの家に置いてあったこともあった。

そのときは気にしなかったが、一緒に食べてねという意味だとしても、普通は、送るなら娘宛だろう。かなみの母親でさえ、娘がこの家に住んでいると思っているということだ。

それでも、かなみは頻繁に真壁宅に来ていたから問題はなかったのだと、真壁は言って、三つのカップをトレイの上に並べた。

「じゃあ、お二人から婚約のことを聞いた人たちは皆、お二人がすでに同居していると思っているんですね？」

「ああ、多分」

真壁の職場の女性店員も、真壁は婚約者と同居していると言っていた。

長野がどこから情報を得たのか――探偵でも使ったのかはわからないが、彼も、真壁が婚約して、同居し始めたとどこかから聞いたのだろう。そして、二人が結婚まで秒読みの状態であると

思い、結婚を阻止するために手紙を送り始めた。

「きっと手紙の差出人も、この家には真壁さんと婚約者のかなみさんが、一緒に住んでいると思っているんです。手紙の文体がばらばらだったのは、その一部が、かなみさん宛だったからじゃないでしょうか」

「あっ……」

そうか、と、真壁と、木瀬も声をあげる。

「宛名がない手紙を、当然自分宛だと思ってたけど……」

「そういえば……表札も、お二人の名前になっていますね」

真壁を断罪し、結婚をやめるよう強く迫る手紙と、相手を気遣い、警告するかのような手紙は、まるで別人が書いたようだと思ったが、書き手ではなく、宛先が違っていたのだ。

同居している以上、真壁とかなみのどちらが先に手紙を見るかわからないからだろう、真壁宛の手紙も、かなみ宛の手紙も、二人のうちどちらが見たとしてもかまわないように配慮されていた。

真壁宛の手紙でも、はっきりと強姦事件について書かなかったのは、かなみがそれを目にしたときのためだろう。長野は彼女を、真壁に騙されている被害者として気遣っていたから、必要以上に彼女が傷つかないように、具体的な事件の内容はぼかして書いたのだ。

それでも、かなみが真壁宛の手紙を見れば、不穏な気配を感じるだろうし、真壁に対する不信は生じるだろう。反対に、真壁がかなみ宛の手紙を見れば、自分の過去を知る者から彼女が警告を受けているとわかり、罪悪感と危機感を抱くはずだ。その結果が、あのまだるっこしいような曖昧な文面だったのだと思えば、腑《ふ》に落ちる。

動画の中の、思いつめたような長野の顔を思い出した。

彼は、かなみを助けようとしているのだ。彼の信じる正義を成《な》そうとしている。危険な、話の通じない相手ではない。誤解なのだと、なんとか伝えてわかってもらえさえすれば、穏便に終わらせることができるはずだった。

「手紙の差出人が、精神的に不安定なだけかと思ってたけど……」

「ええ、理由があったんです。これが、その、手紙の差出人です」

スマートフォンで動画を再生して、二人に見せる。

真壁はコーヒーカップを載せたトレイをテーブルの端に置き、画面を覗き込んだ。

「……知らない顔だ」

自分に嫌がらせを続けてきた人間の顔を、複雑そうな表情で見つめている。

怒りが湧いてもおかしくないところだが、真壁はぽつりと、危険そうには見えないな、と呟いた。

「四年前の事件の被害者本人は、もうN市には住んでいないようです。何年も前に、母親と一緒に町を出たそうで、今は父親だけが、N市N町在住です」

木瀬が真壁の横へ行き、スマートフォンを覗き込む。真壁は、画面をタップして、動画をもう一度再生した。

「おそらく、彼がその父親です。手紙に具体的なことを書かず、わざと遠回しに、真壁さんに身を引くよう促すような書き方をしていたのは、かなみさんを気遣っていたんでしょう」

自分の娘と同じ、被害者だから。

言葉には出さなかったが、私の言いたいことは、真壁にも伝わったのだろう。

長野にとって、真壁は強姦犯で、かなみとの結婚は阻止すべきことなのだ。

真壁は少しの間黙っていたが、

「そういう相手なら、かなみが傷つけられるような心配はなさそうだな。それがわかっただけで、安心したよ」

おもむろに、私にスマートフォンを返し、そんなことを言った。

微笑んで、カップを並べ始める。

「実は……こんなこと言ったら申し訳ないかもしれないけど、最近はね、犯人が見つからなくても、それならそれでいい、って思い始めていたんだ。かなみは、手紙なんか気にするのはやめようと言ってくれてるし……何と言われようと、誤解だってこと、本当の自分を、大事な人が知っていてくれるなら、それでいいんじゃないかって」

今まさに調査していることについて、結果が出なくてもいいと言われてしまうのは、探偵としては複雑な気分だったが、気にしすぎない、結果がどうあれ自分の生活は変わらない、と思えるところまで彼の気持ちが落ち着いたという意味では、良いことなのだろう。

また大事な人を失うことになったらどうしようと、怯えてピリピリしていたのが嘘のようだった。

まあ、そう思おうとしてた、っていうのもあるかもしれないけど、と真壁は苦笑気味に付け足す。

「かなみに害が及ばないかだけが心配だったから、その心配がないなら、もう調査だってやめてもいいくらいだったんだ。だから、犯人がわかったのは嬉しいけど、もし説得できなくても、芳樹や北見さんが気にすることはないよ」

犯人の素性がわかっただけでも充分だからと、笑顔で言う彼は、強がっているようには見えなかった。

確かに、相手の素性がわかった時点で——正確には、監視カメラの画像の男が長野栄治であると確認した時点で、だが——本来の探偵としての業務は終わりだ。それに、嫌がらせ事件についても、八割がた解決したと言っていい。

相手の素性がわかっていれば、どうとでもできる。今後の相手の出方次第で、警察沙汰にすることも。こちらが素性を知っているのだと相手に伝えるだけでも、抑止力になるだろう。

「わかりました。もちろん、相手に事情を話して、納得してもらうのが一番ですが、難しそうであれば、とにかく今後お二人に近づかないように説得します。なるべく、刺激しないように。一度話してみて、感触を見てご報告しますから——必要であれば、弁護士も紹介できますし」

「うん、頼むよ。それから、明後日の入籍やパーティーは、予定通り進めたいんだけど……もう、お店も手配しているし」

「ええ、もちろん。できればそれまでに、解決したいところですが」

たとえ長野栄治と話がつかなくても、入籍やお祝いを延期する必要はない。真壁の言うとおり、実害がない限りできるだけ気にしないということが、余計なストレスで自分を追い込まないで済むためには重要だった。

やはり、婚約者に過去を打ち明け、受け入れてもらったことが大きかったのだろう。真壁から、これまではなかった自信のようなものが感じられた。

木瀬は、もともと真壁は社交的で人の輪の中心にいるようなタイプだったと言っていたから、これが、本来の彼に近いのかもしれない。

「明日、訪ねてみます。土曜の午前中なら、自宅にいる可能性も高いですし」

「うん、ありがとう。頼むよ」

明後日のパーティーの前に、良い報告ができればいいのだが。

私と真壁のやりとりを聞いていた木瀬が、だったら僕も、と申し出る。

「一緒に行きます。家を訪ねるんですよね？　……あ、でも僕、土曜の午前中に授業を入れていて……明日は発表の担当で抜けられないんですが、その後なら」

「大丈夫だよ、そんな危ない感じの人じゃなさそうだし」

「でも……」

「警戒させたくないし。女ひとりのほうが、威圧感もないでしょ。それに、仕事柄、危険そうな人って結構わかるけど、この人は大丈夫そう」

木瀬を安心させるためではなく、本心だった。

歓迎はされないだろうが、彼が、事件と無関係の私に激高して、暴力をふるうようなことはないだろう。何年も粘着するほど真壁のことを恨んでいても、かなみを傷つけないようにと配慮していたくらいだ。そのあたりは見境のない相手ではないはずだった。

それに、話をするのは早いほうがいい。パーティーと入籍予定日は明後日だ。もしも長野がそれを知っていたら、その前に長野のほうから、こちらに――おそらくは、真壁ではなくかなみに、接触してくる可能性もある。つまり、今日明日のうちに。

真壁の言う通り、長野がかなみに害を及ぼすことはないだろうが、よかれと思って、入籍前に彼女に接触し、真壁の過去について吹き込むくらいのことはするだろう。その可能性は、かなり高い。

婚約者が強姦犯であったと知ればかなみは傷つくことになるが、それでも、強姦犯と知らずに結婚してしまうよりはましだと――心に傷を負っても真実を知ったほうがいいと、長野なら考えるはずだった。

嫌がらせは、真壁に罰を与えるという意味もあっただろうが、それ以上に、真壁の交際相手の女性たちが騙されて結婚する「被害者」にならないように、結婚を阻止する目的があったのではないか。

「女性には、特に、怒鳴ったり殴ったりしないと思うよ。私と娘さんは、年も近いしね」

「……わかりました。でも、授業が終わって間に合いそうならそっちに向かいますから、雲行きが怪しくなったらすぐ呼んでくださいね」

木瀬はしぶしぶといった様子で折れたが、まだ心配そうにしていた。本当にS県まで駆けつけてきそうだったので、予定より少し早めに行って、午前中に話を終わらせてしまおうと心の中で決める。

話を丸くまとめるためには、方便も必要だ。しかし、たとえば相手が真壁の無実を信じなかった場合、相手の信じている説を前提にして――真壁が強姦犯であるとしたうえで利害を説くようなやり方には、木瀬は抵抗があるだろう。彼が一緒にいるより、私ひとりのほうが、交渉における選択肢の自由度が高くなる。

それに、真実はどうあれ、真壁を強姦犯として憎んでいる相手に会いに行くのだ。精神的な負担を考えても、真壁に対して個人的な感情のない、私のほうが適任だった。

「北見さんにお願いして、本当によかったよ。まだ終わったわけじゃないけど、解決しそうだし、犯人の素性がわかっただけでも十分なくらいだ。これで、心おきなく入籍できる。二人のおかげだ」

ありがとう、と、真壁は手を差し出し、木瀬と握手などしている。犯人と話もしないうちから、気が早い。入籍とパーティーを目前にして、高揚《こうよう》しているのかもしれない。

木瀬は、よかったです、と素直に喜んでいた。

私も喜ぶべきなのだろう。

依頼内容は、嫌がらせの犯人をつきとめることだ。長野に会って、監視カメラに映った男が長野栄治本人であると確認ができれば、そこで私の仕事は終わる。

嫌がらせをやめるよう説得するのは、おまけのようなものだ。

この後長野との話がうまくまとまってもまとまらなくても、調査自体は終了する。そして、依頼人もその結果に満足しているのだから、仕事は成功だ。

もう、成功することのほぼ決まっている調査の仕上げが残っているだけなのに――何故か、安心できなかった。

何かが引っかかっている。

不穏な気配、嫌な予感、何と呼べばいいのか、それがどこからくるものなのかも、わからない。わからないうちから、口に出すわけにもいかない。長野に会い、話して、確かめるしかなかった。

思い過ごしであればいい。そう願いながら、差し出された真壁の手をとり、曖昧な笑顔を返す。

しかし、残念ながら、こういうときの勘は、外れたことがなかった。

＊＊＊

登記簿に書いてあった住所は、単身者用のアパートだった。

自転車置き場のすぐ横にある階段の下に郵便受けがあったので確認すると、二〇四号に「長野」と手書きの紙が貼ってある。このアパートに住んでいるのは間違いないようだ。真壁への報告のため、アパートの外観と郵便受けを写真に撮る。

二階の部屋の前まで行き呼び鈴を押したが、返事はなかった。気配も感じない。土曜の午前中から、留守にしているようだ。

ドアと表札とガスメーターの写真を撮ってから階段を下りて、建物の外で待つことにした。

約束をしているわけではないから、こういうこともある。電話番号はすぐ調べがつくが、事前に連絡などせずに直接押しかけたほうが、逃げられずに話を聞いてもらえる確率があがる。門前払いされたとしても、監視カメラに映っていたあの男が長野栄治なのかどうか、顔を確認できれば、それだけで業務の遂行としては十分だった。

とはいえ、乗りかかった船だ。できれば話がしたい。話せば誤解が解けそうなのか、時雨に出動してもらうしかなさそうかだけでも見極めたい。

ちらりと腕時計を見た。時刻は、午前十一時過ぎ。待ち始めてから、十五分ほどがたっている。しばらく時間を置いて出直すべきかと考え始めた頃、近づいてくる足音が聞こえ、私は顔をあげた。

貧相な体格の男が、片手にスーパーの袋を提げて歩いてくるところだった。前を横切るときに顔が見える。監視カメラの映像の男に間違いない。

男がアパートのガラス扉を開けて中に入ったので、後を追った。

男は、二〇四と書かれた郵便受けを開けて、郵便物を取り出していた。ダイレクトメールを盗み見ると、長野栄治様、と宛名が見える。

振り向いて目が合った。

「長野栄治さんですか」

「……貴女《あなた》は？」

頷いてから、反対に問いかける。穏やかな目だった。

一瞬迷ったが、

「真壁研一さんに雇われた探偵です」

シンプルに、事実を告げる。

反応を見たかった。

長野は無言で、動揺した様子はない。少なくとも、表面上は。

しかし、怪訝そうな顔をすることも、それは誰ですかと訊いてくることもないということは、訪ねて来られる心当たりがあるということだ。

間違いない、彼が、手紙の送り主だ。

まずは、落ち着いて話ができそうな相手だったことに安心する。

態度を豹変させ、攻撃してくるというようなことはなさそうなので、思い切って続けた。

「正確には、彼の友人に頼まれて調査をしています。お聞きしたいことがあって来ました。真壁さんの自宅に届いた、手紙のことで」

お話ができませんか、と尋ねる前に、彼は静かに、

「そのうち、誰かが来るかもしれないとは思っていました」

と言った。

「若いお嬢さんでは、中へ入っていただくわけにもいきませんね。人のいる場所がいいでしょう。すぐそこにチェーンのコーヒー店があります。よければ、そこで話しましょう。少し待っていてください、荷物を置いて来ます」

長野はスーパーの袋を掲《かか》げて見せ、階段を上がっていく。

それからすぐに、財布と、アクリル製の薄い書類ケースのようなものだけ持って下りてきて、行きましょうと言った。

私の先に立って歩き出す。

彼は落ち着いていて、他人を脅迫している加害者にも、娘を強姦された被害者にも見えなかった。本人の言うとおり、いつか誰かが訪ねてくることを予期して、心の準備をしていたにしても、落ち着きすぎている。逃げも隠れもしないどころか、まるで、このときが来るのを待っていたかのようだった。私が、憎い相手であるはずの真壁に雇われた探偵だと名乗っても、怒りや嫌悪感を示すこともなく、淡々としている。

話しましょう、というのはどういう意味だ。嫌がらせをしていたことを認めるということか。そのうえで、真壁側の人間として訪ねてきた私に、真壁の過去を教えて彼を糾弾《きゅうだん》するつもりなのか。

長野の真意はわからないが、彼のほうから話をしようと言ってくれているのだから、乗らない手はない。できる限り情報を得て、そのうえで、今後の対応を考える。問題は、こちらがどこまで情報を明かすかだが、それも、まずは相手の言い分を聞いてからだ。

しばらく様子を見て、逆上するおそれのない人間だと判断できたら、最終的には、真壁も交えて話をすることも、できるかもしれない。

チェーンのコーヒー店の、見慣れた看板が見えてきた。

一歩先を歩く彼の顔をそっと窺《うかが》うが、その表情からは、どんな感情も読み取れなかった。

「真壁研一さんに手紙を送っていたのは、あなたですか？」

歩きながら問いかける。

「そうです」

長野は私のほうを見もせずにあっさりと認めた。

悪びれる様子もない。かといって、開き直って正当化するそぶりも見せない。

その後、数歩分は無言だったが、今度は彼のほうから口を開いた。

「あなたはどこまでご存じなんでしょうか。手紙のこと、過去の事件のこと、娘のこと……」

真壁が強姦犯であることを知っているのか、という趣旨か。真壁が無実かどうかについては、私もまだ確信が持てていない。慎重に答えなければならない。

「記録として残っていることだけです。あとは、真壁さんから話を聞いた限りで……だから、長野さんの側からも、お話を聞かせていただきたくて」

コーヒー店に到着する。土曜の午前中なので、客は少なかった。カウンターで注文を済ませて、奥のほうの、人目につきにくい四人掛けの席を選んで座る。

真壁から預かった手紙を入れているファイルを取り出し、テーブルの端に置いた。

何から話そうか。考えているうちに、店員がコーヒーを運んでくる。他に客がほとんどいないせいか、随分と早い。コーヒーと引き換えにテーブルの上にあったナンバープレートをとり、店員は「ごゆっくり」と言い残して離れていった。

「四年前、真壁さんとの示談書に署名されたのは、長野さんですよね」

店員が、声が届かない位置まで離れたのを確認してから、口を開く。

長野は、ええ、と答えた。

「私が署名しました。かなみは当時未成年だったので」

「え？」

聞き間違いかと思った。

思わず声が出たのを、どう勘違いしたのか、長野が詳しく説明し始める。

「娘は、事件当時、未成年だったんです。法定代理人として、親が示談書に署名押印することになると、弁護人の方から――」

「いえ、……はい。いえ、そうではなく」

かなみ、と今、言ったのか。聞き間違いか、それとも、偶然の一致か。

「お嬢さんのお名前は、かなみさんとおっしゃるんですか?」

長野は、「ご存じなかったんですか」と意外そうに言って、椅子の背に立てかけるように置いていた書類入れを開いた。透明のクリアファイルを取り出し、中の紙が見えるようにして私の前に置く。

見覚えのある書類だった。違うのは、被害者の名前が黒塗りになっていないところだ。真壁と被害者との間で取り交わされた示談書の、原本だった。

署名は二つある。一つは甲欄に、甲代理人弁護士中村康孝の署名。そして乙欄には、長野かなみ法定代理人、長野栄治、と署名があった。

9

　大学の授業を終え、教室を出てすぐにスマートフォンを見た。今ごろ、北見先輩は長野栄治に会っている頃だろう。彼女からの連絡は来ていなかった。何かあれば連絡が来るはずなので、うまくいっているということだと思いたいが、やはり気になる。

　経験値からいっても、話し合いは先輩に任せたほうがいいのだろうし、プロの探偵である彼女を相手に、心配だなどと思うこと自体、失礼なのかもしれない。しかし、気になるものは仕方がない。

　今からでもS県へ行って、近くで様子を見ていようかと思ったとき、手の中でスマートフォンが振動し、着信を告げた。

　登録してある先輩の番号ではない。知らない電話番号からの着信だった。

　訝《いぶか》しみながら通話ボタンをタップすると、電話口の相手は意外な名前を名乗った。

『真壁映子です』

　遠慮がちなその話し方と声には覚えがある。ついこの間訪ねたばかりの、真壁さんの母親、映子さんだ。

　何かあったら、と彼女に連絡先を渡しておいたことを思い出した。

「木瀬です。こんにちは」

『こんにちは……ごめんなさい、突然。ちょっと、気になってしまって……研一から、明日入籍するって、連絡が来たものだから』

早足に廊下の端を歩き、人気のない静かなスペースへ移動する。

彼女の声は内にこもって、少し聞き取りにくかった。

『芳樹くんは今、お家にいるの？　少し、話せないかしらと思って……』

「今は、大学にいます。授業はもう終わりましたから、お話できますよ」

『私今、M駅にいるの。そちらへ行くから、少しだけ会ってもらえないかしら』

「M駅ですか？」

僕の自宅の最寄り駅で、大学からは地下鉄で十五分の距離だ。S県からは二時間近くかかるはずだった。自分に会いにここまで来たのだとしたら、よほど大事な話があるのだろうか。

「わかりました。僕がそちらへ行きますから、どこか……そうだ、駅の東口を出たところに喫茶店がありますから、中に入って待っていてください」

電話を切って、校内で借りているロッカーへと急いだ。風呂敷ごと荷物をしまい、財布とスマートフォンだけを持って歩き出す。

この後S県の長野の住居へ向かう予定だったが、そのS県からわざわざ出てきている映子さんを放って行くわけにはいかない。電話番号を知っているのにこうして会いに来るということは、電話では話しにくいことを話したいということなのだろう。何の話なのか、想像がつかない。この時点で新しい情報が得られるとも思えなかった。

普段は歩く距離だがバスを使い、地下鉄に乗り換える。

北見先輩に連絡はしていない。映子さんと会うことだけでも伝えようかとも思ったが、まだ、

9

何の話かもわからないので、内容を聞いてからと思っていた。

M駅の改札を出てすぐの喫茶店のドアを開けると、隅の席に、小さくなって座っている彼女がいた。

「お待たせしました」

「こちらこそ、いきなりごめんなさい」

向かいの席の椅子を引いて座り、お冷やのコップを持ってきた店員にコーヒーを注文する。

映子さんの前には紅茶のカップが置かれていたが、中身はほとんど減っていないようだった。

「真壁さん……研一さんのこと、まずは、おめでとうございます。入籍されるって」

「ええ……」

ありがとう、と、彼女は少し目元を緩める。息子の結婚を喜んでいるというよりは、ただ気遣いに対する感謝を示したように見えた。

「芳樹くんも、お祝いに行ってくれるんですってね。あの子から聞いたわ。お友達や同僚と結婚披露のパーティーを開くって……なんだか、随分……すっきりしたような声で」

喜ばしいことであるはずなのに、何故か申し訳なさそうに下を向く。

店員がコーヒーを運んできた。店名のロゴの入ったソーサーの横に、ミルクと砂糖の小さなパックを添えて置いて離れていく。

映子さんの紅茶からは、もう湯気も立っていない。

僕もカップに手を伸ばさずに、しばらく待っていると、ようやく、彼女が顔をあげた。

「それで、あの、この間言っていたことなのだけど」

「はい」

「調査、っていうのかしら。四年前の事件のこと、調べているって……芳樹くん、言っていたでしょう」

「……はい」

まさに今日、被害者の父親と探偵が会っているところだとは言えず、ただ頷いた。

調査の進捗どころか、真壁さんが嫌がらせを受けていたことも、その調査のために探偵が動いていることも、彼女には知らせていない。

真壁さんが話していないのに、自分が話すわけにもいかない。

「そのことなんだけど……研一も、もうね、おめでたい話も決まって、今は幸せなんだから、昔のことは忘れたらいいと思うのよ。お相手の方の耳に入ったら、嫌な気持ちにさせてしまうでしょうし……せっかく今が幸せならね、もう、あの事件のことを調べるのは……芳樹くんが、研一のためにしてくれるのは、ありがたいのだけど」

すっかり冷めているだろう紅茶に手を伸ばし、しかしカップをいじるだけで飲みもしないで、彼女は言いにくそうに言葉を重ねた。一度は上げた視線が、また下がって、僕とは目が合わない。

はっきりとは言わなかったが、要するに、調査はもうやめてほしい、過去を掘り起こすようなことはしないでほしいと、彼女は言いたいのだ。

現在進行形で嫌がらせの手紙が届いていることを知らない彼女が、なぜ今頃、終わったはずの事件のことを蒸し返すのかと不思議に思うのは当然だった。そっとしておいてほしいという気持ちは理解できる。まして、真壁さんが無実であることを信じきれていない彼女にしてみれば、なおさら、被害者を捜し出して接触するなどということはとんでもないことだろう。

彼女の様子を見ても、こうして自分に会いにくるまでには、相当悩んだだろうことは想像がついた。

しかし、真壁さんへの嫌がらせを止めるために動いているのに、事情を知らない彼女に言われただけで調査を止めるわけにはいかない。

「被害者の方にたどりついたとしても、無茶なことをしたりはしませんから安心してください。誤解を解けないか、話をしてみるだけで……真壁さんと直接顔を合わせるようなことはないようにしますし、対応には十分注意します」

望む答えではなかったのだろう。彼女は顔をあげ、「でも」と不安げに眉を寄せた。

「結婚のお祝いに、水をさすようなことはしません。真壁さんの婚約者の方は、真壁さんが以前冤罪で逮捕されたことも知っていて、そのうえで、結婚に応じてくれたそうです。真壁さんも、彼女が自分の話を信じてくれただけで十分だと言っていましたが、冤罪だったと被害者の方にもわかってもらえたら、もっと晴れやかな気持ちで……本当に憂いなく、結婚できると思うので」

僕がそう言うと、彼女は黙り込む。

「……そう。芳樹くんだけじゃなくて、婚約者の方も、事件のことを知ったうえで、研一を信じてくれているの」

数秒の沈黙の後でそう言った、その声のトーンが、少し変わったように感じた。

息子のことを心から信じられずにいる、彼女やその夫を責めるつもりはなかった。しかし、そう聞こえてしまっただろうか。

弁明しようと口を開きかけたが、映子さんは気を悪くしたわけではないらしい。目を閉じてゆっくりと息を吐き、そう、そうなの、と繰り返した。

「信じてくれる人がいるっていうのは、いいことよね。あの子も、そういう人と一緒だったら、気持ちが楽でしょう。よかった。……だからなおさら、昔のことは、もう触らないほうがいいの」

よい報せを嚙みしめているようにも聞こえるし、よくないことを、これはよいことなのだと自分に言い聞かせているようにも聞こえる。

何だろう、と、不安になった。彼女は、何を知っているのだろう。

昔のことを蒸し返さないでくれ、意味のないことだから調査はもうやめてくれと、そう言いに来たのであろうことはわかる。しかし、片道二時間近くかけて、直接僕に会いに来てまで、調査を止めようとする理由がわからなかった。

映子さんは自分を落ち着かせようとするかのように、カップをとりあげて紅茶を一口飲んだ。

そうして、何も言えなくなってしまった僕を見て、口を開く。

「四年前、示談したのは、事件をうやむやなまま終わらせるためだったのよ。はっきりさせるのが怖かったの。絶対に無実だと心から信じていたら、示談はしなかったかもしれない」

「……その状況なら、誰だって不安になります」

特殊な状況下だ。いくら身内でも、信じる気持ちが揺らいだとしても、仕方がない。

本心からの言葉だったが、彼女は慰《なぐさ》めと感じたのかもしれない。ありがとう、と少し口元を緩めたが、痛みをこらえるような表情だった。

「私も、主人も、最初は研一を信じていたのよ。親子だもの。逮捕されたと聞いたときも、何かの間違いに決まっているって……夫はずいぶん憤慨していた。研一はときどき羽目を外すこともあったけれど、人を傷つけるような子じゃないって、そう信じていた。最後まで信じ続けられたら、きっとよかったのだけど」

信じていた、と、彼女は言った。過去形だ。どきりとする。

前回マンションを訪ねたときから、それは感じていたし、彼女のほうも、僕が察したことに気づいていただろう。それでも、彼女がはっきりと、息子を信じていないと口に出したことに、動揺した。

カップをとって、コーヒーを飲む。どんな顔をすればいいのか、わからなかった。

「拘束が長引いて、いろんな怖い話を聞いて、少しずつ不安が募《つの》っていって……そんなとき、新しい証拠が出たと聞かされた。そのときのこと、覚えているわ。夫の顔は真っ青だった」

きっとそのとき、あの人は、研一がやったのかもしれないと思ったの。そう言う声は静かで、疲れたように語尾がかすれている。僕はうつむいたままそれを聞いた。

「私もそう。もちろん、息子を信じたかったし、本当はやったんだろうなんて、口には出さなかったけど、心の底から信じていたわけじゃない。もしかしたらって、疑っていたの。研一が実家に近寄らなくなったのも、きっと、それを感じたからだと思う」

「……新しい証拠って、何だったんですか」

物証か、それとも、目撃証言の類か。

家族ですら彼を疑った。それがおそらく、真壁さんに無実の主張をあきらめさせることにもなった。そのきっかけとなった最後の一押しが何だったのか、純粋に知りたい気持ちもあったが、何より、彼の無実を被害者に説明してわかってもらうためには、確認しておいたほうがいいだろう。北見先輩も知らない情報だろうから、有用な情報なら、メールで伝えよう――そう思って、尋ねた。

映子さんがすぐには答えないので、僕がうつむいていた顔をあげると、彼女はじっと、まっすぐにこちらを見ている。そして、静かな声で、

「ＤＮＡよ」

と答えた。

「被害者の女性の……下着から、研一のＤＮＡが検出されたの」

言葉を失った僕に、彼女は眉を下げた力ない笑みを向ける。

「四年前、弁護士さんからそのことを聞いたとき、あの人、あなたと同じ表情《かお》をしたわ」

10

示談書に記された「長野かなみ」という名前を、何度も確認する。

予想外のところから頭を殴られたような気がした。

ひらがなで「かなみ」。特別に珍しいとも言えないかもしれないが、そうありふれた名前でもない。それなのに、四年前の事件の被害者と、被疑者である真壁の現在の恋人が、同じ名前。偶然であるとは、さすがに思えなかった。

真壁は被害者の名前を知らないと言っていたが、本当は知っていて、同じ名前の女性と婚約したのか？　だとしたらその意図は何だ。

――落ち着け。

示談書から目を逸らし、息を深く吸って吐く。混乱して思考がおかしな方向へ行っているのを自覚していた。

こんな偶然があるわけがない。同じ名前の女性を探して婚約するのも、意味が分からない。普通に考えれば、二人の「かなみ」は同一人物と考えるのが自然だ。

しかし、彼女の苗字は確か井上だったはず――そう思って、被害者女性の両親は離婚していたことを思い出す。

「……井上さんというのは、奥様の旧姓ですか」

「今は、元妻ですが。山形のほうにおります。かなみは数年前に家を出ましたが」

やはりそうだ。

真壁の婚約者、かなみが、四年前の事件の被害者。そして、長野は、そのことを知っていた。

──結婚を止めようと必死になるのも、当たり前だ。娘を守るためだったのだ。

出来る限り彼女を傷つけないで済むように、遠回りなやり方で、真壁をかなみから遠ざけようとした。親心だった。

思ったとおり、長野は、危険な人物ではない。

私がここにいる目的は、真壁が冤罪であるとわかってもらい、嫌がらせをやめてもらうことだった。そのために話がしたくて、会いに来た。説得すべき相手が、きちんと話ができる人間であったことは、喜ばしいことだ。

真壁の逮捕が冤罪であったこと、かなみが真壁の過去を知った上で彼を受け入れていることを説明し、長野が納得してくれれば、解決する。

しかし、信じてもらえるとは思えなかった。

私も、信じられない。

強姦事件の被疑者と被害者が、互いに相手のことを知らないまま、偶然出会って恋に落ちたなんて。本当にそんなことが起きたのだとしたら、神の悪戯としか言いようがない。

ならば──偶然ではないのだとしたら。

急に喉の渇《かわ》きを覚えて、お冷やのグラスに手を伸ばした。冷たい水が喉を滑り落ち、少しだけ、頭も冷える。

もしも、前提が違っていたら──真壁が無実ではなかったら。

その可能性を、考えなかったわけではない。

だから、今日は木瀬を置いてきたのだ。

依頼人が探偵と一緒に、すべての過程を経験して、すべてを知る必要はない。依頼人の知りたいことだけ、必要なことだけを、探偵から報告すればいい。

もとより、この調査は、四年前の事件の真実を明らかにすることが目的ではなかった。四年前に終わった事件について、今さら、無罪も有罪も証明することはできないだろうとわかっていた。ただ、誰を信じるかという問題だ。

真壁が無実でもそうでなくても、嫌がらせは止めるよう、長野を説得しなければならなかったから、場合によっては、真壁有罪説に立ったうえで、長野と話をしなければならないと覚悟はしていた。

そのためには木瀬が同席していないほうがやりやすいと思ったから連れてこなかったのだが、正解だった。

真壁が無実の罪で逮捕され、被害者の名前も知らないまま示談し、四年後に偶然、被害者の女性と出会って、それと知らずに恋に落ちた。そんな偶然を信じられるほど、私は夢見がちではない。木瀬のように、盲目的に真壁の人間性を信じているわけでもない。

そういえば、当時警察は、計画的な犯行ではないかと疑っていたようだと、真壁は言っていた。母親の映子も同じことを言っていたと、木瀬から聞いている。

真壁と被害者は、通学の経路が同じだった。そこで被害者を見かけて、狙いを定めて、帰り道に襲ったのではないかと――結局、事件は示談により終結し、その点についてはうやむやなままになったが、それが事実だったとしたら。

真壁が最初から、かなみを知っていて、計画的に強姦したのだとしたら。その後も彼女に執着し、どうにかして彼女の居所をつきとめ、何食わぬ顔で近づいたのだとしたら。

私に調査をさせたのは、自分の正体を知って脅迫してくる人間をつきとめたかったからか？ 最初に調査を渋ったのは、自分の正体を知られることを恐れたからか。

もしそうだとしたら、真壁は、決して木瀬の思っているような人間ではない。

強姦犯であるということ以上に、得体が知れなかった。

誰に聞いても、犯罪を犯すようには見えなかったと言われた、育ちがよく人当たりのいい好青年の顔は、演技だったのか。冤罪なんだと、私や木瀬に訴えたのも。

何より、周囲を完璧に騙していた男が、そんな評判のすべてを捨ててまで凶行に及んだこと、その後何年もかけて再びかつての被害者に接触し、婚約するまでに至ったという、その執着に、背筋が冷えた。

そんな人間に目をつけられてしまったら、逃げられる気がしない。絶望しかない。

ましてや、かなみは、四年前に強姦被害に遭い、それだけでも酷く傷ついているのだ。それを乗り越え、心を許して結婚まで決意した相手が、かつて自分を強姦した犯人だったなんて、彼女が知ったら、もう二度と、誰も信じられなくなるかもしれない。

長野が、どんなに娘のかなみを案じていても、彼女に真壁の「正体」を知られることを躊躇していた、その理由を理解した。

未成年者が性犯罪の被害に遭った場合、法定代理人である親が加害者側と示談交渉を行い、娘は一切かかわらせない、というのは珍しいことではないようだ。娘が一刻も早く事件のことを忘れられるよう、長野が彼女に示談書を見せず、加害者の名前や素性すら知らせなかったとしても不思議はない。

だからかなみは何も知らなかった。自分の婚約者が誰なのか。しかし、父親は当然、憎い加害者の男の名前を忘れてはいなかった。娘から結婚すると報告を受けてその名前を聞き、まさかと思って真壁のことを調べ――娘の婚約者が、四年前の事件の加害者と同一人物であることを知った。

彼は、なんとか娘を傷つけずに二人を別れさせようと、匿名《とくめい》で手紙を送ることにした――。

スマートフォンが短く震え、メールの受信を告げる。

取り出して見ると、木瀬からだ。

そちらは大丈夫ですか、と私を気遣う一言の後、真壁の母の映子と会ったこと、四年前の事件の際、被害者女性の下着から真壁のＤＮＡが検出されたということが、簡潔に書いてあった。

これはいよいよ、決定的だ。

真壁の有罪を示す証拠の存在を知って、木瀬が動揺していないはずがなかったが、シンプルな文面からは、それは伝わってこない。意識して感情を入れず、必要な情報だけを記載しているのがわかった。

それで、私も冷静になれた。

『こっちは大丈夫。終わったら、報告する』

こちらも簡潔に返事を打って、長野に向き直る。

すみません、と断ると、長野は首を横に振った。

「ご存じなかったのですね。かなみが、私の娘だということ……四年前の事件の関係者だということは」

「探偵としてはお恥ずかしいですが、気づきませんでした。被害者の名前は、記録上も隠されていたので」

衝撃的な事実のせいで、長野に話そうと思っていたこと、その内容や、流れが、全部吹っ飛んでしまっていた。

深呼吸して、頭の中を整理する。何から確認すればいいのかすらわからなくなっていたが、まずは、予定していたことからだ。

テーブルに置いたファイルから、真壁から預かった手紙を取り出す。捨てずに残っているのは三通だけだ。その中では一番古いはずの一通を、長野の前に置いた。

「この手紙は、あなたが書いたものですよね」

『結婚を中止してください。必ず後悔することになります』と書かれたそれは、私が真壁の自宅を初めて訪ねたときに、郵便受けに入っていたものだ。私が目にした、最初の一通だった。

長野は手紙を一瞥《いちべつ》して頷く。

「そうです。四通目か、五通目くらいでしょうか。郵送したものだったと思います」

彼の言うとおり、この手紙は消印の押された封筒に入って、郵便受けに入れられていた。

「郵送したものと直接投函したものがあったのは、何か理由が？」

「最初の手紙は、直接郵便受けに入れました。かなみが婚約者と暮らし始めたと聞いて、気になって様子を見に行ったんです。そのとき、真壁という表札を見て……驚きました。偶然だと思いたかったですが、帰宅を待って、顔を確かめて……かなみが、誰と暮らしているかを知ったんです」

四年前の事件の際、かなみの代わりに示談書にサインをした長野は、示談書に書かれた加害者の名前を憶えていた。顔も知っていたということは、当時どこかで会ったか、写真を見るかしたのだろう。

娘が強姦犯と恋人同士だと知ったときの彼の絶望は、想像もできない。それでも、かなみが傷つかないようにと、それを一番に考えて行動した——その結果があの、何通もの、まだるっこしいような手紙だったのだ。

「かなみが結婚するつもりでいることは知っていました。なんとか止めなければいけないと思って、その場で手紙を書いて、投函しようとしましたが——筆跡を気にして思いとどまり、近くの漫画喫茶に入って、パソコンで作った手紙を後で持って行きました。おまえがどんな人間か知っている、こんな結婚は許されない……そんな内容だったと思います」

「それが、最初の手紙ですか」

長野は頷いた。

真壁はかなみと出会う前、あの家に引っ越してくる前にも、嫌がらせの手紙を受け取ったことがあると言っていたが、そちらは長野とは別の人間だったのだろうか。訊きたいことはいろいろあったが、話の腰を折ることもない。まずは彼の話を聞いてからにしようと、先を促した。

「その後、一か月ほど後でしょうか。まだ二人が一緒に住んでいるらしいとわかって、二通目の手紙を書きました。今度は家で作って出力したものです。何も知らない相手を騙して結婚しても、不幸な結果になるだけだ、目を覚ませ……結婚を中止しろ、と、そういう内容でした。直接郵便受けに入れました。三度目はその二週間後くらいです。少し強めに……良心があるのなら、結婚をやめろ、と書きました」

文面や時期を考えると、このときの手紙が、木瀬が寝室で見つけたものだろう。三通目だ。

「それから一か月もしないうちに、もう一通書きました。いてもたってもいられなくて……。結婚をやめろ、どちらも不幸になる、と書いたと思います」

真壁が依頼を迷っている間に届いたと言っていた、それが四通目で、私が初めて実物を確認したものが五通目ということになる。

郵送で手紙が送られてきたのは、それが最初だ。

「四通目の手紙までは、直接郵便受けに投函したのに、五通目から郵送にしたのは何故ですか?」

「四通目を投函するときに、人に見られそうになって……それで、怖くなったんです。あまり頻繁にうろついていたら、怪しまれると思って」

聞けば大したことのない理由だった。文体が違う、投函の方法が違うと、いちいち理由を深読みして、手紙の差出人が情緒不安定なせいではと怖がっていたのが馬鹿馬鹿しく思えてくる。

「でも、その後、また手紙を直接投函しましたよね。この、最後の手紙も」

「ええ……様子を見に来て、そのついでに。人がいない時間帯だったので」

コーヒーカップをテーブルの端へ寄せ、実物が残っている三通の手紙を、届いた順に右からテーブルの上に並べる。

『結婚を中止してください。必ず後悔することになります』

『おまえが犯罪者だと知って、結婚したいと思う女がいるわけがない』

『相手をよく知りもしないで結婚すべきではありません。この結婚はあなたを不幸にします。四年前のことを調べてください。誰かに相談してください』

郵送されたのは右端の一通目だけで、残り二通は、直接投函されたものだ。それぞれの手紙の横に、それが入っていた封筒を何気なく添えて——矛盾に気がついた。

並べた三通の手紙のうち、一通目と三通目は、「中止してください」「調べてください」などと、丁寧な調子で書かれている。左端の三通目の手紙は、長野本人の手によって、郵便受けに直接投函されたもので、その様子は監視カメラの映像にも残っている。しかし、右端の一通――真壁宅に初めて郵送で届いた手紙も、「結婚を中止してください」と、丁寧な文体で書かれていた。その手紙は、郵送で、真壁宛に届いたものなのに。

直接投函された封筒には宛名がなかったが、郵送で届いた手紙には、住所と宛名が書いてあったのだ。一通目の手紙が入っていた封筒の表には、はっきりと、「真壁研一様」と宛名が書いてある。

手紙の文体がそのときどきで荒かったり丁寧だったりしたのは、宛先が違っていたのではないかと――脅迫まがいの手紙は真壁に、丁寧な文体で警告する手紙はかなみに宛てて書かれたものなのではないかと、木瀬たちと立てていた仮説は、成り立たなくなった。こんな単純な矛盾を見落としていたなんて、と情けなくなる。

もしや、文体の違いにも大した意味はなかったのか。目の前にいるのだから、本人に確認した方が早い。直接訊こうと顔を上げた私に、

「これは?」

長野が、真ん中に置いた手紙を指差して、眉を寄せた。

『おまえが犯罪者だと知って、結婚したいと思う女がいるわけがない』――五通目で丁寧になっていた文面が、元に戻った、むしろ、それまで以上に攻撃的な色が強くなった一通だ。

私は手紙を長野のほうへ向けて差し出す。

「こちらも直接投函されたものですよね。最後の手紙の、一つ前です」

長野はじっと手紙に目を落とし、書かれた一行を無言で読んで、首を横に振った。

「私が書いたものではありません」

一瞬、反応できなかった。

「……ちょっと、待ってください」

一呼吸置いて、考えを整理する。

「この手紙に、見覚えはないんですか？」

「ありません。こんな文面の手紙は、出していません」

この答えは予想していなかった。

手紙を出していたのは長野だが、この一通だけは、彼が書いたものではない？

と、いうことは。

長野の言うことが真実なら――そして、今さら、この部分についてだけ嘘をついて何の得があるとも思えないから、真実なのだろうが――真壁に継続的に嫌がらせをしていた犯人は複数いて、互いに連携はしていなかったということになる。

しかし、この手紙の文面は明らかに、真壁の過去の事件のことを示唆《しさ》していた。

「こちらの両脇の二通は、間違いなく、長野さんが書かれたものなんですね」

「はい。さきほど言ったとおり、この二通以外にも、何通か出しました」

「真壁さんと……かなみさんにも？」

「はい。どちらにも」

真ん中の一通だけがイレギュラーなのか。もしかしたら、真壁がS町に住んでいたころ嫌がらせをしていた誰かだろうか。

「以前、真壁さんがかなみさんと婚約する前にK県で交際していた女性宛に、手紙を出されたことは？」

「いいえ。今回が……かなみが同棲を始めると知ってから手紙を出したのが、初めてです」

ということは、沢井玲奈に手紙を出した誰かが、このイレギュラーな一通の差出人だろうか。やっと手紙の差出人にたどりついて、調査も終わりだと思っていたら、もう一人いたとは。被害者の関係者を探してようやく長野にたどりついたのに、共犯者でもないのなら、また一から調べ直しだ。

うなだれそうになったが、まずは長野のほうを解決しなければ、と気を取り直す。

それに、嫌がらせのどこからどこまでが長野の仕業なのかを確かめないことには、「もう一人」の調査のきっかけすらつかめない。

「真壁さん宅に、電話をかけたこともありますか」

「はい。すぐに切られてしまって、話はできませんでしたが」

ということは、電話の発信元を調べたとしても、「もう一人」の情報にはつながらない。

長野の知らない手紙は一通だけ。電話も彼がかけたとすると、最近の嫌がらせのほとんどは、長野によるものだったようだ。

「手紙ではらちが明かないと危機感を覚えて、電話したんですね。手紙では、伝えたいことが伝えたい相手に届いたかどうか、確認できないと思ったから」

「そうです。手紙を送っても、二人が交際をやめる様子はなく……手紙を見ていないか、ただの悪戯だと思われているかもしれないと思ったので。かけた後で怖くなって、それきりになりましたが」

真壁宛の手紙をかなみが見てしまったり、かなみ宛の手紙を真壁が握りつぶしてしまったりする可能性に気づいて、電話に切り替えようとした、ということだろう。事実、かなみ宛の手紙も、それがかなみ宛かどうかも知らないままに真壁が回収し、かなみに届くことはなかった。電話なら、電話口に出たのが誰か確認してから話すことができるから、確実に相手に伝えることができる。

——違う。それでは変だ。

自分で言いながら、またも矛盾に気がついた。

真壁は、二度電話がかかってきたと言っていた。そのうち一度はかなみが出たが、相手は無言で電話を切ってしまい、かなみはそれを悪戯だと思ったようだと。

かなみに真実を伝えようとしていたのなら、彼女が電話口に出たときに、何も言わずに切ったというのはおかしい。長野は最初から、彼女に、真実を伝えるつもりなどなかったのだ。

第一、実の父親が娘に危険を知らせようと思うなら、匿名の手紙や電話より、もっとほかに、いくらでも方法があったはずだ。

かなみを傷つけないように、ショッキングな事実を伏せて、遠回しな手紙を送って——それではだめだと気づいたなら、直接会って話をすればいい。はっきりと事実を伝えれば、真壁から引き離すことはできたはずだ。父親の言うことなら、彼女も聞く耳を持っただろう。

真実を知れば、彼女はずたずたに傷つくだろうが、それでも、何も知らずに、自分を強姦した相手と結婚するよりはましだ。

それとも、ましではないのか。

立ち直れないほどに傷つくよりは、何も知らないまま、自分は幸せだと信じていたほうがいいと、長野は思っているのだろうか？

「どうして、匿名だったんですか。かなみさんを呼び出して、直接話をすることは考えなかったんですか？」

真壁が手紙を読んで、自分から身を引いたり、かなみが何かを感じて、理由もわからないまま結婚を取りやめたりすると、本当にそんなことを期待していたのか。結婚をやめさせたければ、本当のことをかなみに話すしかないのに、最初からそれは、選択肢にはなかったのか。

考えませんでした、と長野はすぐに答えた。

「以前、ある事件があって、私は、二度とかなみに近づかないと、かなみと妻とに約束しました。それが、告発しないでもらうための条件でした。つきまとっていると思われると、私の立場がまずくなります」

告発。剣呑《けんのん》な言葉だ。彼は自分の娘や妻に告発されるようなことをしたということか。少なくとも今の長野は、暴力的な人間には見えないが——。

接近を禁じられた身で、それでも娘のことを案じて、何もせずにはいられなかった、ということだろうか。それならそうとかなみに説明すれば、と言おうとしたが、辛そうに眉を寄せた長野の表情に、私は開きかけた口をつぐむ。

彼は震えていた。

罪悪感に耐えているようにも、怒りを抑えているようにも見える。

「それに、単純に、私はかなみの恨みを買いたくない」

私は、かなみの——自分の娘のことが怖いんです、と、長野はうつむいたままで言った。

11

映子さんと会った日の夕方、スマートフォンに北見先輩からメールが届いていた。

長野と話ができたこと、嫌がらせの手紙が今後届くことはないということ、詳しいことは明日会って話すが、調べなければならないことがあるから、真壁さんの結婚披露パーティー直前、ぎりぎりになってしまうかもしれないということ。

嫌がらせをやめてもらえることになったなら、それですべて解決ではないのか。さらに調べなければならないこととは何だろう。気になったが、「わかりました」とだけ返事を送った。

四年前の事件で、被害者の下着から真壁さんのＤＮＡが出たと映子さんに聞いてから、今回の件をどうとらえればいいのか、わからなくなっていた。

真壁さんにも、どんな顔をして会ったらいいのかわからないまま、結婚披露のパーティー当日になってしまった。

北見先輩もパーティーには呼ばれている。調べものが間に合わなくても、長野と会ってわかったことくらいは、そこで聞かせてもらえるかもしれない。――お祝いの席に、ふさわしい話ではないかもしれないが。

壁一面がガラス張りの窓になっている小さなカフェレストランの前に、「貸切」とプレートが出ている。

11

ドアに手をかけようとしたとき、後ろから名前を呼ばれた。

「木瀬くん。ちょっといいかな」

「北見先輩」

パーティーと言っても、親しい人に報告をするだけの簡単なもので、平服で気軽に来てくれればいいと、真壁さんには言われている。僕は一応ジャケットを着て来ていたが、北見先輩はいつもと変わらないスタイルだった。ジーンズにブルゾンにショートブーツ。肩から下げたバッグも、調査に出ていたときと同じだ。

「こっちで話せる？　パーティーの前に」

真剣な表情をしていた。

僕は頷いて、ドアから離れる。

覚悟が必要な話なのだろうと、先輩の表情からわかった。

緊張したが、できるだけ平常心を装って、レストランの敷地内、店舗の向かいにある庭園へと移動する。

結婚披露のパーティーにはうってつけの、いい天気だった。風が柔らかく、空気もあたたかい。明るい日の射《さ》す庭園の隅、木のそばに設置されていたベンチを見つけ、先輩が僕を誘導した。

「座って。座って聞いたほうがいいと思う」

そう言って、自分が先に座る。

僕が隣に腰を下ろすのを待ってから、彼女はショルダーバッグからクリアファイルを取り出した。

「手紙を出していたのは、長野栄治だったんですよね」

「うん。それは確認した。監視カメラに映ってたのも、間違いなく彼だったよ」

半透明のファイルの表紙から、手紙が透けて見える。真壁さん宅に届いた、嫌がらせの手紙だ。

先輩は、あえて感情を入れずに話しているようだった。

彼女はファイルから、僕も見たことのある三通の手紙を取り出して自分の膝の上に置くと、それに続いてもう一枚Ａ４の紙を取り出し、こちらへ差し出した。

「話すこと、いっぱいあるんだけど……まず、これを見て」

受け取って、目を落とす。

示談書と書かれたその書面には、見覚えがあった。ただ、前に見たときには黒塗りになっていた部分が、塗りつぶされていない。

「――え?」

被害者の名前と思われる一行に、目が留まった。

長野かなみ。

「これ……」

「真壁さんの婚約者の、かなみさん。両親が離婚して苗字が変わって、今は井上になってるけど」

「どういう、ことですか」

思わず先輩を見る。

しかし、どういうことかなんて、訊くまでもなかった。四年前の事件の被害者が、かなみさんだったということだ。

しかし、その事実が何を意味するのか、まだ、頭がついていかなかった。

「長野栄治は、かなみさんの父親だった。真壁さんが娘の婚約者だって知って、結婚を止めようとしていたの」

　先輩は表情を変えず、淡々と答える。

「それがわかったとき、私も、木瀬くんと同じことを思ったよ。偶然なわけがないって。ちょうど、木瀬くんがメールをくれたとき、長野さんから話を聞いてたんだ。真壁さんは冤罪だって信じてたから、被害者の下着から真壁さんのＤＮＡが出たって聞いて、木瀬くんも混乱したんじゃない？」

「…………」

　混乱、どころではなかった。

　そのとき確かに、僕は彼を疑ったのだ。疑った、というより、それは確信に近かった。

　真壁さんは冤罪ではなかったのだと、そう思った。

　頭を殴られたような衝撃だった。

　そうだとしても、嫌がらせは止めなければならない。過去に罪を犯した人が、未来永劫《えいごう》幸せになってはいけないわけではない。かなみさんと真壁さんの結婚は、彼の過去とは無関係だと、そう、自分に言い聞かせた。

　それでも、ショックだった。信じていた前提が覆《くつがえ》されて、どうしたらいいのかわからなくなった。

　本人に確かめなければ、確定ではない。しかし、確かめるのも怖かった。

　大体、今さら確かめたところで、どうなるというのか。もとより、彼が有罪であることを前提に示談して、終了した事件なのだ。

　これから彼と結婚する女性に――何も知らない相手に、わざわざ真壁さんの過去を伝えるのが、正しいこととも思えない。知っていて知らせないことに、全く後ろめたさがないわけではなかったが、少なくとも、自分がそうすべき立場にいるとは思えなかった。

事件を知る人間たちは、自分以外の誰もが、真壁さんを有罪だと思っている。自分だけが彼を無実だと信じていた、それが誤りだったからといって、何が変わるわけでもなかった。

自分の中での折り合いがつくかどうか、ただそれだけの話だとわかっていたから、昨日からずっと、なんとか折り合いをつけようとしていた。そして、答えが出ないまま、彼と顔を合わせるパーティーの開始時刻が来てしまったのだ。

しかし、四年前の被害者が、現在真壁さんの婚約者である、もうすぐ妻になる予定の女性であるとわかった今は、僕だけの問題ではなくなった。

先輩の言うとおり、偶然であるはずがない。

真壁さんが、かなみさんを四年前の事件の被害者と知っていて近づいたなら——そして、かなみさんが何も知らずに彼と結婚しようとしているのなら、それを彼女に知らせることができるのは、僕たちだけなのだ。

しかし、にわかには信じがたかった。

本当に、すべて真壁さんの仕組んだことだったのだろうか。本人に確かめてから——いや、そんなことをしたらきっと、もうかなみさんには接触すらできなくなる。しかし、もしも真壁さんに確認をとらずに彼女に話をして、間違いだったら、取り返しがつかない。

間違いでなかったとしても。

自分に、伝えることができるだろうか。

「木瀬くんは最初からずっと、真壁さんのことを信じてたみたいだけど、私はそこまで確信があったわけじゃなかった。ずっと、真壁さんが冤罪じゃなかった場合のことも考えてたよ。事件の処理の方法も……それから、もし調査の過程で、真壁さんが有罪だったたって証拠とか、それを示唆するような情報を手に入れたとしても、木瀬くんには教えないほうがいいのかなって、考えてた。それは依頼された範疇《はんちゅう》じゃないから」

しかし、北見先輩より先に、僕は映子さんからその情報を得てしまったわけだ。

僕がDNAのことを知らなかったら、先輩は、僕にこのことを話しただろうか。僕も、聞かなければ楽だっただろうか。混乱した頭の片隅で、考えても意味のないことをぼんやり考える。

黙りこんだままの僕の横で、先輩もしばらく黙ったままでいたが、

「中学生のときね」

ふいに言った。うつむいた僕のことは見ないまま、視線は店舗のほうへ向けて。

「木瀬くん、知りたくなかったって言ったでしょ。覚えてる？」

随分と唐突だった。

何を、とも、いつどんなときに交わした会話かも言わず、前後の説明も何もない。これでは、思い出しようもない。もしも僕が忘れていたら。

先輩も、僕が何のことかわからないと言ったら、なかったことにするつもりで、わざとこんな訊き方をしたのかもしれない。

もしも忘れていたら、の話だ。

「……覚えて、います」

あのとき交わした言葉まで、覚えている。

中学校の制服を着ていた少女の面影は、今隣にいる彼女に残っていた。

しかし、先輩のほうは、自分のことなど忘れているだろうと思っていたのだ。探偵事務所で再会したときもその後も、彼女は一度も、そのときの話をしなかったし、覚えていると匂わせもしなかった。

中学生の自分が彼女に言った言葉まで、先輩が覚えているとは思わなかった。

そっか、と先輩は頷いて、ベンチの上、自分の身体の両サイドに手をつき、空を見上げる。

こんな話題には似合わない、清々しく澄んだ青だ。

「私が中学校でしていたことは、探偵の仕事じゃなかった。自分では、いつか探偵になるための修業のつもりだったけど、完全にその範囲を超えてたね。あの頃は依頼人も中学生だったから、私に来る依頼自体、情報収集っていうより、困ったことがあるから助けてほしい、みたいなのが多くて……元彼の携帯から、自分の下着姿の写真を消してほしいとか、本物の探偵なら受けないような依頼。私も、そういうのを楽しんでやっていたところはあるんだ。感謝されたり、すごいって驚かれたりするのは気持ちよかったし……でも今は、私は、探偵だから」

できるからって何でもしていいわけじゃないし、何が正しいのかも、私が決めることじゃないよね。

そう言って、彼女はやっと、僕のことを見る。苦笑して。

初めて事務所を訪ねたとき、先輩は、探偵の仕事は調査と報告だけだとわざわざ説明した。あれは依頼人への念押しのためだけではなく、自分自身への戒《いまし》めでもあったのかもしれない。

先輩が、忘れていると思っていた昔のことを――自分とのやりとりを覚えていて、そのことを話している、という事実そのものにどきどきして、何故彼女が急にこんな話をし始めたのかということに考えが至っていなかったが、

「探偵の仕事って、調査を依頼されたことについて調べて、その結果得られた情報を伝えることだよね。調査の過程で、知るはずじゃなかったことまでわかったって、依頼人にそれを伝える必要はない。伝えるかどうかは、個々の探偵の判断になる」

先輩が笑みを消して、真剣な表情で言ったので、僕は、彼女が何を言おうとしているのかを理解する。

自然と、背筋が伸びた。表情を引き締めて彼女の言葉を待つ。

先輩は僕の目を見て、静かに、はっきりと言った。

「考えたけど、私は木瀬くんに、全部話そうと思う。知りたくないなら、今言って。手紙の差出人はつきとめたし、もう二度と、彼は嫌がらせなんてしない。そういう意味では、事件は解決。木瀬くんは真壁さんに、それだけ伝えればいい」

調査のプロフェッショナルである彼女は、本来の依頼の範囲を超えて、この件に関する情報を知ってしまったのだろう。

その情報が、自分にとって望ましいものではないのであろうことは、想像がついた。

知らなくていいことは、知らなくていい。僕はそう思っている。しかし、この件については、調査を依頼したのは僕だった。

それに、ここで引き返すには遅すぎた。すでに、知りすぎてしまった。

もう、覚悟は決まっていた。

「話してください」

彼女の目を見返して、答える。

先輩は一度深く息を吸って、吐き、それから頷いた。

ベンチの上で数センチ分の距離を詰め、僕の手の中の示談書を指で示しながら、話し始める。

「――四年前の事件の被疑者が真壁さんで、被害者がかなみさん。少なくとも記録上は、真壁さんがかなみさんを強姦したことになってる。そして、真壁さんの家に届いていた手紙は、かなみさんの父親の長野さんが出したものだった。でもこれは、脅迫状というより、加害者の良心に訴えて結婚をやめるよう説得して、被害者に警告するためのものだったの」

「かなみさんの父親なら、どうして匿名で――それも、かなみさんを傷つけないようにですか。事件のことを伝えずに、なんとか別れさせようと？」

「私もそう思ったんだけど」

先輩は首を横に振った。

「長野さんが手紙の中で具体的な事実を摘示《てきじ》しなかったのは、警告者である自分を特定されるのを恐れてだったみたい。長野さんは以前、かなみさんに対する性的暴行の疑いをかけられて、それが原因でかなみさんの母親とは離婚してる」

「な、」

「でも、それは冤罪だった。今さら証明はできないけど、間違いないと思う」

「どうして――」

「たぶん、真壁さんのときも、同じことがあったんだって、わかったから」

何のことだかわからない。急に出て来た、実父による性的暴行という衝撃的な言葉のせいで、すぐには頭が働かなかった。

僕の混乱が落ち着くのを待たずに、彼女は続ける。

「四年前の事件の被害者がかなみさんだったって知ったとき、私、何も知らないかなみさんに、真壁さんが近づいたんだと思った。真壁さんはそれだけ彼女に執着していて、最初の事件のときから、全部計画的だったんじゃないかって。でも、違った」

言いながら、自分の勘違いを悔やむように一度目を伏せた。

「真壁さんは本当に、何も知らなかった。四年前の事件の被害者が、かなみさんだったってこと……真壁さんは被害者の顔も名前も知らないまま逮捕されて、示談したの。本当の犯人じゃなかったから」

性犯罪において、被害者のプライバシーは厳重に保護される。裁判になれば、弁護士に刑事記録が開示され、被疑者にもその情報は伝わっただろうし、被害者の写真すら見せられないままということはなかっただろうが、真壁さんの事件は、そうなる前の段階で、示談という形で終結した。だから彼は、自分が逮捕されるに至った原因である「被害者」の、顔も名前も知らないままだった。それは、真壁さんも映子さんも言っていたことだ。

「でも、それじゃ、真壁さんとかなみさんが出会ったのは、偶然ってことに――」

そんなわけがない。

いくら彼を信じたくても、そんな偶然があるわけがなかった。

言いかけた僕を、先輩は「そうじゃないの」と押しとどめる。

「被疑者だった真壁さんは、被害者の顔も名前も知らなかったけど――被害者は、被疑者の顔や名前を知らされるはずだよね。拒否すれば、無理矢理見せられることはないだろうけど、被害届を出しているんだから、全く捜査に協力しないわけにもいかない。つまり、被疑者は被害者の顔も名前も知らず、被害者は、被疑者の顔も名前も知っていた」

被害者――かなみさんは、真壁さんの顔と名前を知っていた？

それなのに、真壁さんと婚約した。自分を襲った犯人だと知りながら？

意味がわからない。しかし、不穏な気配を感じた。恐怖に近い不安が湧きあがる。

「手紙は、二種類あったの。……厳密には、三種類かな。長野さんから、真壁さんに宛てたものと、かなみさんに宛てたもの。それから、そのどちらでもないもの。全部が現存しているわけじゃないけど」

先輩は膝の上で重ねた三通の手紙を手にとり、

「長野さんは、まず、加害者に対して手紙を出した。良心に訴えようとしたのか、自分は知っているぞ、と悪事をいさめようとしたのかな。現物は真壁さんが捨ててしまって残っていないけど、結婚をやめろ、おまえに結婚する資格はない、っていう、強い文言の手紙が届いてたんだよね。でも、それが加害者に届かなかったか、もしくは、効果がなかったから、長野さんは今度は、被害者に宛てて、郵送で手紙を送ることにしたの。それが、これ」

一番上にあった一通を僕に手渡した。『結婚を中止してください。必ず後悔することになります』と、僕が真壁さんの寝室で目にした強い口調の文面とは違い、丁寧な文体で書いてある。

混乱したまま、ただ文字を目でなぞる僕に、先輩が二通目を渡してくる。

「最後に届いたのが、これ。『相手をよく知りもしないで結婚すべきではありません。この結婚はあなたを不幸にします』……これも、警告だった。真壁さんへの」

「真壁さんへの？」

かなみさんではなく。

顔を上げた僕に先輩は頷き、「そこを勘違いしていたの」と言った。

長野が手紙を出した理由。警告が、誰へ向けたものだったのか——どれが誰へ向けた手紙だったのかも。

逆だったんだよと、彼女が言うのと、同時だった。

唐突に、理解した。

長野が助けようとしていた相手は、かなみさんではなかった。断罪していた相手は、真壁さんではなかったのだ。

「長野さんにとって、被害者は真壁さんで、加害者はかなみさんだったの。何も知らない真壁さんが勘違いをして、私や木瀬くんも間違った前提に基づいて考えていただけで」

僕の思考をなぞるような、先輩の声が聞こえる。

「強姦事件なんてなかった。真壁さんは、一度も嘘をついていなかった。彼はかなみさんに嵌《は》められたの。彼女が、真壁さんの恋人になるために」

12

長野がかなみを怖いと言った、その瞬間に、私は、それまでは考えもしていなかった可能性に思い至った。

長野も、私が気づいたと察したらしい。

「欲しいと思ったものはどんなことをしても手に入れる、そんな娘です」

小さく頷いてみせてから、話し出した。

「どちらかというとおとなしい子だったので、あまり気にしていなかったのですが……今思えば、昔から、そういう……執念深いところがあったと思います。一人娘で、甘やかしたせいかと思っていましたが」

コーヒーは、購入してから一度も手をつけないままになっていた。長野は思い出したようにカップに手を伸ばしたが、手元に引き寄せただけで口はつけず、視線を彷徨《さまよ》わせる。どこから話そうかと、考えているようだった。

「私は、事件の前から——四年前にあったとされている事件の前から、真壁さんを知っていました。かなみの部屋で、彼の写真を見たことがあったんです。明らかに隠し撮りしたものでした。彼の行動を事細かに記録したノートもありました。我が娘ながら少し怖くなりましたが、その時点では、まさかあんな大それたことをするとは思っていませんでした。……今思えば、その時点でもう、かなみの行為は常軌を逸《いっ》していたのでしょうが、そのときは、そこまで危機感を持ってはいなかったんです。私の目がくもっていたんでしょうね」

父親なのだ。実の娘を見る目が、甘くなってしまったとしても仕方はない。私はそう思ったが、長野は悔いているようだ。

「かなみさんは、事件の前から真壁さんと知り合いだったんですか?」

「いいえ、かなみが一方的に、付け回していただけだと思います。どこかで見かけて、一目惚れしたんじゃないでしょうか」

当時真壁とかなみは通学に同じ交通機関を使っていたと聞いている。そのことが、犯行が行きずりの発作的なものではなく、被害者を狙った計画的なものであったことの裏付けになり、真壁に不利に働くと言われて、示談を考える理由の一つになったのだと、真壁の母親は木瀬に話したらしい。

実際は逆だったわけだ。

「強姦事件の加害者として逮捕された青年の写真を見せられて、はっとしました。もしや、というより、確信に近かった。彼が否認していると聞いて、その思いはいっそう強くなりました。間違いない、彼は、かなみに——私の娘に陥《おとしい》れられたんだと」

写真で一度見たきりの、かなみの顔を思い出す。不美人というわけではないが、どちらかというと地味な外見の女性だった。彼女にとって、当時の真壁は、手の届かない存在だっただろう。資産家の息子で、ルックスもよく、社交的な医学生。それが、事件のせいで、一気に失墜した。

彼のまわりから、当時交際していた真秀や、友人たちや、華やかな女性たちは離れて行き、彼は、かなみにも手の届く存在になった。

ぞっとして、口元を手で覆った。

好きな人を自分のものにするために、そのためだけに、相手から全部奪ったのだ。

そんなことを思いついて、実行できる神経が理解できない。

彼女は家族も、警察も、すべて騙して、強姦事件をでっち上げ、愛する人を陥れた。

孤独になった彼に近づいて、「あなたの過去なんて気にしない」と、いつか優しく言うために。

「罪もない青年の人生を、めちゃくちゃにしてしまうわけにはいかない。でも、妻には言えませんでした。娘が、そんな悪質な嘘をついているかもしれないなんて……。嘘だという証拠があるわけでもありませんでしたし、被疑者の青年のＤＮＡも出たと聞いて、混乱して……あるいは同意の上で性行為をしたのではとも思いましたが、確認もできず、結局、実の娘を告発することはできませんでした」

長野の、ぎゅっと眉根を寄せた表情にも、声にも、苦悩が滲んでいた。

両手が強くカップを握り、振動が伝わって、水面が揺れている。

「せめて、示談をと思いました。そうすれば少なくとも、彼に前科をつけずに済みます。身勝手ですし、偽善的な考えですが、有罪にしてしまうよりはと……私が、先方の弁護士さんと示談書を取り交わしました。かなみも、示談することについては不満はないようでした」

もう十分、真壁の評判を落としたと思ったのだろう。裁判になって、彼に自分の素性が知られる可能性が高まるのを避けたのかもしれない。彼の恋人になることが最終目的だったのなら、真壁にネガティヴな記憶として憶えられてしまうことは何が何でも避けたかったはずだ。

「それで、事件は終わったはずでした。少なくとも、私はそう思っていました。そのときはまだ、かなみが事件をでっちあげた理由もよくわかりませんでしたから……ふられた腹いせだろうかと、それくらいに考えていたんです。相手を逮捕させてお金を払わせて、溜飲《りゅういん》が下がったなら、もうこの件は終わりだろうと……実際は、かなみは四年もかけて、彼を追いかけていたわけですが」

そして、彼女は見事に、目的を達成したわけだ。

憎い相手を破滅させるために事件をでっちあげたなら――それも十分恐ろしい所業だが――まだ理解できなくもないが、好きになった相手を孤立させ、自分だけに目を向けてもらうために陥れるという発想は、もはや狂気に近い。

私は気づかないうちに、自分の両腕を抱いていた。

「示談で事件が――表面上は――終わった後も、私の心は穏やかではありませんでした。かなみが、また誰かに何かするんじゃないかと不安でしたし、罪のない青年にひどいことをしたという罪悪感も消えませんでした」

まだ、話は終わらないらしい。

軽く首を振った後、栄治は話を四年前へと戻した。

「私が、かなみのしたことを知っていると、かなみも薄々気づいていたと思います。なんとなく、牽制《けんせい》するような目を向けられたことがあります。私はその頃から、自分の娘に恐怖を抱くようになっていました。かなみは、そういうことには敏感でした」

決定的に恨まれることは避けられたが、彼女の本性に気づいたことで、警戒されるようになってしまったということか。

自分だったらと思うと背筋が冷えた。平気で人を陥れて、何も知らない顔をして――自分の邪魔になるものを排除することに、一切躊躇しないだろう人間と、同じ屋根の下にいるというだけで恐ろしい。

できればさっさと逃げ出して、一生関わりたくないが、実の親子となるとそうもいかなかったのだろう。

「かなみさんと、事件のことについて話をする機会はなかったんですね」

「ええ、結局、一度も。しようと思ったことがなかったわけではありませんが、勇気が足りませんでした。そうこうしているうちに、離れて暮らすようになったので」

長野が真実を公《おおやけ》にすれば、真壁の名誉は回復できたかもしれない。しかし、彼を責めることもできなかった。

実の娘を告発することへの抵抗、彼女の恨みを買うことへの恐怖、妻が受けるだろう衝撃の大きさ――それらと真壁の名誉を天秤《てんびん》にかけた結果の行動だ。

そもそも、決定的な証拠を押さえたわけではなく、当時、かなみの悪事を立証できるかは不確定だった。

人の生死がかかっているわけでもなく、示談で相手に前科もつけずに終わらせることができるのだから、家族を失うリスクを冒《おか》すほどのことは――と、長野が考えてしまったのも、無理はない。

決して正しくはない。真壁にしてみれば許しがたいかもしれない。しかし、理解できる。

姿勢も声の調子も変えないまま、彼は言った。

「事件の、半年ほど後でしょうか。ある日突然、かなみが、『お父さんに乱暴された』と、妻に泣きつきました。もちろん、身に覚えはありません。内々で収め、警察沙汰にはなりませんでしたが……それがきっかけで妻とは離婚することになり、私は娘に近づかないことを約束させられました。近づきたいわけでもなかったので、それはいいんですが……いえ、むしろ、安心していたところもあったんですが」

告発しない代わりに、関わらないことを約束させられていたのなら、表立って真壁に忠告することを躊躇していたのも頷ける。

一度、警察すら欺《あざむ》いてみせたことで、味をしめたのか。真壁に続いて、実の父親までも平気で陥れるかなみにますます寒気がしたが、そこまでするほど、彼女は長野を遠ざけたがったということだ。

事件の真実と自分の本性を知る人間が、近くにいては不都合だったのだ。

「そうは言っても、父親なので、責任は感じます。かなみが、またどこかで、誰かの人生をめちゃくちゃにしていたらと……関わりたくないという気持ちもありましたが、結婚するらしいと聞いて、不安になって」

「それで、様子を見に行ったんですね」

長野は頷いて、ようやく、思い出したようにカップを持ち上げて口をつける。完全に冷めていたらしく、ごくりと喉が鳴った。

「私は、身に覚えのない娘への暴行容疑で、妻や家を失いましたが、友人たちのうち何人かは、その後も友人であり続けてくれました。かなみが婚約したことを教えてくれたのも、その数少ない友人の一人です。妻同士が仲良くしていて……かなみが婚約したこと、婚約者と一緒に住み始めたことを、私の妻から聞いたようでした」

夫同士、妻同士それぞれが友人という関係は、長野が家を出た経緯を考えるとなかなかに複雑だ。妻サイドの人間にとっては、彼は許しがたい悪人だろう。家族ぐるみでつきあいがあったとなると、かえって、長野の友人も、表立っては彼をかばいにくい。

それまでは親しくしていた人たちから、理不尽に、疑惑と軽蔑の目を向けられるという恐怖とやるせなさ――それは、四年前に真壁が置かれた状況とよく似ている。

それを思って、彼は、自らの状況も、罰として受け入れたのかもしれない。だから今、不名誉な冤罪で孤立しても、こんな風に穏やかでいられるのかもしれない、と思った。

そんな中で、長野にも、信じてくれる友人がいた――今もいる、というのは救いだ。

「真壁、という表札を見たときは、息が止まりました。事件の被疑者であり、本当は被害者である彼の名前です。忘れたことはありませんでした」

一口飲んだだけのコーヒーのカップに両手を添えたまま、長野は続ける。

「いてもたってもいられなくなり、かなみに目を覚ましてほしくて、手紙を書きました。情けないことに、匿名ですが」

おまえがどんな人間かを知っている。こんな結婚は許されない。それは、真壁ではなく、かなみに宛てた手紙だった。

ただ、郵便受けでそれを見つけたのは、彼女ではなかった。

「その手紙を見たのは、真壁さんです。彼はそれを自分宛だと思ったようです」

長野は頷き、うかつでした、と認める。

「古い人間で、自分の母や妻が専業主婦だったもので、女性のほうがいつも家にいて、郵便物を先に見るのが当たり前というような頭でいたんです」

「次の手紙も、その次の手紙も、かなみさん宛ですか？」

「そうです。でも、四度目に手紙を入れに行ったときでしょうか、私がそうやってかなみの自宅のまわりをうろついていることに気づかれたらと、そのときになって不安になったんです。それで、次は郵送にしました。……そして、宛先も、真壁さんにしました。かなみの気が変わらないのなら、彼に警告しようと思ったんです」

それが、『必ず後悔することになります』という敬語の手紙か。

加害者に宛てた手紙から被害者に宛てたものに変わったのだから、直接投函されていたものと比べて、内容も文言も急に柔らかくなったのは当然だ。

長野は、でも、と言って目を伏せる。

「やはり匿名で、内容も、はっきりとは書けませんでした。万一かなみに見られたときに、告発者が私だと知られるのが怖くて……」

わかります、と相槌を打った。

かなみのこれまでの行動を聞く限り、彼女には、恨みを買えば何をされるかわからない恐ろしさがある。長野でなくても避けるだろう。まして、彼はかなみに弱みを握られている立場だ。

「次の手紙……さっき、もう一度だけ直接投函したと言っていたのが、これですか」

テーブルの左端に置かれた手紙、一番長い文章の書かれた一通を手にとり、文面に目を落とす。

『相手をよく知りもしないで結婚すべきではありません。この結婚はあなたを不幸にします。四年前のことを調べてください。誰かに相談してください』――事情を知った後でこうして見れば、確かに、真壁に対する必死の呼びかけだった。もっとはっきり、具体的な事情に触れられていれば、真壁も警戒のしようがあっただろうが――この手紙を読んだ真壁は、これを、かなみに宛てたものだと思った。

自分の過去をかなみに伝え、注意を促しているのだと思い込んだのだ。直接投函されたもので、宛名が書かれていなかったのも勘違いの原因だろう。

私は左端の手紙をテーブルへ戻し、その右隣に置かれた一通を見た。

『おまえが犯罪者だと知って、結婚したいと思う女がいるわけがない』

どこにでもある白い封筒とA４の紙にタイプされた、前後に届いた二通と比べると明らかに荒い文言。これも、郵便受けに――監視カメラを設置する前に――直接投函されたものだった。

「この二通は連続して届いたもののようなんですが、こっちの手紙は、長野さんが書いたものじゃないんですね？」

長野が頷く。

だとしたら、差出人は一人しかいない。

真壁宅に頻繁《ひんぱん》に出入りしていたかなみは、どこかのタイミングで、長野からの手紙を見たのだろう。真壁が寝室のゴミ箱に捨てた、木瀬が偶然目にすることになった、あの手紙を見たのかもしれないし、郵便受けにあった手紙を、真壁が回収する前に見たのかもしれない。そして、その意味を正確に理解した。彼女だけは、それが自分の罪を告発するものだとわかったのだ。

「手紙を受け取るようになってから、真壁さんは、かなみさんに悟《さと》られまい、心配をかけまいとしていました。かなみさんは、手紙を見て――真壁さんの態度も見て、彼が、手紙を自分宛だと勘違いしていることに気づいたんでしょう。それをいいことに、真壁さんを中傷するような内容の手紙を自作して郵便受けに入れ、真壁さんをミスリードした」

真壁を犯罪者と呼び、結婚したいと思う女がいるわけがないと続けた、どう読んでも真壁を糾弾する内容の手紙が郵便受けに投函されていたのは、私と木瀬が真壁宅を訪ね、監視カメラをつけることになった翌朝だ。偶然かもしれないが、かなみが真壁の家を盗聴するなど、何らかの手段で、翌日になればカメラが設置されると知って、その前に急いで用意したのかもしれない。いずれにしろ、その効果は絶大だった。

たった一通、彼女が作った偽物の手紙が混ざっていたせいで、私たちは、すべての手紙が真壁の罪を告発するものだと思い込んでしまった。

長野は両手で顔を覆った。

「私はかなみが怖かった。血のつながった娘なのに……今も怖いんです。かなみを止めるどころか、真壁さんに直接話す勇気もなかった」

迂遠《うえん》なように見えても、彼にとっての精一杯だったことがわかったから、私は黙って頷く。慰めの言葉をかけるのは、意味のないことだとわかっていた。彼は、あなたのせいじゃないと言われたいわけではない。

「暴行の疑いをかけられたとき、私はもちろん否定しました。でも、証拠があると……かなみの部屋のシーツに、私の……体液が付着していると、かなみに言われて。私には身に覚えがありませんでしたが、家に男は私だけでしたから、妻はそれを決定的な証拠と思ったようです。わけがわからないまま、私は家を追い出されました。かなみも妻も警察沙汰にはしませんでしたが、無実を証明する機会も失われてしまいました」

娘が涙ながらに乱暴されたと訴え、体液のついたシーツを見せれば、母親はそれを信じるだろう。通報せず内々におさめることになれば、ＤＮＡ鑑定もされない。それもかなみの計算のうちだったに違いない。

長野は、もはや悔しさを感じることすらなくなった様子で続ける。

「後になって、かなみがラブホテルでアルバイトをしていたことを知りました。シーツに付着していた体液は、アルバイト先から入手してきたものだったのでしょう。あの青年も——真壁さんも、同じように陥れられたのだと思いました。気づいたところで、もう、何もかも遅すぎましたが」

私は、長野に、かなみのアルバイト先のホテルの名前を訊いた。彼ははっきりホテルの名前を憶えていた。

彼に断り、その場で一本電話をかける。土曜の昼間だったのが幸いしたのか、高村真秀は電話に出てくれた。

「一つだけ教えてください。真壁さんと交際していた当時、利用していたラブホテルの名前を憶えていますか？」

高村はあからさまに嫌そうな様子だったが、重要なことなのだと言うと、名前はうろ覚えだが、と前置きをして、ホテルの場所を教えてくれた。私が長野から聞いたホテルの名前を告げると、そこだ、と確認してくれる。

礼を言って電話を切った。

もちろん、偶然などではありえない。真壁をつけ回し、その行動を監視していたからこそ知りえた情報を使って、かなみは真壁のＤＮＡを入手し、強姦事件をでっちあげたのだ。

ラブホテルのスタッフなら、清掃のために狙った相手が使った後の部屋に入り、使用済みの避妊具を持ち帰ることもできる。真壁がいつホテルに来るかはわからないから、目的のものが手に入るまで、何か月でも機会を待つつもりだったのだろう。

事実、彼女は、真壁と婚約するまでに何年もの時間をかけている。

背筋が寒くなるような執念だった。

自分の手が届くように、真壁をもといた場所から引きずりおろして、彼が新しい誰かの手をとろうとすれば邪魔をして、居場所を奪って――そうして、ついに、何も知らない彼に、「自分には彼女しかいない」と思わせるに至ったわけだ。

真壁が逮捕されたことや、示談が成立したことを、医学部の学生たちに流したのもかなみに違いない。もちろん、沢井玲奈に手紙を出したのも。

通学のルートが同じだったらしいから、おそらく、かなみのほうがバスの中かどこかで真壁を見つけ、一目惚れしたのがきっかけだったのだろう。

始まりから、すべてが逆だったのだ。

偶然であるはずがないと思った。警察も、私も。偶然などではなかった。通学ルートが同じだった二人が事件の加害者と被害者になったのも、引っ越した先で出会ったのも、すべてかなみが仕組んだことだった。

私が電話で高村と話すのを聞いていた長野は、スマートフォンをしまった私に、真壁さんには本当に申し訳ないと思っています、と言った。

「もっと早く、直接話して警告すべきだった。でも、信じてもらえるか不安でした。それに何より、私はかなみの恨みを買いたくない。あんなことを平気でできる人間に、普通の人間が、まともにやりあってかなうわけがありません。説得なんて無理です。逃げるしかないんです」

私はせめて、彼に、逃げろと言いたかったんです。

そう言って、長野は顔を隠したまま黙り込む。すべて話してすっきりしたというよりは、これから先どうすればいいのかわからず、途方に暮れているように見えた。

13

北見先輩の話を聞きながら、僕は無意識に自分の腕をさすっていた。春の日差しの下にいるのに、鳥肌が立っている。

そんなことを考えついて、実行する人間がいるということが、信じられなかった。そして、そんな人間と、真壁さんはこれから、結婚しようとしている。

「高村さんに電話がつながってラッキーだった。アルバイト先のこと、裏はとれてないけど、長野さんと高村さん両方に確認したからまず間違いないと思う」

報告書はまだできてないけど、先に口頭で報告だけでもと思って。そう、先輩は続ける。急いでくれたのだろう。

パーティーの前に、真壁さんに真実を伝えられるように。

「私の依頼人は木瀬くんだから、私が作った報告書を誰に見せるのも、私から聞いた話を誰に話すのも、木瀬くんの自由だよ。報告書ができるまで待ってもいいし、今すぐ話しに行ってもいいし、」

これからもずっと、話さなくてもいい。

先輩は、じっと僕を見て言った。

「私から真壁さんに話したほうがいいなら、話すよ。一緒に行くこともできる。でも、真壁さんに話すかどうかは、私には決められない」

確かに、それは彼女の仕事ではなかった。

彼女に調査を依頼した、自分が決めなければいけないことだ。

庭を隔てた先にある、ガラス張りの店舗へ目を向ける。

店の中ではすっかりパーティーの準備ができているようだ。ちらほらと、人も集まってきていた。

真壁さんの姿を見つけてどきりとする。店の外で、職場の人たちと思われる客を迎えて、笑いながら話していた。

入籍は、まだしていないはずだ。婚姻届《こんいん》は用意してあり、今日のパーティーでそれもお披露目して、今夜、夜間窓口に出しに行くのだと、彼が言っていたのを覚えている。

しかし、入籍前だから、間に合った、よかった、と単純に喜ぶことはできなかった。

あんな幸せそうな真壁さんを見るのは、初めてだった。

「先輩なら……どうしますか」

「木瀬くんと同じ立場だったら？　私は話すと思う」

先輩は静かに、迷いなく答える。

「でも、だからって、木瀬くんもそうしたほうがいいって言ってるわけじゃないよ。真壁さんの友達として、どうするのがいいのかって、木瀬くんが考えて」

真相を知ったとき、一刻も早く真壁さんに伝えなくてはと思った。

井上かなみのしたことは許されることではないと思ったし、そんな人間が彼の妻になるなんて、想像しただけでぞっとする。隣にいる人の正体を、危険を、真壁さんに伝えなくてはと。

しかし今は、迷い始めていた。

彼女はここまでするほど、真壁さんに執着していた。彼女がとった手段はおぞましいものだが、彼を手に入れた今、彼女はもう、真壁さんにとって危険な存在とは言えないのではないか。

真壁さんは彼女を愛している。彼女といて幸せなのだ。彼らが二人幸せでいる限り、おそらく誰にも、何も起こらない。

その幸せは、彼が何も知らないゆえに成り立っているものだとしても――一度すべてをなくして、おそらくは幸せになることをあきらめていた彼が、今、こうして笑っていられる。

真壁さんに彼女の正体を伝えれば、あの笑顔は消える。もう二度と笑えなくなるかもしれない。

そして彼女は、僕と北見先輩を、間違いなく敵とみなすだろう。

真実を知っても、誰も幸せにはならない――けれど、こんなことは、許されない。

どうすべきなのかはわかっているが、どうしたいのかが、わからない。

決められないまま、ベンチから立ち上がる。北見先輩も立った。

店の外で客と話していた真壁さんが、ふとこちらを見る。僕たちに気づいたらしく、明るい表情で手をあげた。

話すなら今しかない。今話せなかったら、もう、二度と話せない。

クリーム色のワンピースを着た女性が、店内から出てきて、真壁さんにそっと寄り添うように立った。手には、淡い色調でまとめた花束を持っている。花嫁のブーケだ。

真壁さんが僕のことを何か言ったらしく、彼女は僕のほうを見て、小さく会釈をした。

二人を祝福するかのような晴れた空、それすら禍々《まがまが》しいものに感じて、立ち尽くした。

先輩が、気遣うように僕を見る。

真壁さんは、妻となる女性を紹介するために、彼女を伴《ともな》いこちらへと歩き出した。僕はまだ動けない。決められない。

二人が、近づいてくる。

本書は書き下ろし作品です。

装丁　大久保明子

photo : Igor Ustynskyy/Moment/gettyimages

織守きょうや

1980年ロンドン生まれ。

2012年『霊感検定』で第14回講談社BOX新人賞を受賞し、デビュー。

弁護士として働きながら小説を執筆。

2015年『記憶屋』で第22回日本ホラー小説大賞読者賞を受賞。同作はシリーズ化され累計60万部を突破、映画化でも話題となった。

ほか、『少女は鳥籠で眠らない』『301号室の聖者』『ただし、無音に限り』『響野怪談』『朝焼けにファンファーレ』『幻視者の曇り空 — cloudy days of Mr.Visionary』など著書多数。

花束《はなたば》は毒《どく》

2021年7月30日　第1刷発行
2021年9月5日　第3刷発行

著　者　織守《おりがみ》きょうや

発行者　大川繁樹

発行所　株式会社 文藝春秋
〒102-8008 東京都千代田区紀尾井町3-23
電話　03-3265-1211（代）

印　刷　大日本印刷

製　本　大口製本

定価はカバーに表示してあります。

万一、落丁乱丁の場合はお取替えいたします。

小社製作部あてお送り下さい。


ISBN978-4-16-391403-9